国家出版基金项目
“十二五”国家重点图书出版规划项目

中國京劇流派劇目集成

启功题

《中国京剧流派剧目集成》编委会 编

第叁集

學苑出版社

图书在版编目（CIP）数据

中国京剧流派剧目集成．第3集 /《中国京剧流派剧目集成》编委会编．—北京 ：学苑出版社，2013.1
ISBN 978-7-5077-4204-6

Ⅰ．①中… Ⅱ．①中… Ⅲ．①京剧－剧本－作品集－中国 Ⅳ．① I232

中国版本图书馆 CIP 数据核字（2013）第 002505 号

出 版 人：孟　白
责任编辑：潘占伟
装帧设计：徐道会
出版发行：学苑出版社
社　　址：北京市丰台区南方庄 2 号院 1 号楼
邮政编码：100079
网　　址：www.book001.com
电子信箱：xueyuan@public.bta.net.cn
销售电话：010-67675512　67678944　67601101（邮购）
经　　销：新华书店
印 刷 厂：北京信彩瑞禾印刷有限公司
开本尺寸：889×1194　1/16
印　　张：12.75
字　　数：289 千字
版　　次：2013 年 1 月第 1 版
印　　次：2013 年 1 月第 1 次印刷
定　　价：180.00 元（精装）

《中国京剧流派剧目集成》学术顾问

《中国京剧流派剧目集成》编委会

序言

◎黄克

京剧向称国粹艺术，内容博大精深，剧目十分丰富，人们常以“汉唐三千宋明八百”形容其浩瀚。其中流派剧目又以演员表演的鲜明个性使剧目显得更为多彩多姿，充满魅力，既被专业人员钻研承继，也为广大戏迷喜闻乐见，遂成为京剧舞台上一大亮点。

流派

举凡表演艺术，原本就无不带有表演者的个人色彩。京剧表演艺术因其唱念做打诸多方面功夫的综合性和繁难性，表演的个性化尤为突出；加以行当的粗分、剧目的雷同，于大致相同的条件下尽显各自的千姿百态、千变万化；一招一式、一腔一韵之中可以体现不同的特色，同样一出戏，甚至同样一个戏中人物也完全可以演出不同的风采，这种充满个性化的表演，遂成为京剧竞技场上最是为人乐道而又情趣无穷的审美内涵。倘若这种富于个性化的表演为受众所认可，且代有传人，形为规范，即可自成一家，成为迥异于他人的艺术流派。以“四大名旦”（梅兰芳、程砚秋、荀慧生、尚小云）为例，虽皆工旦行，却又各有千秋。京剧大师王瑶卿就曾这样分析这四位后起之秀的独到之处：“梅兰芳的样儿，程砚秋的唱儿，尚小云的棒儿，荀慧生的浪儿。”所谓“样儿”，指梅的艺术造诣全面，要什么有什么；所谓“唱儿”，指程以行腔之新颖动听为能；所谓“棒儿”，指尚的刀马功底深厚；所谓“浪儿”，指荀的柔媚多姿、风情万种。寸长尺短，一语道破各有专擅的各家流派特点。如此成就固然来自自己的勤学苦练、苦心孤诣，更少不了观众的知音捧场、鼓励有加。因此，一个艺术流派的形成，对于创始人来说，无疑是开拓了审美追求的新境界；对于受众戏迷来讲，则更是得到了多样化审美需求的新满足。梨园行有云：唱戏的是疯子——指其追求的执着，听戏的是傻子——指其享受的痴迷。二者相得益彰、相映成趣，或许正道出京剧流派形成之三昧。

流派剧目

在京剧传承的一二百年间，随着历史的变迁、社会的发展，以及新人辈出、师承转换，荡涤旧物、崇尚新声，传统剧目中的绝大部分早已绝迹于舞台，然而，其精华部分（包括剧目中表现出来的唱念做打等程式体系）还是被完好地保存了下来，并得到长足的发展。其间，流派创始人于剧目的推陈出新做出了不可磨灭的贡献。基于对剧目乃至剧中人物的理解和认识，以及更便于发挥自己技艺特长的需要，流派创始人对浩如烟海的传统剧目进行了严格的筛选，经过了整理加工再创作，使之又焕发出崭新的韵味和光彩；随着这样剧目的增多，最终形成了自己流派所特有的剧目系列。而另外的流派又在另外的剧目系列中发挥着自己的优势，即或剧目相同，不同流派依然可以于演出中表现出自己的独特风格。总之，在其演出的剧目中，无不打上自己表演风格的鲜明烙印。京剧舞台上一度出现的这种百花齐放、争芳斗艳的盛况，实由自丰富多彩的流派剧目，这在京剧发展史上已是不争的事实。

但也应看到，如今京剧流派剧目相对于京剧的鼎盛时期，已是光景不再。个中原因很复杂，就客观因素而言，新兴的艺术形式的多种多样，人们的欣赏习惯和娱乐方式已经有了更广泛的选择余地，因而完全可以去旁骛；此外，就京剧本身而言，演出剧目之贫乏不能不说是观众锐减的重要原因之一。本来演出场所和演出场次就不多，翻来覆去又只是那几出骨子老戏，怎么能吸引观众，特别是年轻观众呢？——连那些老戏迷们也都听腻歪了。

回过头来看，今日演出剧目的贫乏和流派创始人晚年艺术景况也不无关系。他们在艺术的巅峰期——集中在上个世纪二三十年代，创作或改编了一出出新戏，直令观众赏心悦目，目不暇接。当其时，除了富连成科班或游动的散班演出些大路戏外，北京的京剧舞台几乎就是流派剧目的天下。据1932年商务印书馆出版的《五十年来北平戏剧史材》的记载，自民国十二年（1923）至十八年（1929）这六七年间，以梅派剧目为例，只“初演”的剧目——也就是自家独创的新戏或整理改编的传统戏，就有前后本《西施》、《洛神》、《廉锦风》、头二三四本《太真外传》、《俊袭人》、全本《宇宙锋》、《凤还巢》、《春灯谜》等12出戏（其中前后四本《太真外传》这四出戏是在一年多时间里陆续完成的）；同一时间段，马派“初演”的剧目也有《化外奇缘》、全本《玉镯记》、《秋灯泪》、《战宛城》、全本《火牛阵》、《鸿门宴》、全部《临江馆（“馆”应作“关”）》、全部《浣纱溪》、《范仲禹》、全本《清风亭》、头二三四本《大红袍》、全本《天启传》、《许田射鹿》、全本《十道本》等15出戏（其中《大红袍》分头二和三四本两次演出），当然，其中还不包括“初演”以外的经常性的大量的传统戏演出。试问，这些曾经轰动一时的流派创始人编创的新剧目于今又有多少出传承下来了呢？个中主要原因就在于流派创始人到了晚年一些唱做吃重的剧目已难胜任，只有将其已臻于炉火纯青的技艺凝炼到少数剧目之中，或演出或教习也只拘囿于这少数几个剧目了。而其传人也就将这几出戏奉为圭臬，全不知其鼎盛时期的所谓“文武双全”、所谓“昆乱不挡”为何事，致使一些当年的热门戏几近失传，这不能不说是梨园一件憾事。记得梅兰芳先生曾撰文论述学艺过程中的“少、多、少”，大意是初学时会的戏（包括技艺）自然是少的。随着所学剧目的增多，技艺的增长，激发起拓宽其艺术驰骋领域的热情，兼收并蓄，从而极大地丰富了自己。进而又随着审美取向的定型，艺术见识的提高，势必要对自己所学所用下一番去芜存精的工夫，扬长避短，使自己的独特技艺集中在少数几个代表剧目之中。表面看来演出的剧目是少了，但炉火纯青，在艺术创新上却达到了新境界。从少到多，从多而少，贯穿着的是继承与发展的艺术成熟的过程，也闯出了一条攀升艺术高峰的必由之路。后学者以为，学会了几出流派代表剧目便可以薪尽火传，得到了真经，孰不料缺少广博的根基，既影响个人的发展，也造成了剧目越传越少的现实。这难道不是应该汲取的教训吗？

有道是“礼失求诸野”。由于流派剧目的独特韵味及其所富有的艺术魅力，由于京剧作为自娱自乐的审美取向已深入人心，更由于迷恋传统演唱艺术者的大有人在，京剧传统剧目——包括一些已经消失于舞台的流派剧目，至今仍在京剧爱好者中间传唱不息。我们不妨到公园里看一看那一圈圈围着的戏迷，他们来自四面八方，或许彼此并不相识，只凭一把胡琴就将大家凝聚在一起，有滋有味地互相欣赏着一段段流派唱腔。更不用说那遍布全国各地乃至国外华人聚居区的票房，他们还时不时地粉墨登场，过一把戏瘾呢！这种自拉自唱、自娱自乐的红火场面，充分显示了京剧流派剧目的深厚群众基础和顽强的生命力，对于相对落寞的京剧舞台不啻一种发人深省的挑战。然而，这又何尝不是对京剧振兴的潜在的呼唤和有力的支持呢！

流派剧目集成

正鉴于其强大的生命力和深厚的群众基础，“振兴京剧”作为文化建设的国策的提出可谓正得其时。而振兴之务，首要的是挖掘和继承优秀传统剧目，以之作为发展和创新的基础和借鉴。我们编纂《中国京剧流派剧目集成》的初衷正在于此：将流派剧目演出的精彩瞬间记录于永恒，将构成流派剧目的诸多元素一一记录在案。诸如每剧的剧情本事、创始人表演特点的提要，剧中人物行当归属、服装扮相，剧本曲文、唱腔谱、伴奏谱、锣鼓经，以及身段谱等得以再现流派表演风格的内容，都力图完整地记录整理出来，为流派艺术的教学和研究提供文字的基础资料。持此，内行自可作为表演的参考，京剧爱好者也可以作为演习的蓝本。

这一工作，对于京剧剧目的基本建设虽然可谓之善举，但具体做起来却困难多多。首当其冲的就是剧目的选定。京剧剧目虽称汗牛充栋，但保存下来的资料却十分有限。京剧形成初期，以“老生三杰”又称“前三鼎甲”的程长庚、余三胜、张二奎为代表的一代固然没有留下什么音像文字资料；即或以“老生新三杰”又称“后三鼎甲”的谭鑫培、孙菊仙、汪桂芬为代表的一代除了少量的唱片外也没有完整的剧目传下来，所以我们的剧目整理工作只能从民国初年以降的“四大须生”、“四大名旦”开始。他们受熏陶于前辈艺术家，可谓传统的集大成而又能创新的一代，整理剧目以他们为重点自然最合适不过。遗憾的是这些艺术大师大都已经作古，得到他们指点和首肯已不可能，为此，我们只能通过其亲传或再传弟子来进行流派剧目的整理工作。从中我们更深地体会到抢救要及时，当初未能抢救下来现在也不要嫌晚而不为，抢救一点是一点，否则能够保存下来的精华越来越少，越加难向历史向后人交代了。

更难的则是遴选整理者。剧目的全面整理需要全面的人才。我们在组织稿件的过程中却发现这样的人手颇不易得。如果流派创始人或其传人曾在戏校任教，且有较为完整的教案保存下来，今日稍加整理即可选用，自然不是难事。不过这样的情况并不多，大量的剧目尚需要对当年的演出本进行追忆记录，加工整理。曾经受业于流派创始人或其传人的京剧工作者虽然是整理演出本的合适人选，但是他们大都是单位的骨干，忙于演出，忙于剧务，或居于领导职位，很难分出身来。即或肯于应承下一两出戏，也常有如下的情况：能演不能说，能说不能写，能写又不能打谱。因此，完成一个剧目经常需由记录者、整理者和打谱人联袂而行，倘再加上剧目的传授者和提要的撰写人，则非四五人鼎力不可。《中国京剧流派剧目集成》收入二百多出戏，每出戏即使平均两三人参加，也要组织四五百人次。其繁难可以想见，其壮观亦可以想见。当然，这还仅就整理者的数量而言，更为难能可贵的还在于参与者的无私奉献。试想，跟演一出戏或教一出戏相比，以文字整理出一出戏，不仅费时而且费力，无疑是一桩一般人不肯为也不屑为的苦差事，而我们的整理者却能甘之如饴，乐此不疲，没有为京剧事业的传承而不计个人得失的宝贵情操，是难有这种积极性的。不仅如此，随着岁月流逝，整理流派剧日益困难，更需要求助一些老专家，他们或是资深艺员、教师，或是资深票友、戏迷，而今已是硕果仅存的京剧艺术的专家、流派历史的见证人。在他们身上洋溢着一种传承京剧流派的使命感，和对振兴京剧的期待。他们热情地参加到这项工作中来，或亲自动手，为我们整理剧目；或答惑解疑，给我们工作以指导。使我们在受教于他们的同时，油然而生一种深深的敬意。

克服了上述困难，《中国京剧流派剧目集成》终于呈现在读者面前。书中，除了囊括主要流派的主要代表剧目，试图反映京剧鼎盛时期的大致面貌而外，尚有可说道者。

首先是挖掘整理出一批流派剧目，其中不乏已近失传的流派艺术精品。其中共收流派五十余家、剧目二百多出，不仅是从装扮到曲谱俱全，而且半数以上不曾整理出版过，可算是京剧剧目建设的一个不小的工程。下列剧目可为佐证。如王（瑶卿）派名剧《南天门》（今能见到的只剩下王和老谭合拍的剧照）、余（叔岩）派名剧《太平桥》（据说是老谭给余说的开蒙戏）、马派名剧《白蟒台》（写王莽被俘后向旧臣一一乞命事，老生扮演反面人物堪称奇特）、麒派名剧《斩经堂》（其中吴汉的悲剧性格曾引起过热烈争论）、荀派名剧《鱼藻宫》（写吕后残害戚姬事，乃荀派悲剧剧目之一），以及汪（笑侬）派名剧《哭祖庙》、龚（云甫）派名剧《徐母骂曹》、徐（碧云）派名剧《绿珠坠楼》、裘（盛戎）派名剧《打銮驾》等，都是难得一见的流派剧目之珍品。而以"关外唐"名世的唐（韵笙）派名剧经其家人和传人的努力竟整理出其代表作《驱车战将》、《闹朝击犬》、《好鹤失政》、《绝龙岭》、《未央宫斩韩信》、《刀劈三关》等七出之多，堪称流派剧目建设的新收获。除此之外，《中国京剧流派剧目集成》还特别着力于武戏的挖掘整理。较之文戏，武戏更难整理，需要将演员在台上的动作招式一一准确地反映出来，没有深入的钻研领会、亲身体验，很难下笔。众所周知，杨小楼作为一代武生宗师，其"武戏文唱"乃武生的不二法门，也是令人神往的一种表演境界，在武戏剧目整理中理应得到体现。资深票友朱家溍先生得其真传，整理了杨派名剧《麒麟阁》，并详细记述了前后六次观剧的心得，惜乎不及将其用工尺谱记下的昆曲吹腔翻为简谱便溘然而逝了。另一出杨派名剧《镇潭州》则是根据京剧耆儒刘曾复先生的讲授整理出来的，其中杨再兴上场的"蝴蝶霸"、和岳飞对打的"枪架子"，皆独得杨派之秘，给人以再闻《广陵散》般的惊喜。此外，高盛麟的《长坂坡》、《走麦城》，王金璐的《落马湖》、《八蜡庙》也都走的杨派的路子，有的就是直接跟杨宗师学的。南派大武生盖叫天武功盖世，他的剧目身后却乏人整理，多亏移居上海的原中国戏校武功教师赵雅枫先生以耄耋之年勉力整出《一箭仇》，也算保存了盖派一脉。还值得一提的是收获了一批武丑戏。叶盛章当年是以武丑戏挂头牌演大轴的第一人，勇于创新，能戏甚伙，现将其创作的名剧《酒丐》、《祥梅寺》、《打瓜园》、《徐良出世》、《三盗九龙杯》、《铜网阵》等七出代表作一并推出，既再现了叶氏当年神勇，也为乏人承继的武丑行当提供一些演习之本。尤为可喜的是我们也挖掘整理出富连成科班总教习、文丑"萧派"创始人萧长华老先生的《选元戎》、《荡湖船》、《变羊记》等已近绝迹舞台的拿手剧目。凡此，整理者挖掘流派剧目的辛勤劳作成果，均为我们编纂"集成"增添了光彩。

为了方便读者翻检使用，本书采取四五出戏合编一册的形式，这样全书约有五十册之多，并拟分三批推出。第一批为老生行的余派，以及号称"南麒、北马、关外唐"的三派，和武丑行的叶（盛章）派，计五家八册。第二批则以旦行"梅、尚、程、荀"为代表，包括老旦、刀马旦等流派。第三批是老生、小生、武生、净、丑等其他流派。

预期一两年内出齐。倘若其中有重要疏漏，又得人整理，亦可考虑编辑出版“集外集”，以满足读者的需求，也使这部“集成”更为名副其实。

当然，《中国京剧流派剧目集成》的编纂，其目的只在提供流派剧目作为研究家和后学者的参考借鉴。而流派、流派，意重在“流”。所谓流，指流行和流变。流派艺术正是在流行、流变中最终形成的，即或在最终形成之后，也还是靠流行、流变而发展的，倘若泥古不化，抱残守缺，就会失掉其鲜活的生命力，艺苑奇葩也会枯萎，这已为京剧发展史所证明。不过，流派艺术发展也需要有个前提，那就是首先要掌握渗透在表演程式唱念做打、手眼身发步中的艺术个性，而流派剧目就是其艺术个性展现的载体。继承流派艺术，不能只满足于模拟外在的“体”，更要在剧目演练中去体味其艺术个性的“魂”，这样才能促使京剧流派艺术从剧目建设到表演个性都得到发扬光大。此乃传承流派剧目的题内之义，自毋庸赘言。

目录

周信芳

卫　明　整理

萧何月下追韩信

周信芳演出本

《萧何月下追韩信》在麒派戏里，名气最大，影响最大。

麒派剧目中其他的代表作、精品，如《四进士》、《清风亭》、《乌龙院》等，虽说独到之处早有定论，但其他流派也演过。唯有《萧何月下追韩信》，只此一家，而且过去曾达到家喻户晓的地步，几乎到处可以听到“好一个聪明小韩信”和“三生有幸”的传唱声。

据周信芳说，这戏创始于1920年。当时他根据《西汉演义》亲自编写此戏，但不是自己演，而是给刘奎童演，他配演韩信。

到他29岁时，再次去北方演出，在烟台开始演这出戏，并对剧本进行了加工。以前他的打炮戏原是《南天门》、《独木关》和《群英会》。从这时起，头一天的《南天门》就改成了《萧何月下追韩信》。以后又发展成连台本戏《汉刘邦》。以后，他又参考了《史记》、《汉书》，在演出中不断对这戏进行加工。1955年又做了进一步的整理加工。

这个戏的情节并不曲折，矛盾冲突也并不错综复杂。不过是韩信有了张良推荐的角书，故意不拿出来。萧何知道他的为人，但在用人之际，重其才，极力向刘邦保荐。刘邦就是看不起他，不肯重用。韩信故意做作，假装逃走，萧何急着去追赶。最后当然是保荐成功，韩信达到了“拜将”的目的。但是整个戏的结构、铺排，尤其是萧何性格的塑造，确有特色。三场金殿，内容是一样的，都是萧何举荐韩信，刘邦不接受，在处理上却各有不同，而且颇为风趣。萧何一再重复的“韩信哪”，常常引来观众的笑声。后面的追，又有两个段落，第一个段落是徒步赶到东门。第二个段落就是“月下追信”的正题。这两段不但载歌载舞，唱做并重，第二段落的好几个圆场，也各不相同，越跑越急，最后一个“吊毛”，接着是单腿跪步，然后才倒下。韩信扶他起来时，和着锣鼓（〔撤锣〕）的节奏喘气，既是剧中人喘气，又是演员喘气，糅在一起，夸张而又有生活依据，又不乏情趣，令人叫绝。

萧何听说韩信逃走，赶到韩信住处，看墙上的题诗，背对着观众，通过背上的动作，把萧何吃惊的心情传达给观众。这就是周信芳的麒派表演艺术中著名的“背上有戏”。

1961年底，在北京举行周信芳舞台生活六十年纪念活动时，在新侨饭店的一个小型座谈会上，田汉曾提到周信芳的“背上有戏”是学一个德国电影明星（大约是约翰 · 巴里摩亚），他当即问在座的周信芳，是不是这样？周信芳点点头。

《萧何月下追韩信》的演唱艺术（包括唱段、唱腔，以及通过唱表达的人物性格和思想感情），也最具麒派特色。主要是〔慢流水〕如“好一个聪明小韩信”，“我主爷起义在芒砀”，〔二黄碰板〕“三生有幸”。不要长腔，没有长过门，唱时好像在说话，而说话中分明是唱。让观众听得清，听得懂，又韵味盎然，能引起共鸣。既节奏明快，又能叙事、抒情，绝不拖拉，颇有现代气息，并且易记、易学、易唱，因而也就能广为流传。

还有就是〔摇板〕、〔散板〕。周信芳认为〔摇板〕、〔散板〕最容易被人忽略，但演员对之绝不能忽略，一定要把它唱好。〔摇板〕、〔散板〕无板无眼，唱起来比较自由，因而更有利于刻画人物、表达感情。例如这戏里的〔散板〕“听说韩信他去了”，表现萧何来不及备马、备轿，步行赶往东门，边走边唱，连唱带做，载歌载舞，成为了一段重要的唱段。

周信芳曾经把萧何和《徐策跑城》里的徐策做过比较，他说：“萧何和徐策都是宰相打扮，不过徐策年纪更大一些，戴白髯口，而萧何戴‘黪’（这已经比历史上的萧何要老一些了）；徐策是充满了对薛家复起的喜悦，萧何则为失去将才而忧急”。

萧何对待不同的人，态度各有不同，周信芳演来也是十分细致的。例如他对刘邦，现在是君臣，过去在沛丰做吏掾（小官）时，刘邦还是平民。萧何时常帮助他。刘邦做了亭长处处还要听他的。后来萧何给刘邦做后勤工作，对于刘邦的取胜，有很大的作用。所以萧何在刘邦面前，有时也不像君臣。对于夏侯婴，那是下级，有时跟他说话（例如唱“夏侯将军速修本”时），眼睛看也不看他。对于韩信，从不重视，到重视，到三次保荐，并亲自去追，这里面有一个过程，但他对韩信的为人，是心中有数的，只是为了“兴汉灭楚”的需要，才不去计较这些而已。下面对待家院、门官、樵夫，语气、神情也各有不同。对家院，先有些嫌他大惊小怪，接着就急切地吩咐他。对门官则是不等他参见完毕，就抢着问他，又要问清楚，让他讲清楚，所以又不能太急。问樵夫，则要随和一些，客气一些。

20世纪60年代，在记录、整理《〈萧何月下追韩信〉表演艺术》时，我问过周信芳两个问题 。

其一：

萧何有一句唱词：“又见月影上树梢”。我问他：“月影”是在地上的，怎么“上树梢”？是不是应改作“月儿”，“月儿”才能“上树梢”。

周信芳说：萧何听樵夫说韩信过去已经五十余里了，往前一望，很远呢！这时看到月光照出路边的树影，这才想到天色晚了，肚子饿了。他不会无缘无故往天上看，看到的是月光照出的树影，在唱词里写成是“月影上树梢”，文字上变化一下，也是增添一点情趣。

其二：

萧何追到了韩信，韩信答应随他回去，还拿出了张良的角书。问题都解决了，最后还念出了“萧何月下追韩信”，点出了正题，戏到这里是不是可以结束了？

周信芳说：这一场，萧何和韩信的矛盾解决了，可是他同刘邦的矛盾还没有解决，因此下面的戏不能没有。至于最后一场“拜将”，那只是让结尾热闹一些的排场罢了。

《萧何月下追韩信》全剧一共十九场，前面七场是铺垫，交代环境、事件、有关人物，如霸王、范增的过场，范增劝霸王杀韩信，霸王认为韩信不足道，不肯杀他。这是为了和后面萧何重视韩信做对比，衬托出韩信的重要。还有张良的两场戏，主要是交代那封角书。这些场子，从一个大戏来说，是需要的。尤其是第六场、第七场，两次“缓锣鼓”，观众都以为萧何要出场了，结果都不是，直到第三次“缓锣鼓”，那是第八场，萧何终于出来了，观众等不及了，一出场就“炸了窝”，这也是一种艺术手法，只有非常熟悉舞台，非常熟悉观众，才能施展得开。

由于这些场子与萧何并无直接关系，所以这一次就略去了（第七场作为引子，加以简化，仍旧保留）。

这一次记录、整理的依据是：

一、周信芳口述，由我记录、整理的《〈萧何月下追韩信〉表演艺术》；

二、多次观看《萧何月下追韩信》演出综合所得；

三、曾向为周信芳司鼓多年的名鼓师张鑫海、周信芳之子周少麟、《萧何月下追韩信》录像复排导演张信忠请教，并经周少麟校阅，一并致谢。

卫 明

注：为避免演出时间过长，适应当前的演出时间，也避免过多的重复，经少麟建议，现在演出时删去了原来的一至六场，以及“二金殿”和百姓向萧何要求韩信留任的场子。

人物行当

萧　何	老生	旗　牌	老生（或丑）
韩　信	武生	樵　夫	丑
刘　邦	老生	百姓甲	老生
夏侯婴	丑	百姓乙	小生
家　院	杂	百姓丙	老旦
门　子	杂	百姓丁	杂
门　官	丑		

服装扮相

萧　何　俊扮。黪发髻、黪三、相貂、黄绸子，古铜色蟒、玉带，改良相貂（萧何巾）、改良蟒、改良玉带、衬褶子，彩裤，厚底。改良厚底，红蟒，金相貂。

韩　信　俊扮。改良盔（薛礼盔），白箭衣、白缎花褶子、蓝官衣，纱帽，红蟒，厚底。

刘　邦　俊扮。王帽、黑三，红蟒、玉带，彩裤，厚底。

夏侯婴　勾小花脸。狮子盔，绿蟒，箭衣、马褂、红蟒，彩裤，朝方。

家　院　俊扮。黑硬罗帽，黑褶子、黄大带，彩裤，厚底。

门　子　俊扮。黑硬罗帽，黑褶子、大带，彩裤，薄底。

门　官　勾豆腐块。圆纱，黑官衣、玉带，彩裤，朝方。

旗　牌　俊扮（或丑扮）。大叶巾，黑马褂、布箭衣，彩裤，薄底靴。

樵　夫　勾小花脸。草帽圈，茶衣，白布腰裙，洒鞋。

百姓甲　俊扮。白毡帽、白满，老斗衣，彩裤，云头鞋。

百姓乙　俊扮。高方巾，黑褶子，彩裤，厚底。

百姓丙　俊扮。黪网巾、发髻、布条，老斗衣、腰巾、绿绸裙，云头彩鞋。

百姓丁　俊扮。毡帽，茶衣，洒鞋。

道具

桌子	一张	宝剑	一口
椅子	二把	角书	一封
柴担	一份	马鞭	四根
红桌围椅披	一份	笔墨托盘	一份
黄桌围椅披	一份		

第七场

〔【冲头】【大锣回头】

〔旗牌引夏侯婴上至台口。【大锣归位】

夏侯婴 （念引子）

君正臣贤，灭项羽，（多多）1 2 3 5 6 5 6 – 【大锣归位】

早 入 中 原。

〔夏侯婴归“小座”。

夏侯婴 （念定场诗）

项羽逞霸道，

诸侯怨声高。

何日兴兵讨？

灭楚显英豪。【大锣住头】

下官，【撕边大锣一击】滕公夏侯婴。奉了萧何丞相之命，设立招贤馆，寻求兴汉灭楚元帅。来！

旗　牌 有。

夏侯婴 将榜文张贴在外。

旗　牌 遵命。（虚拟张贴榜文）

〔韩信内白：“走哇！”【快长锤】韩信上。

〔西皮摇板〕

韩　信 （7 6 5 5 5 3 6 5 6 3 2 1 2）3 1 1 3 2

身 怀 角 书

（3 2 1 6 1 2）6 1 3 2 – ‖【单楗大锣凤点头】

不 轻 献，

（过门同前）3 1 3 2 3 2 1 1 – ‖【大锣住头】

方 显 英 雄 非 等 闲！

来此已是招贤馆，待我揭榜。（虚拟揭榜）【撕边大锣一击】

旗　牌 何人揭榜？

韩　信 淮阴人韩信。

旗　牌 候着。（转向夏侯婴）启禀滕公，有人揭榜。

夏侯婴 何人揭榜？

旗　牌 淮阴人韩信。

夏侯婴 韩信……（沉吟）【撕边大锣一击】有请！

旗　牌　有请！

〔**【大锣五击】**韩信进至近“下场门”台口。

韩　信　韩信有礼！（行礼）

夏侯婴　贤士免礼。前来揭榜，有何才能？

韩　信　兵书战策，尽皆精通。

夏侯婴　请贤士道来！

韩　信　兵书乎！

〔奏唢呐曲牌＜急三枪＞

夏侯婴　果然雄才大略，请随我一同去见相国。

韩　信　是。

夏侯婴　请！

〔**【冲头】**夏侯婴、韩信同往“下场门”下。旗牌下。

第　八　场

〔接前场。**【冲头】**四龙套上。萧何在侧幕内猛一抓袖，给乐队一个交代。**【四击头、回头】**萧何上场。

〔萧何双抖袖、正冠、捋髯口至中间“台口”，单抖袖**【大锣归位】**。

萧　何　（念引子）

褒中久困，**【小锣二击】**何日里，（**多多**）1　2　3　-　3　2
才　定　三

3 2　1　-　7̣　6̣　7̣ 6̣　5̣.　6̣　5̣　6̣　-　‖
秦？

〔**【大锣回头】**接**【大锣归位】**萧何转身坐“小座”。

萧　何　（念定场诗）

佯迁义帝都于郴，
国破家亡大江深。**【小锣二击】**
海内臣民皆哀痛，
讨伐独夫起义兵。**【大锣住头】**

下官（**嘟　-　仓**），萧何。**【大锣住头】**可恨项羽，不遵怀王之约，自立为西楚霸王。反将我主，封为汉王，贬至褒中。只因张良先生火烧栈道之时，言道：寻访兴汉灭楚元帅，以角书为凭。到如今无有音信。我命夏侯婴，设立招贤馆，收罗贤士。正是：（**扎**）

千军容易得，
一将最难求。

〔**【大锣五击】**夏侯婴上。

夏侯婴　（念）踏破铁鞋无觅处，

得来全不费工夫。**【大锣住头】**

〔夏侯婴进内，行礼。

夏侯婴 参见相国。

萧　何 滕公少礼。

夏侯婴 谢相国。（站在萧何左边）

萧　何 不在招贤馆，到此何事？

夏侯婴 招贤馆收得一贤士，特来保荐。

萧　何 （很注意）哦，有贤士了？贤士何名？

夏侯婴 淮阴人韩信。

萧　何 韩信**【软撕边】**（想到韩信的为人）**【大锣一击】**，此人不得第之时，乞食漂母，受辱胯下，汉王也知此人，未必能够重用吧？

夏侯婴 相国，此人雄才大略，若能重用，必建奇功。

萧　何 好，待我面试其才。有请韩贤士。

夏侯婴 有请韩贤士！（念完站到萧何右边）

〔韩信内白："来也！"**【快长锤】**韩信上。

〔西皮快板〕

韩　信

相国在上，韩信大礼参拜。

萧　何 （并不看重韩信，故而平淡地）罢了。

韩　信 （气恼）告辞！（仓）

萧　何 且慢！（仓）察言观色，贤士似有不悦之意？（语气中有些讥刺之意）

韩 信 我有一言，请恕唐突之罪。

萧 何 贤士若有高论，萧何洗耳恭听。（意思是：有话只管说，何必要态度呢。同时也有意试试他的才学）

韩 信 相国容禀！【**大锣归位**】昔日，齐王好鼓瑟，晋有一贤士，善于鼓瑟。王，坐于堂上，命贤士立于堂下，贤士不悦。言道：今王坐而臣立，臣何自贱，甘为王乐。相国你想，那鼓瑟之人尚羞立于王之侧，何况我韩信耳！（他边说边走向“下场门”台口，也是给萧何腾出地方）

（大 大 大 大 大大 乙 仓 0）

（萧何吸气，同时捋胡子）

萧 何 （气声）呀！〔行弦〕（サ 7 6 2 1 －）

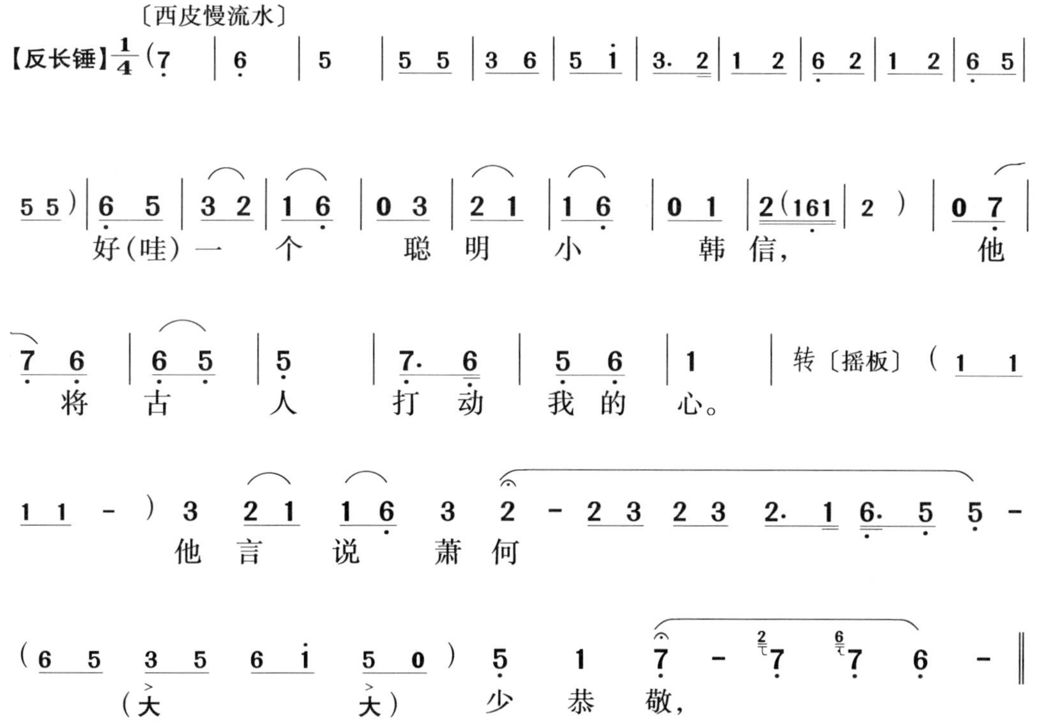

（白）将军！

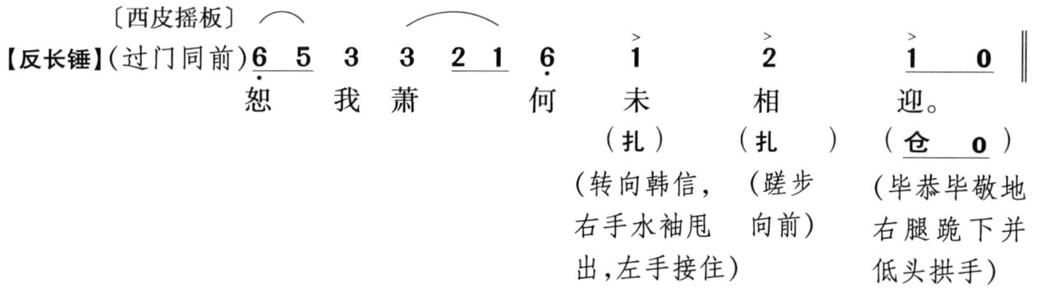

〔【**大锣回头**】萧何给韩信让座、掸尘，韩信谢。韩信要给萧何掸尘，萧何拦住。韩信坐“大边”，萧何坐“小边”，夏侯婴坐萧何右侧。

萧 何 不知将军驾到，有失远迎，望乞恕罪。

韩　信　岂敢，久闻汉王圣明，丞相贤达，故而不远千里，特来投效。

萧　何　将军虽有奇才，但是栈道烧却，不能东归，也是枉然。

韩　信　哈哈！……（仓）栈道烧却，免项羽西顾之忧，瞒得了项羽，瞒不过我韩信耳！

萧　何　哈哈！……（嘟－仓）夏侯将军，张良先生火烧栈道的时节，言道：寻访兴汉灭楚元帅，以角书为凭。到如今无有音信。我想韩将军雄才大略，他不请，还请何人？嘿嘿，子房啊子房，你往日机警，这一回也失了机会了！

夏侯婴　是啊，他也失了机会了。

〔西皮摇板〕

萧　何　**【反长锤】**（过门同前）6 5 3　3 2　2（7 6. 1）3 2　2 0 ‖

夏　侯　将　军　速　修　本，

〔**【快长锤】**夏侯婴应允、施礼下。

萧　何　（转向韩信）

略慢

（过门同前）3　2　3　3　2（3　2 1　6 1　2）1 2　1 7　1　－ ‖

今　日　相　逢　慰　平　生。

〔**【大锣原场】**韩信向右转身，萧何左转身，左手抓韩信右手，二人并肩同下，龙套随下。

第　九　场

〔接前场。**【冲头】**转**【撤锣】**

〔奏京胡曲牌<西皮小开门>。

〔正殿，一桌一椅摆“大座”。黄绣花桌围、椅披。

〔牌子声中，四太监、大太监引刘邦上。

〔牌子声压低，刘邦念“引子”。

刘　邦　（念引子）

七雄龙争，归嬴秦，

サ 2 5　3 2　1　2 2　7 2　6 7　6　－ ‖

合　久　必　分。

〔念完归“大座”，牌子收住。

刘　邦　（念定场诗）

先入咸阳除暴秦，
项羽负约自称尊。
强弱不敌且暂避，
等待时机再纵横。（扎）

孤，汉王刘邦。可恨项羽，不遵怀王之约，自立为西楚霸王，将孤贬入褒中，封为汉王。本当与他相抗，怎奈兵力不足。故听张良先生之言，暂居褒中，歇兵养锐，以作东归复仇之举。幸喜如今兵精粮足，正可复夺三秦，还定咸阳。怎奈，一将难求，兴汉灭楚元帅，尚未寻得。张良又无音信，令孤好生忧虑，内侍！

大太监 有。

刘　邦 传旨下去，有本早奏，无本退班。

大太监 遵旨。大王有旨，有本早奏，无本退班。

〔萧何内白：“萧何有本启奏。”

大太监 启大王，萧何有本启奏。

刘　邦 宣萧何上殿。

大太监 大王有旨，萧何上殿呐！

〔萧何内白：“领旨。”**【快长锤】**（较慢）萧何上，走到“九龙口”，抖袖。**【反长锤】**

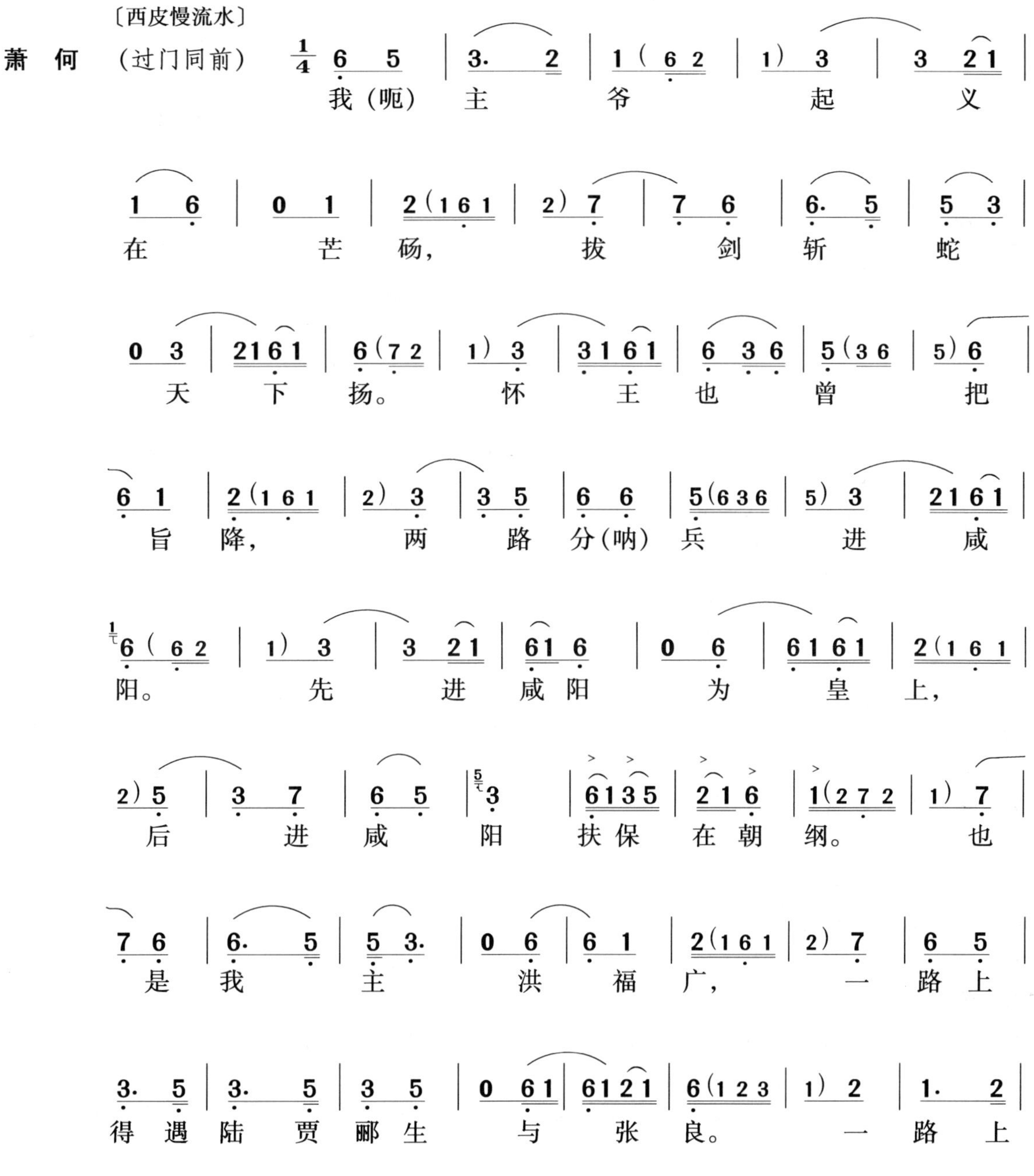

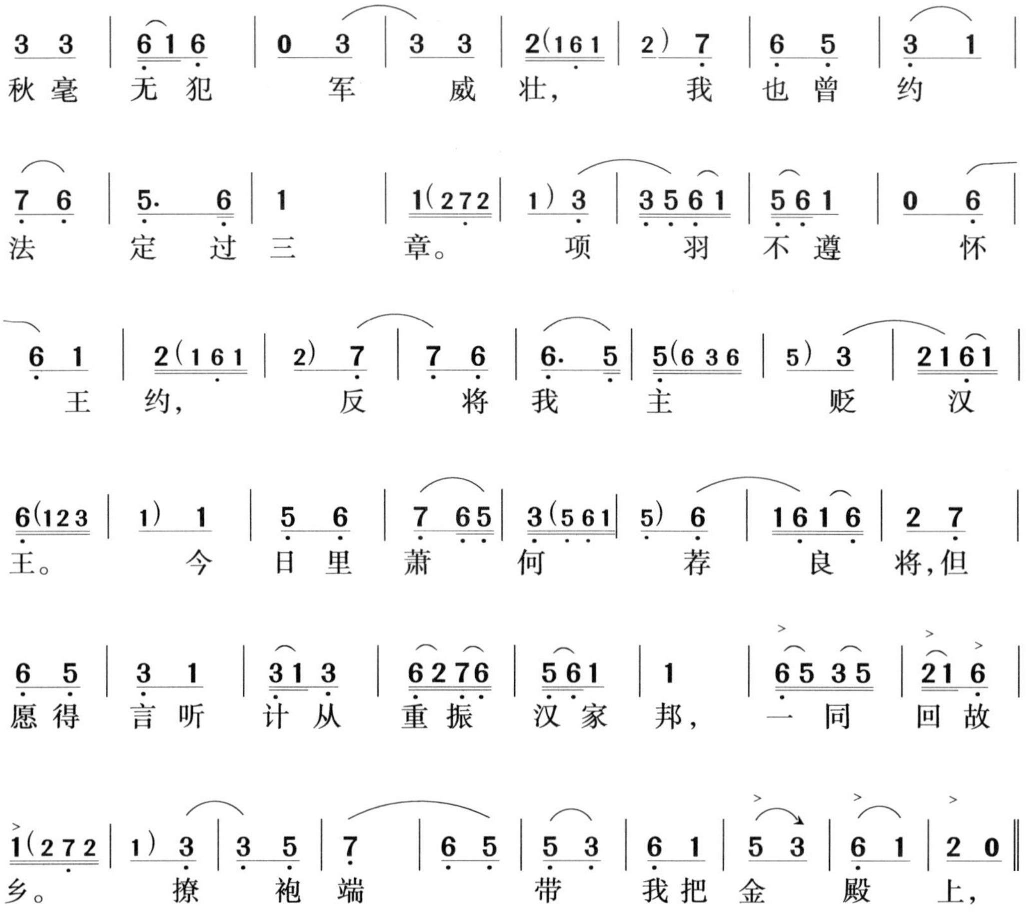

〔【快长锤】萧何进殿。

〔西皮摇板〕

萧　何　（过门同前）

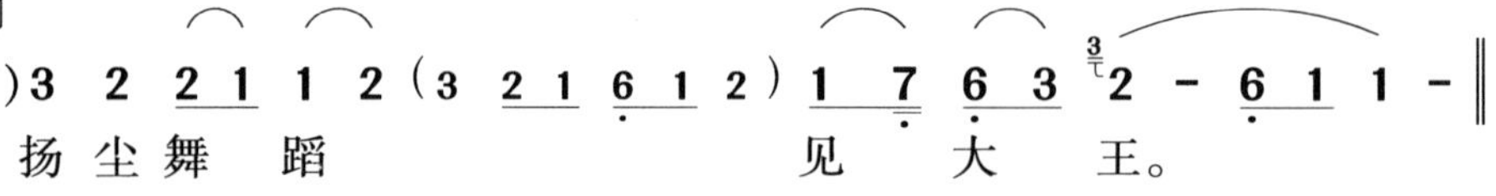

【大锣住头】臣，萧何见驾，大王千岁。（下跪行礼）

刘　邦　平身。

萧　何　千千岁。（起身）【大锣住头】

刘　邦　上殿有何本奏？

萧　何　夏侯婴在招贤馆得来一贤士，特来保荐。

刘　邦　贤士何名？

萧　何　淮阴人韩信。

刘　邦　韩信……（大　大　大大　乙　台）

萧　何　正是。

刘　邦　我想此人不得第之时，乞食漂母，受辱胯下，出身微贱，若用此人为将，三军不服，诸侯讪笑，岂不被项羽笑孤为盲人耳？

萧　何　古之大将，出身微贱者多，韩信盖世奇才，若弃之不用，我君臣东归无日了！

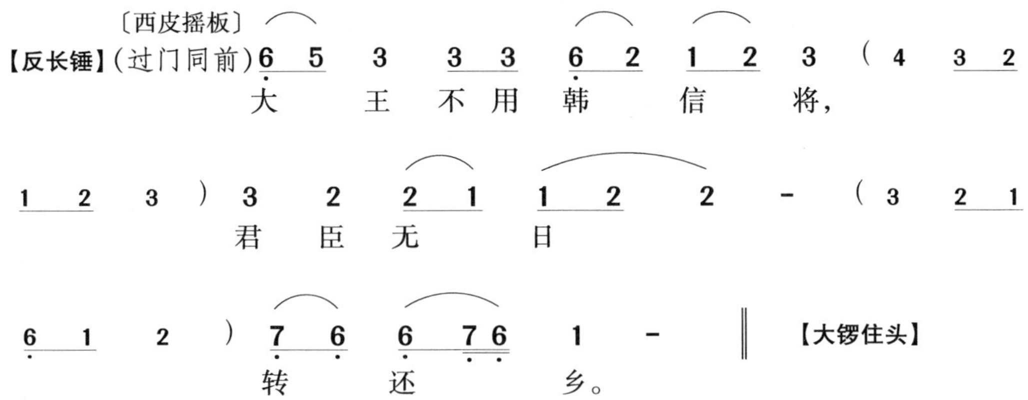

刘 邦 依卿所奏，宣韩信上殿！

萧 何 领旨。（走向台口）（台）大王有旨，夏侯婴带韩信冠带上殿！

〔夏侯婴内白：“领旨。”

〔【小锣五击】夏侯婴、韩信上。

夏侯婴 （念）得来栋梁将，

韩 信 上殿见汉王。（台）

夏侯婴 夏侯婴，

韩 信 韩信，

见驾，大王千岁。（行礼）

刘 邦 平身。

夏侯婴
韩 信 千千岁。（起身）(大 大 大 大 乙 台)

刘 邦 卿千里而来，命你为连敖官①，以试贤才。

萧 何 慢来！大王命他为连敖官，岂不是大才小用了！

刘 邦 容孤思之。【冲头】

〔刘邦下，四太监、大太监随下。

萧 何 （对夏侯婴）大才小用了！

夏侯婴 是啊，大才小用了。

〔四龙套上。

韩 信 暂且上任，再作道理。

萧 何 顺（呐）轿！

〔奏唢呐曲牌<急三枪>接【大锣回头】。

〔二龙套掀轿帘，萧何上轿，下。夏侯婴、韩信、龙套同下。

第 十 场

〔偏殿，仍是一桌一椅摆“大座”。

〔【快长锤】四太监、大太监、刘邦上。

---

① 史记本传作“连敖”，典吏类小官。

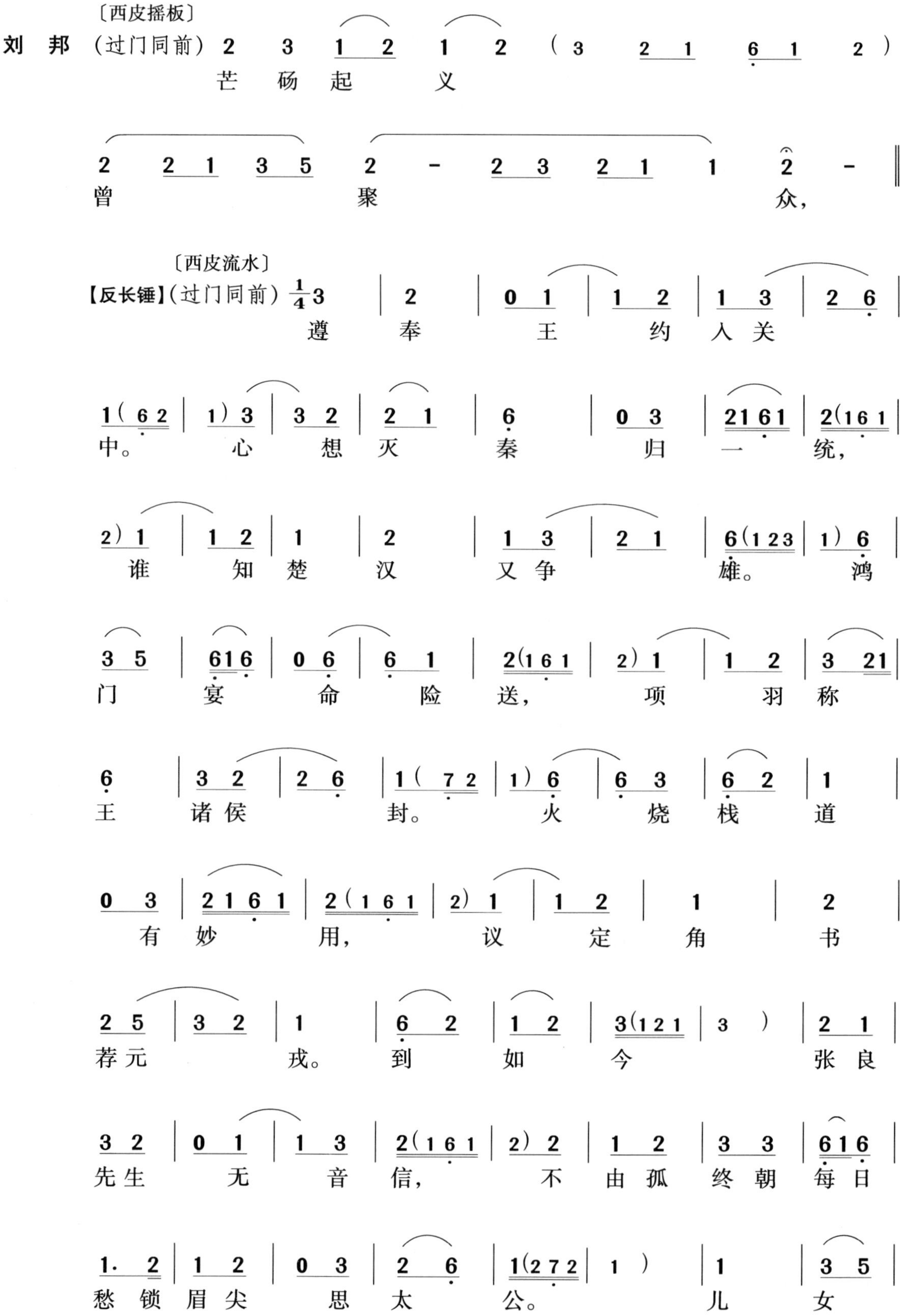
〔西皮摇板〕
刘 邦 （过门同前）
芒砀起义
曾聚众，
〔西皮流水〕
【反长锤】（过门同前）
遵奉王约入关
中。心想灭秦归一统，
谁知楚汉又争雄。鸿
门宴命险送，项羽称
王诸侯封。火烧栈道
有妙用，议定角书
荐元戎。到如今张良
先生无音信，不由孤终朝每日
愁锁眉尖思太公。儿女

1 2 | 1 | 2 | (3 | 2 1 | 6 1 | 2) |
情 长

サ3 3 2 1 1 - 1 2 1 2 1 2 - ‖
心 酸 痛，

〔【反长锤】刘邦归“大座”。

〔西皮摇板〕

刘　邦　（过门同前）3 2 1 1 3 2 (3 2 1 6 1 2) 2. 1 1 6 1 - ‖
英 雄 气（呀）短 眼 望 东。

【大锣住头】宣萧何上殿。

大太监　大王有旨，萧何上殿呐！

〔萧何内白：“领旨！”

〔【大锣回头】萧何上。【大锣归位】

萧　何　（念）一自相逢契合深，

堪叹英雄少知音。

〔【大锣五击】萧何进内。

萧　何　参见大王。（行礼）

刘　邦　平身，赐座。

萧　何　谢座。

【大锣住头】

〔太监搬椅，萧何在近“下场门”一边坐下。

刘　邦　（叹息）咳！

（大 大 大 大）（萧何白：“啊？”）（大 大 乙 台）

萧　何　大王为何长叹？

刘　邦　只因张良先生，寻访兴汉灭楚元帅，至今渺无音信。孤终日思念太公、夫人，意欲东归，又无善策，故而烦闷。

萧　何　嘿嘿，臣保荐一人，不但太公、夫人可见，三秦可得，项羽可取，天下尽在掌握之中。

刘　邦　既有此人，现在何处？

萧　何　现在褒中。

刘　邦　他叫何名字？

萧　何　他……嘿嘿，不说也罢。

刘　邦　却是为何？

萧　何　为臣说出来，大王又要说他出身微贱，不肯重用啊。

刘　邦　真是贤士，焉有弃而不用之理？

萧　何　当真用他？

刘　邦　当真用他！

萧　何　果然用他？

刘　邦　果然用他！

萧　何　嘿嘿，韩信呐！

刘　邦　嗳！（仓）想那韩信，自身尚不能保，岂能当此重任？封他为连敖官，恐怕他也不能胜任吧？

萧　何　大王封他为连敖官，到任以来，将一月所积公文事项立即办理完毕，属下人等，尽皆叹服。

刘　邦　一节之事，何足道哉？

萧　何　只此一节，可见他满腹经纶。

刘　邦　既然如此，就升他为治粟都尉。

萧　何　治粟都尉，还是大才小用啊！将他宣上金殿，封他作大将啊！（仓）

刘　邦　容孤思之！

〔【冲头】刘邦拂袖径自下，大太监、四太监随下。

萧　何　（又不行了。望着刘邦的背影，回过身来自我解嘲地）嘿嘿！

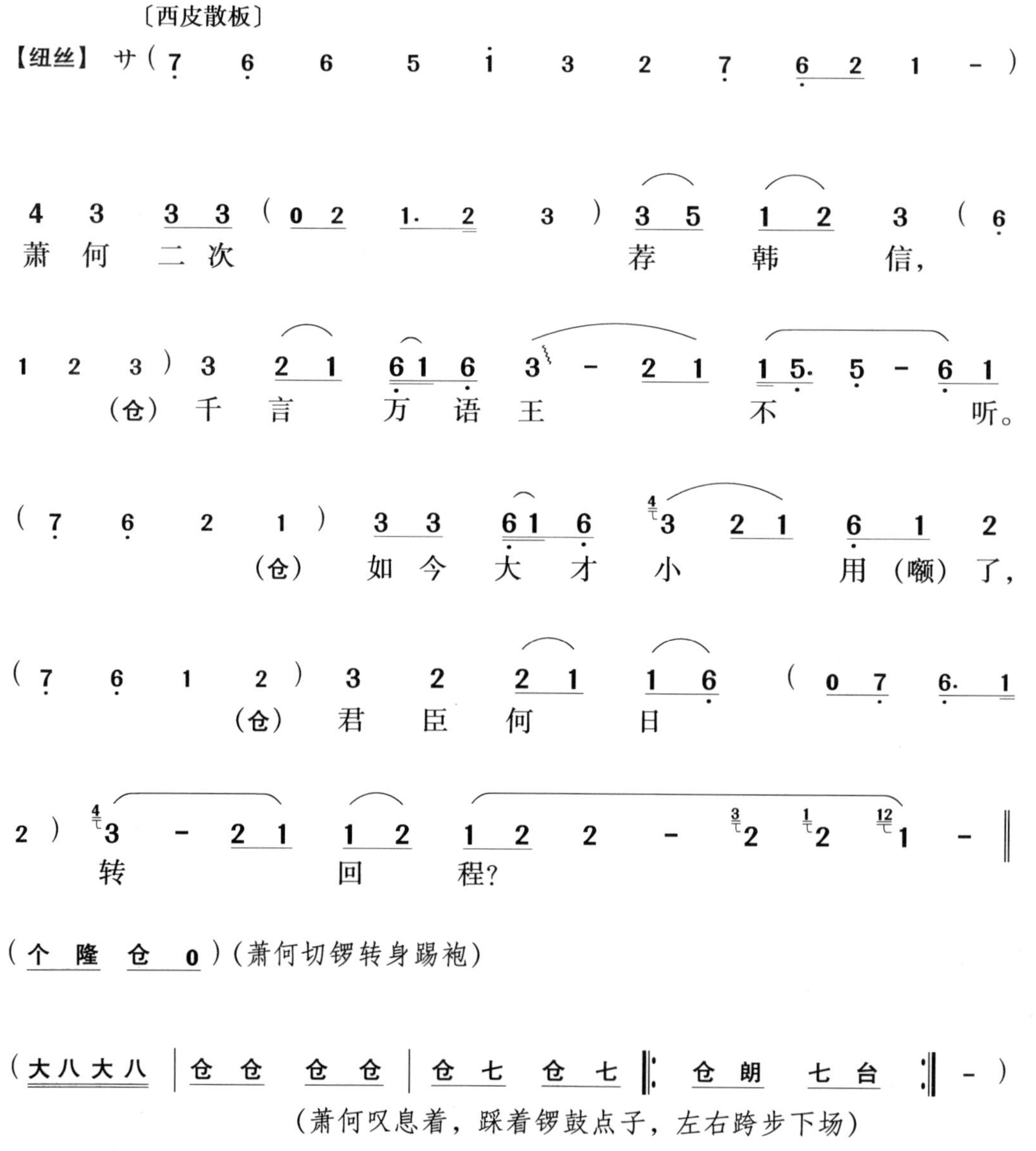

第十一场

〔接上场。**【撤锣】【小锣五击】**四乡民上。

乡民甲 列位请了！

乡民乙
乡民丙 请了！
乡民丁

乡民甲 我们往年纳粮，费尽周折。自从韩大老爷接任以来，诸事迅速办理，免去许多周折，还对我等多方帮助，若是韩大老爷升任别处，我们岂不又要遭罪，我们速速去见相国，留他在任，岂不是好？

乡民乙
乡民丙 好好好，一同前往。
乡民丁

【小锣二击】

〔四乡民圆场来到相府门前。

乡民甲 里面有人么？（**台**）

〔家院上。

家　院 做什么的？

乡民甲 我们乡民要叩见相国，有事禀告。

家　院 稍站。

四乡民 是。

家　院 有请相国！

〔**【大锣五击】**萧何上。

萧　何 何事？

家　院 众乡民求见。

萧　何 唤他们进来。

家　院 是。（转向众乡民）唤你们进见。

四乡民 是。

〔**【小锣二击】**四乡民进门，家院下。

四乡民 叩见相国。（行礼）

萧　何 罢了。到此何事？

乡民甲 启禀相国，我们往年纳粮，费尽了周折。自从韩大老爷接任以来，诸事迅速办理，还多方帮助。闻听韩大老爷要升任到别处，故而前来，恳请相国允准韩大老爷留任。

萧　何 韩大老爷岂可大才小用啊！

乡民甲 相国不允，我等要跪求了！

乡民乙
乡民丙 我等要跪求了！（他们跪下）（**大　大　大　大　乙　台**）
乡民丁

萧　何　慢来，慢来！你们暂且回去，我自有安排。

四乡民　是。（起来）这就好了！

〔【小锣五击】四乡民下。

萧　何　嘿嘿，韩信上任未久，深得民心，待我上殿，三次保荐。左右，打道上朝！

〔奏唢呐曲牌<六幺令>合头。

〔牌子声中，四龙套上，萧何出门，二龙套掀轿帘，萧何上轿，同下。

第十二场

〔宫中，一桌一椅摆“大座”。

〔【快长锤】四太监、大太监、刘邦上。

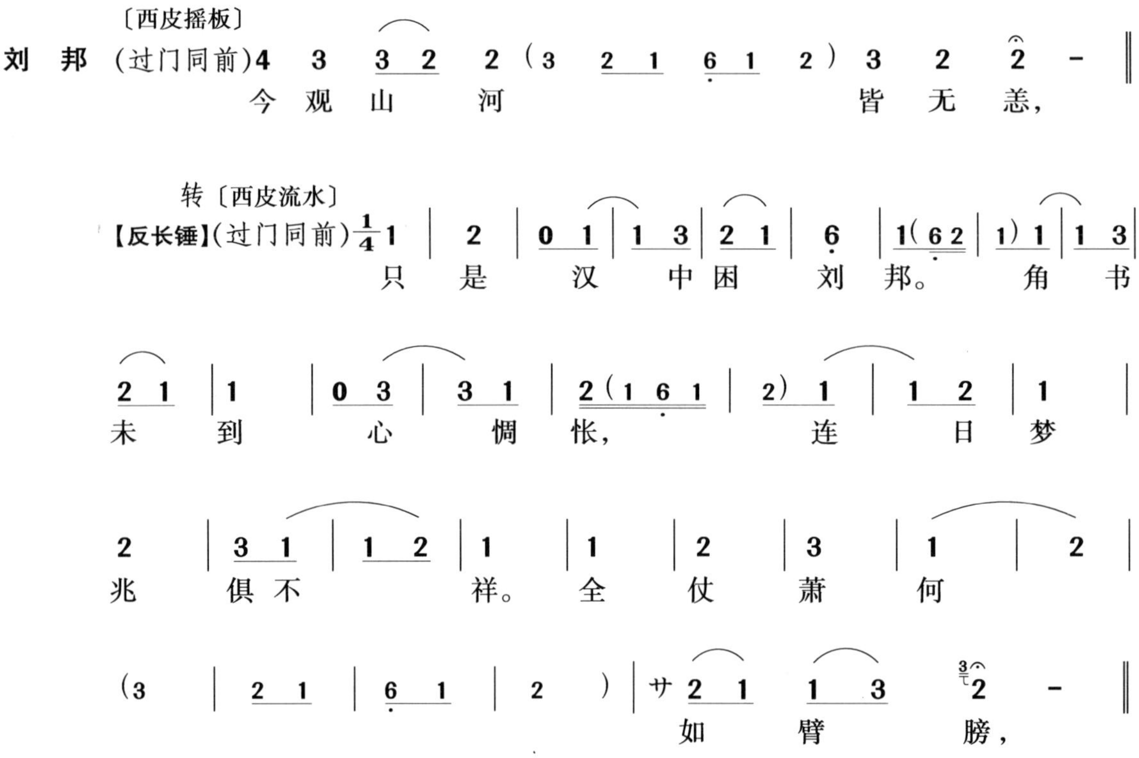

【反长锤】（刘邦归“大座”）

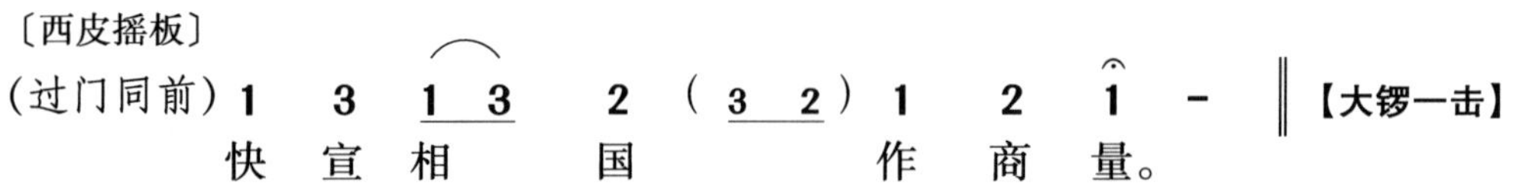

大太监　大王有旨，萧何进宫啊！

〔萧何内白：“领旨。”

〔【快长锤】萧何上。

〔西皮摇板〕

萧　何　（过门同前）4　3　3　3　（4　3 2　1 2　3）3 5　1 2　3
萧　何　三　次　　荐　韩　信，

（4 5　3 2　1 2　3）1　3　1 2　1　2　（3　2 1　6 1
言　听　计　从

2）4/4 3　-　2 1　6 1　6　-　1　-　‖【大锣住头】
早　回　程。

（萧何进内）

萧　何　萧何参见大王千岁。（行礼）

刘　邦　平身，赐座。

萧　何　谢座。

〖【大锣住头】太监搬椅至“下场门”一边，萧何坐下。

萧　何　臣正要求见大王，大王宣召，不知有何国事议论？

刘　邦　孤连日夜得噩梦，恐有不祥，故而心中烦闷。

萧　何　大王连日夜梦不祥，为臣倒想起一辈古人来了。

刘　邦　哪辈古人？

萧　何　大周驾下，有一镇诸侯，名曰齐景公。夜梦：上山见虎，入草见蛇。他驾前有一贤臣，名曰晏平仲。命晏子圆解。那晏子奏道：“上山见虎，入草见蛇。何谓不祥？我国中倒有三不祥。”

刘　邦　哪三不祥？

萧　何　“有贤士不知，一不祥；知而不用，二不祥；用而不能重用，三不祥。”嘿嘿，大王此梦与齐景公一般无二啊！

刘　邦　相国说哪里话来！孤自入褒中，立下招贤馆，收罗贤士。若有贤才，孤当重用。怎奈无有贤士耳！

萧　何　嘿嘿，眼前就有一贤士，大王不用啊！

刘　邦　他叫何名字？

萧　何　嘿嘿，不说也罢。

刘　邦　为何不说？

萧　何　为臣说出来，大王又要说他出身微贱，不肯重用啊。

刘　邦　若有贤士，孤当重用。

萧　何　用他？

刘　邦　用他。

萧　何　用他？

刘　邦　用他。

萧　何　嘿嘿，韩信哪！

刘　邦　嗳！（仓）我想韩信，自到褒中以来，升官两次，也就是了。相国为何苦苦地保奏？

萧　何　他非百里之才，大才小用，岂不可惜？

刘　邦　也罢，等张良先生角书到此，再作道理。

萧　何　等不及了，快快宣他上殿，拜他为大将。

刘　邦　（不想和他多说）退班！

〔【冲头】刘邦径自下场，四太监、大太监随下。

萧　何　（回过身来）嘿嘿！

〔西皮散板〕

【纽丝】（过门同前）サ 4 3 3 3（2 1 2 3）3 5 1 2 3（6 1 2 3）

三次保荐成画饼，

6 1 3 3 2（7 6 1 2）3 2 1 1 - 2323 7 6 - 1 - ‖

枉费萧何舌与唇。

〔【大锣回头】萧何下场。

第十三场

〔接前场。【冲头】

〔韩信上。他恢复了原来的装束，身背宝剑，手拿红官衣、官帽。

韩　信　【大锣叫头】且住！

多蒙相国屡次保奏，怎奈汉王执意不听，有何面目留在褒中？我不免写下诗句，弃官逃走，看萧何追是不追。

韩　信　来！

〔门子上。

门　子　有。

韩　信　（把红官衣、官帽交给他）溶墨侍候！

门　子　是。（捧笔墨过来）

韩　信　待我题诗一首。

〔奏唢呐曲牌<急三枪>，韩信提笔在墙上题诗。

韩　信　外厢带马！

〔【急急风】门子带马，韩信上马。门子下。

〔韩信骑马走圆场。

〔门官上。

〔门官看着韩信骑着马出城而去。转【冲头】

〔门官下。

第十四场

〔【大锣水底鱼】（半段）家院上。

家　院　且住！来人报道：韩将军弃官逃走，不免报与相国知道。

「**【大锣水底鱼】**（半段）家院走圆场。

家　院　有请相国！

「萧何内白：“嗯哼！”

（从此刻开始换高音锣）**【大锣五击】**

「萧何上。他改换改良装束。

萧　何　何事？

家　院　启禀相国，大事不好！

萧　何　（有点怪他大惊小怪）何事惊慌？

家　院　韩将军（萧何一听，已有预感）弃官逃走！

萧　何　（一吸气，退两步，一捋胡子，非常焦急。心想：韩信很重要，不能让他走。这都通过手的颤抖来表现。）（仓　0）（一锣之后，顿一顿，右手举起，颤抖着，心里很急，可是说不出旁的话，迸出两个字）……带路！

（大 台 | 仓　台 才 乙 台 | 仓　台 才 | 乙 八 乙 | 仓　台 才 | 乙 台 仓）

（萧何和着锣鼓节奏，出门时，抓袖，抬腿，撩袍，走圆场）

「到了韩信寓所门口，不讲话，再抓袖，交代场面起**【慢五锤】**。

（大 台	仓 －	才 －	仓 －	才 －	仓 0）
（萧何抓袖）	（左看）	（右看）	（院子一指墙上的诗，看见了）	（双抓袖）	（切锣中急转身背手集中注意力往墙上看）

「**【软撕边】**

（萧何看诗，越看越急，猛一惊）

「转**【紧撕边】**　　仓　0

（萧何再一吸气，肩往上一抬，再切锣后退一步）

「这时萧何是面朝里，主要是和着锣鼓的节奏，从背上的动作把心头的焦急和吃惊传达给观众。尽管脸不向着观众，可是注意力必须十分集中，要像真看到诗句一样。

萧　何　（诗看完，动作线还不能断）呵呵，韩信（仓 0）去了！（转身向外一摊手）**【**仓（锣放音）——（表示失望的心情）**】**

【慢五锤】（大 台	仓 －	才 －	仓 －	才 －	仓 0）
	（萧何两手以大拇指搓中指、食指，眼定着神、想主意，一时又想不出，心里自问：怎么办？还对韩信有些埋怨：不乐意尽管说，何必要走呢？）			（第四下铙钹稍重一些，表示想起一件事）	（决定了，反过脸来问院子）

萧　何　韩信怎生打扮？往哪道而去？

家　院　来人报道：韩将军身背宝剑，跨下青鬃马，直奔东门而去。

萧　何　好，待我东门问个明白。

家　院　待小人与相国备马。

萧　何　我等不及了！（家院下）

〔【快冲头·叫头】

萧　何　且住！【大锣五击】

韩信不辞而别，君臣东归无日。我不免去到东门，问个明白，再作道理！

〔【大锣凤点头】萧何和着【凤点头】的节奏捋胡子，表示他在转念头。

〔西皮散板〕

萧　何　（过门同前）サ 3　3　6 2　1　3　6 1　2　（7　6　1　2）

听　说　韩　信　他　去　了，　（仓）

（左手撩髯口，右手划圈指出去）

3 5·　1　5　3　3　2 6　1　（7　6　2　1）

不由　萧　何　心　内　焦。　（仓）

（双手弹起胡子一托，双手托胡子在胸前一绕）

2 5　3　6 2　1　2　2　2　（7　6　1　2）

头　上　整　整　乌　纱　帽，　（仓）

（双手整冠，弯腰准备撩袍）

7　6　6　3 6　5　-　3　2 1　6　（7　6　2　1）

身　上　撩　起　滚　龙　袍。　（仓）

（“起”字拖长一些，语气上也缓一缓，同时把袍角塞进玉带中扣住。这两个动作要比唱抢先一步）　（斜“倒步”从台中走到“上场门”台口）　（在一锣中抓袖，转身）

3　2　2 1　1　1　6 1　6 1　2　（3　2 1　6 1　2）

三　番　两　次　把　韩　信　保，　（仓）

（向“下场门”台里走对角线）

6 5　3　6 2　1　6 3　2 1　6　（2 1　7　2　1）

大　王　不　用　为（呀）　哪　条？　（仓）

（转身由“下场门”台里走向“下场门”台口）　（拍手，一摊）

3 3 6 1 2 2 2 （7 6. 1 2 ）
此 番 韩 信 追 得 到，（仓）
（再回身连走带指走对角线向“上场门”台里）

1 1. 6 3 2 1 6 1 6 （3 2. 1 6 ）
协力 同 心 保 汉 朝。（仓）
（立刻转身回来快步往前冲，同时托胡子拱手，直到近“下场门”台口处）

3 3 6 1 2 2 2 （7 6 1 2 ）
倘 若 韩 信 追 不 到，（仓）
（双手急摊）

6 1 2 2 - 6 1 6 1 - ‖
万 里 江 山 一 旦 抛！
（双手向上一弹胡子，两手一翻，手心向下，胡子落在手背上，用“罩头”的方法，骗腿，右腿往左跨，双手托胡子往右，反回来左腿往右跨，双手托胡子往左，共做三次。在“撕边”中再翻双手，双袖兜口面（胡子）梢，翻袖滚须，重起“撕边”，再翻双袖，颤抖着向右，髯口甩到左臂上，这才唱下面三个字）
（用斜“倒步”往“上场门”走）

【大锣凤点头】

サ（6 5 5 5 5 - ） 4 3. 3 2 2 （1 6. 1 2. ）
（双抖袖） 急 急 忙 忙
（先左手抓袖，再右手抓袖）

2 1 6 1 2 （‖: 2 3 2 1 :‖ 2 - ）
往 前 跑，（仓 0 ）
（跑小圆场，由紧而慢，走到“上场门”，斜身向“下场门”台口，被石头一绊，往前一栽，手扶地，急起，再翻袖托须，因为绊跌站立不稳，又加上心急，所以抬左腿，往后退，切锣中一个“屁股坐子”）

〔**【纽丝】**萧何跌倒后喘口气，又急忙起来，因为心里有事，再抓袖，小圆场到“九龙口”，锣鼓缓下来，再喘口气，表示：可到了！**【大锣凤点头】**

〔西皮散板〕

萧 何 （过门同前）サ 6 1 3 2 1 2 1 - ‖
来 在 东 门 问 根 苗。

〔【大锣住头】门官上。

门　官　参见相国。

萧　何　罢了。你可曾看见一位将军，跨下青鬃马，身背宝剑，由此道而去呀？

门　官　（略想一想）有的，过去一日了。（仓）

萧　何　怎么？过去一日了？

门　官　正是。（仓）

萧　何　这……这便如何是好？

〔夏侯婴内白："相国慢走！"

〔【大锣水底鱼】夏侯婴骑马上，看见萧何，下马，马鞭仍拿在右手，马鞭梢朝上。

夏侯婴　相国，大事不好！

萧　何　何事惊慌？

夏侯婴　韩将军逃走了！

萧　何　（并不吃惊，知道他准是要说韩信的事）我……（忽然看见夏侯婴的马，有了主意）知道了！（这三个字含糊一说，顺手夺过他的马鞭，带过来，上马）

（崩　登　仓 0　崩　登　仓 0）

（夏侯婴一抓，萧何右脚不落地，就势一踹，踹开他，再骗腿上马）　（然后猛加一鞭）

【急急风】（萧何急下）

夏侯婴　（一把没抓住，跌坐在地，莫名其妙，马上站起来，对门官）快快带马！

门　官　是。【冲头】

〔门官带马上，夏侯婴骑马急追下。门官下。

第十五场

〔【撤锣】【小锣抽头】樵夫挑着空担上。

〔西皮摇板〕

樵　夫　（过门同前）5 3 3 2 2 6̣ 1 3 2 - ‖
出门砍樵上山道，

〔【快长锤】韩信骑马过场下。

〔西皮摇板〕

樵　夫　【小锣凤点头】(过门同前) 6̣ 1 1 3 2 (3 21 6̣1 2) 1 3 21 6̣1 1̇ - ‖
马走如飞　一英豪。

〔【小锣抽头】樵夫下。

〔【快冲头】萧何（【冲头】切住后，滞后半拍，再念）:"嘚！"(仓 0)马……来！……（在台里念"马"字，拖音，由远而近，"来"字时出场。念时加【撕边】左手勒缰近胸前，右手抓马鞭向后，出场后站住，起【纽丝】）

隆 冬 八大台	仓 -	才 0 嘟	仓 台 才 台
	（左看）	（右看）	

（渐慢，表示萧何心中犹豫）

‖: 仓 台　七台． :‖ 仓 台 才 | 仓 台 才 台 | 仓 0 ‖

（合着锣鼓打马向前，仍在看着）　　（到“九龙口”站住）

〔西皮散板〕

萧　何　（过门同前）サ 4 3 3 1 2 －（3 5 5 2 1 6 6· 1 2）

催 马 加 鞭

5 3 2 2 1· 2 3 3 2 2 － 2 3 2 3 2 1

迷 了 道 （哇

2 － ‖ 6 5 6 5 3 －

呃），（樵夫内“搭架子”） 啊

【双槌大锣凤点头】

〔樵夫从“下场门”上，用虚拟的动作表现出柴担已装满了。

萧　何　（过门同前）サ 3 2 5 3 － 2 1 6 1 1· 2 3 3 2 －

我 不（哇）免 上 前 （呐）

2 3 2 1 6（7 6 6· 1 2）6 3 2 1 1 7 6 1 － ‖**【大锣住头】**

问（呐）一 问 樵。

萧　何　喂！（台）樵子请了！

樵　夫　请了。

萧　何　你可曾看见一位将军，跨下青鬃马，身背宝剑，喏喏喏，由此道而去呀？

樵　夫　（想）有的，有的，如今过去五十余里了。（从“上场门”下）

（**崩登仓 0嘟 －**）

萧　何　啊！**【纽丝】**

〔西皮散板〕

（过门同前）サ 4 3 3 3 1 6 4 3 3（6 1 2 3）5

五 十 余 里 路 （哇）已 遥， （仓） 又

7 6 6 5 5 3 6 2 － 7 6 5· 6 1（7 6 2 1）

（哇）见 月 影 上（嘞） 树 梢， （仓）

6 1 3 3 3 1 2 2 1 6 3 2 1 6 1 2 2 0

猛 然 间 想 起 了 我 的 腹 中 饥 了，

萧 何 罢！

【大锣凤点头】（6 5 5 i 3 2 3 2 7 6 2 1）3

纵

2 1 6 5 3 1 2 0（仓 0）3 5 1 5. 3 1 1

然 是 饿（呃）死 我 也 要 追 赶 英 豪！

（崩登仓 0）【急急风】

（甩胡子，打马，急下场）

第十六场

〔紧接前场。【急急风】

〔韩信骑马上。他并不是真心要逃走，而是试探萧何究竟有无诚意，来不来追，于是时而缓行，时而疾行，如果一个劲的打马急驰，相隔一日，再也追不上的。因此这时“趟马”也不能用原来的套子。原来的勒马三鞭，是催马疾行，这里改了。【大锣四击头】韩信勒马反踢腿，右转身，亮相时往回看。【急急风】韩信下场。

〔【急急风】中萧何骑马上。三个圆场，头一个是一般的；第二个眼往前看，撑起身子，姿势两样一些。第三个，在“下场门”台口打一鞭，甩胡子，急左转身向“上场门”，同时一个“趋步”往前催，再加一鞭，左转身向外，一甩胡子，微抖一抖，表示他紧张、疲乏，但精神还很集中，因为目的还没有达到。在紧锣紧鼓中，到台口一催马。

（嘟 - 大 台 | 仓 - | 仓 才 才 | 仓 才 | 仓 0）

（在下坡，马乏了，路又不平，马一冲一跌）　　（用“卧鱼”的身段，竖鞭，向右甩胡子一望）

（八大仓）（八大仓）

（站起身，踢右腿，跨左腿，转身，抬右腿）　（打一鞭）（打二鞭）

（八打仓）（奔 登 仓 0）【急急风】

（打三鞭）（“跺泥”亮相）（萧何下场。夏侯婴用“开口跳”风格“趟马”）

（八大仓）（八大仓）（八大仓）【大锣四击头】（亮相）【急急风】

（勒马打三鞭）　（夏侯婴追下）

第十七场

〔【急急风】韩信骑马上。走小圆场，回身望。（有人在这里用垫桥的身段，是不对的。这里是栈道，韩信知道栈道烧毁了，才故意往这里来，总之他是安心等人来追。栈道造在悬崖峭壁上，而且很长很远，一下子垫不起来的。所以不能用垫桥的身段）

〔韩信跑一个圆场。

〔萧何内白：“将军慢走！”

〔韩信知道萧何追来了，而且越追越近，他还要做作一下，再跑一个圆场，假意催马疾行。

〔萧何骑马追上，两个圆场。头一个紧赶紧追；第二个扬鞭招手，但身体不能乱动。忽然马失前蹄，急拉缰绳，谁知拉过了劲，马前脚离地，竖了起来，于是“吁”着往后退，没想到马退了几步忽然把前脚放下来，萧何在鞍子上坐不住，就从马背上摔出去了。

（大台 | 仓 - | 仓 才才 | 仓 才 | 仓 0）

（往后退时扔马鞭，甩盔头，“吊毛”）

（八大仓）（八大仓）（八大仓）（八 0 仓 0）

（单腿跪着“蹉步”向前，表示尽管跌倒了，还想挣扎着站起来）（实在站不起来了，这才倒下）

〔在【四击头】中萧何摔下马来，韩信也不能闲着、等着，看见萧何跌倒，赶紧下马，把他搀起来。他在萧何对面，左手抓萧何的右手，右手向他胁下一托，就搀起来了。

（大八大八 | 仓仓 仓仓 |: 仓 朗 才 台 :|）

（萧何站起来以后，左手抓住韩信的右手；韩信左手扶萧何的腰，萧何右手再扶着韩信左手，两人喘气，合着锣鼓节奏，要一致。剧中人累了，要喘气，演员也累了，也要喘气，两者结合上了）

（仓 朗 才 台 | 仓）

韩信白：“相国！相国！”

萧 何 （听见叫声，想起自己正是为他而来，猛然两手抓住韩信双手）（仓 0）（那意思是：我可找着你了！抓住了他，自己还在喘息，不过比先前又轻微一些，也还得做得好看。又惊又喜，嘴颤抖着）韩，韩，韩……韩将军，你……你……你绝人忒甚哪！（意思是：你太不讲交情了！）

韩　信　（听他话说得很重，愣了一愣）……啊？

萧　何　（也察觉了，补一个语气）唔……（仓）你……你为何不辞而别了？

韩　信　（双手一推，回身）**【叫头】**相国！
想我韩信，自到褒中以来，蒙相国恩待，连保三本，怎奈汉王不允，有何面目，留在褒中，情愿去归故里，耕种为生，相国大恩，容图后报。（这一段念得不快不慢，也留出时间给萧何喘气，因他下面还有大段唱）

（ 嘟　－　（慢）八 大　顷 ｜ 仓　才 ‖: 才　才 :‖
（萧何双手弹胡子，再一甩胡子）　　萧何白：“韩将军！”
（气还未调匀，随着钹声抱拳点三下）

八　大八 ｜ 仓　仓 ｜ 才 ｜ 仓 ｜　　大台 ｜ 仓　才 ｜ 仓　才 ｜ 仓）
“将军哪！”
（在**【慢五锤】**中招韩信走到台口）

萧　何　你有管乐之才，伊吕之志，我连保三本，大王说你出身微贱，不肯重用。怒恼将军，走奔他乡。我急急忙忙，追赶前来。将军暂息雷霆之怒，随我回去，我以全家性命，力保将军。大王再若不用，我与将军一同走。将军，千不念，万不念，不念你我一见如故？
（萧何是真情，也是要以此打动韩信，也可以说，他这时的念和下面的唱，都是为臣、为友的一片真情，要含蓄一些，不要过于剑拔弩张）

〔二黄顶板〕

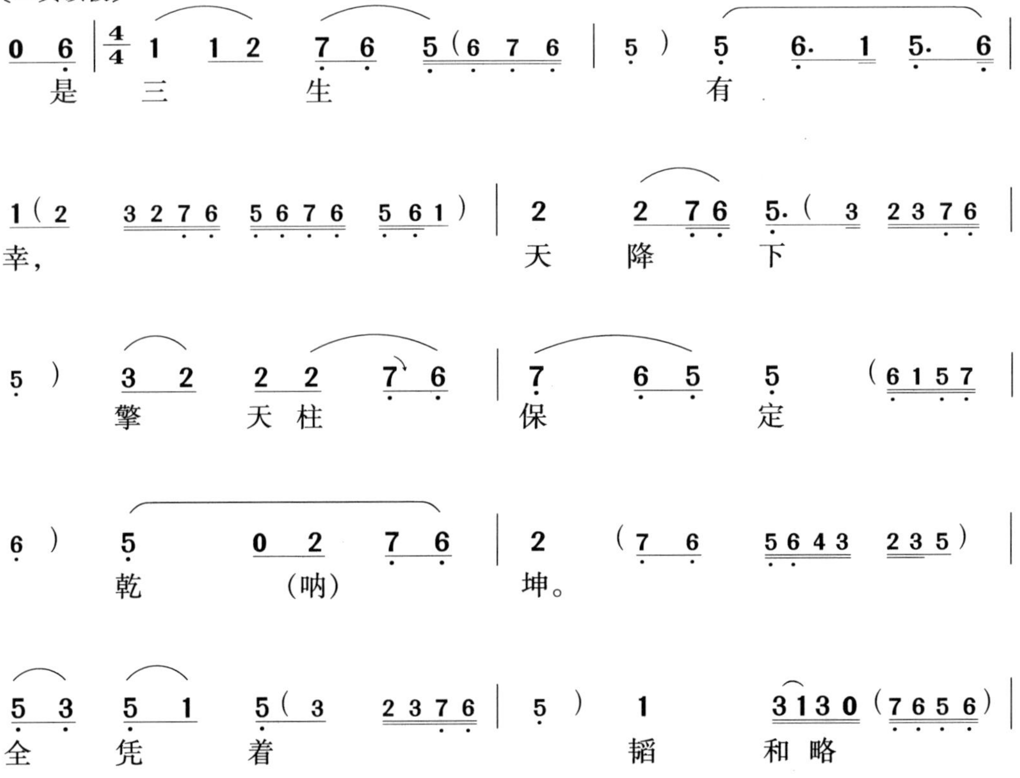

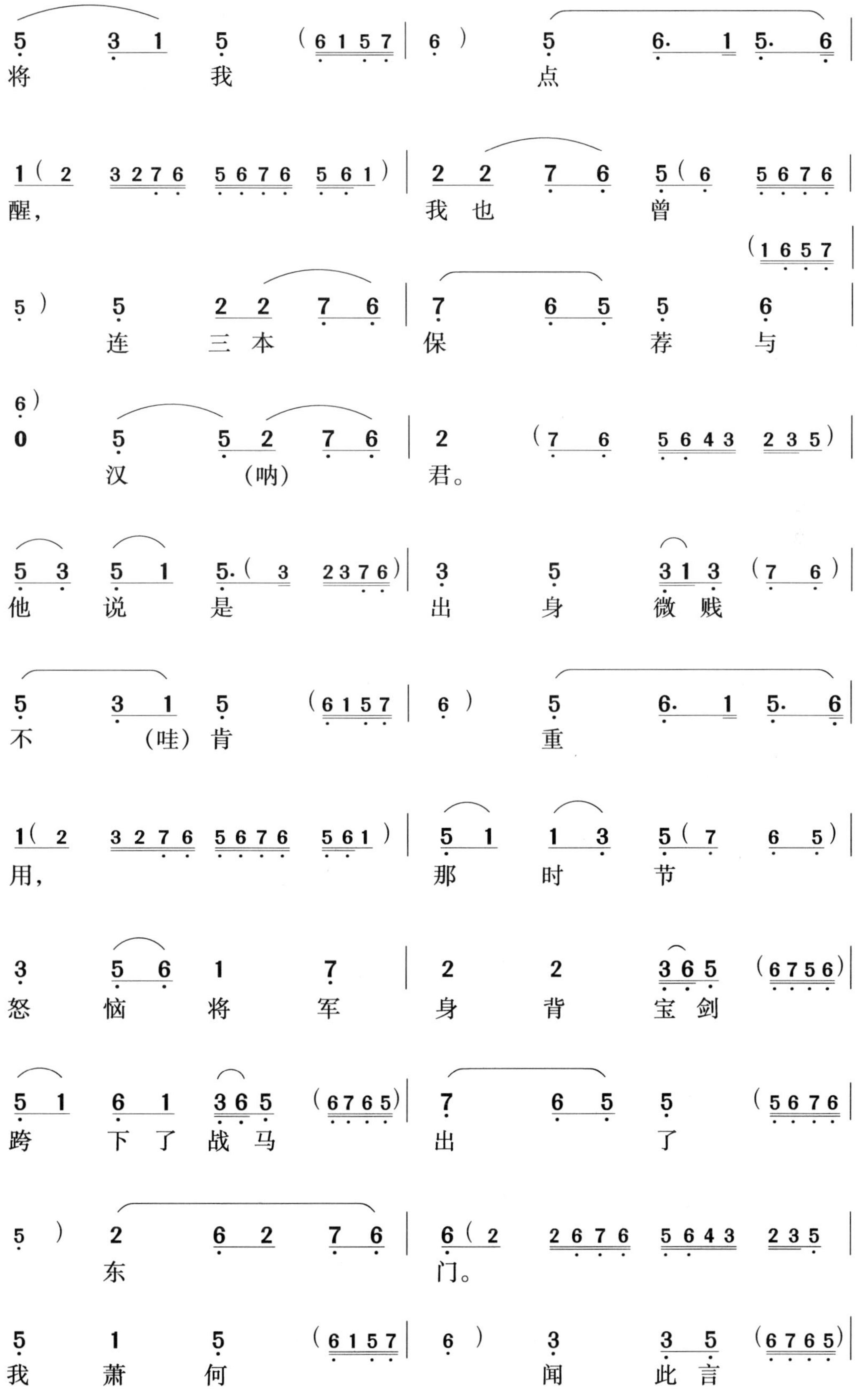
将 我 点
醒， 我 也 曾
连 三 本 保 荐 与
汉 （呐） 君。
他 说 是 出 身 微 贱
不 （哇） 肯 重
用， 那 时 节
怒 恼 将 军 身 背 宝 剑
跨 下 了 战 马 出 了
东 门。
我 萧 何 闻 此 言

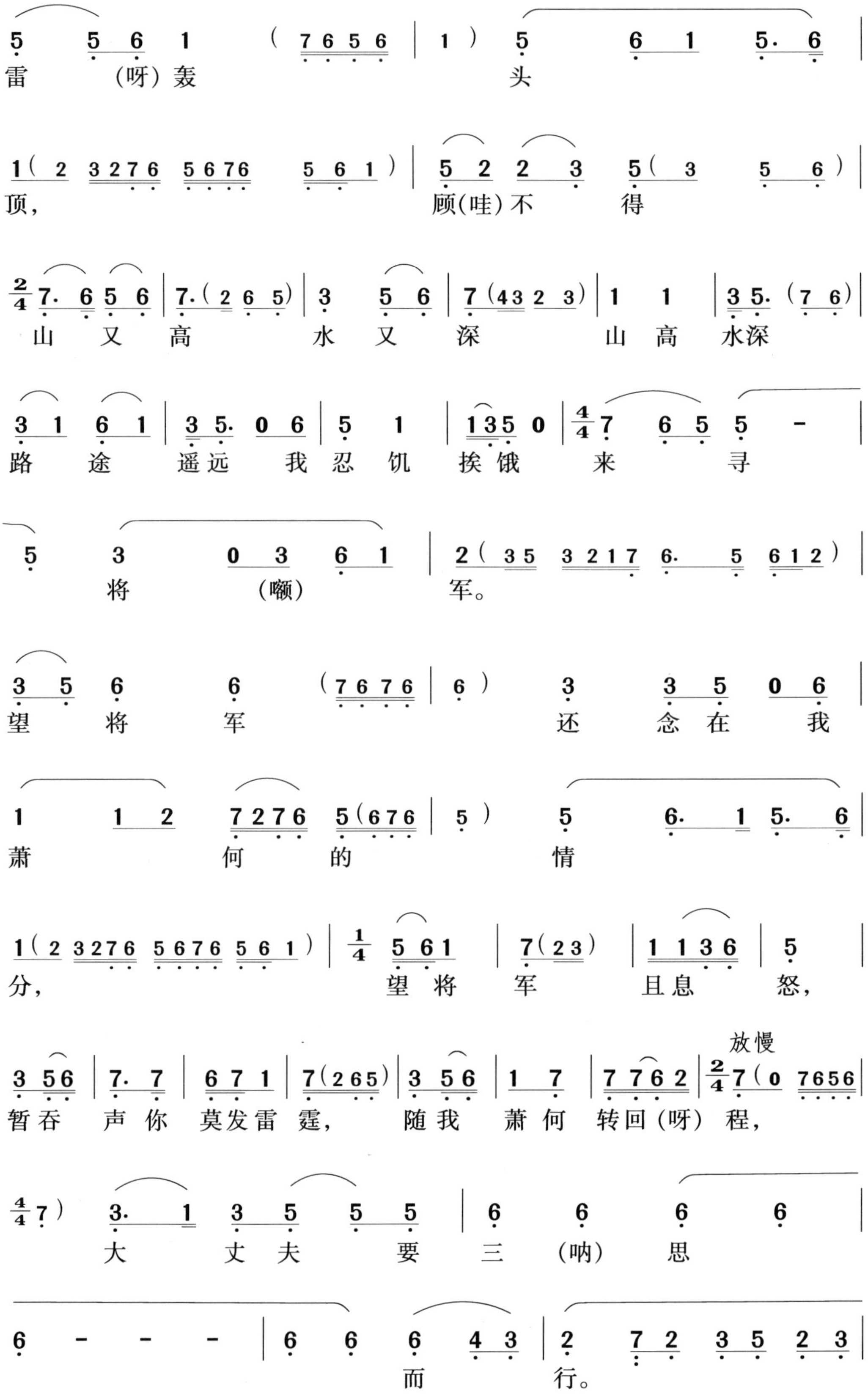
雷 （呀）轰 头
顶， 顾(哇)不 得
山 又 高 水 又 深 山 高 水深
路 途 遥远 我忍 饥 挨饿 来 寻
将 （嘞） 军。
望 将 军 还 念 在 我
萧 何 的 情
分， 望 将 军 且 息 怒，
放慢
暂吞 声 你 莫发雷 霆， 随 我 萧 何 转回（呀）程，
大 丈 夫 要 三 （呐） 思
而 行。

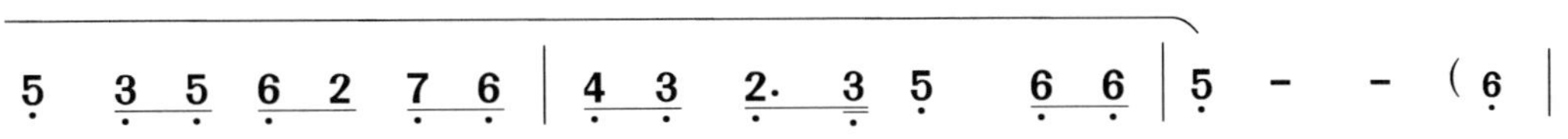

（萧何唱上面一大段时，韩信站在那里，不能乱动，动了就要搅戏。又不能呆，呆了就像傀儡。全在乎眼神。如唱到“不肯重用”时，要微露不满的神情。唱到“来寻将军”时，要有感激的意思。但这些都不能过火。演戏，哪儿是你托人家，哪儿是人家托你，宾和主要分清。而这一切又要从剧情出发。）

〔二黄原板〕

韩　信

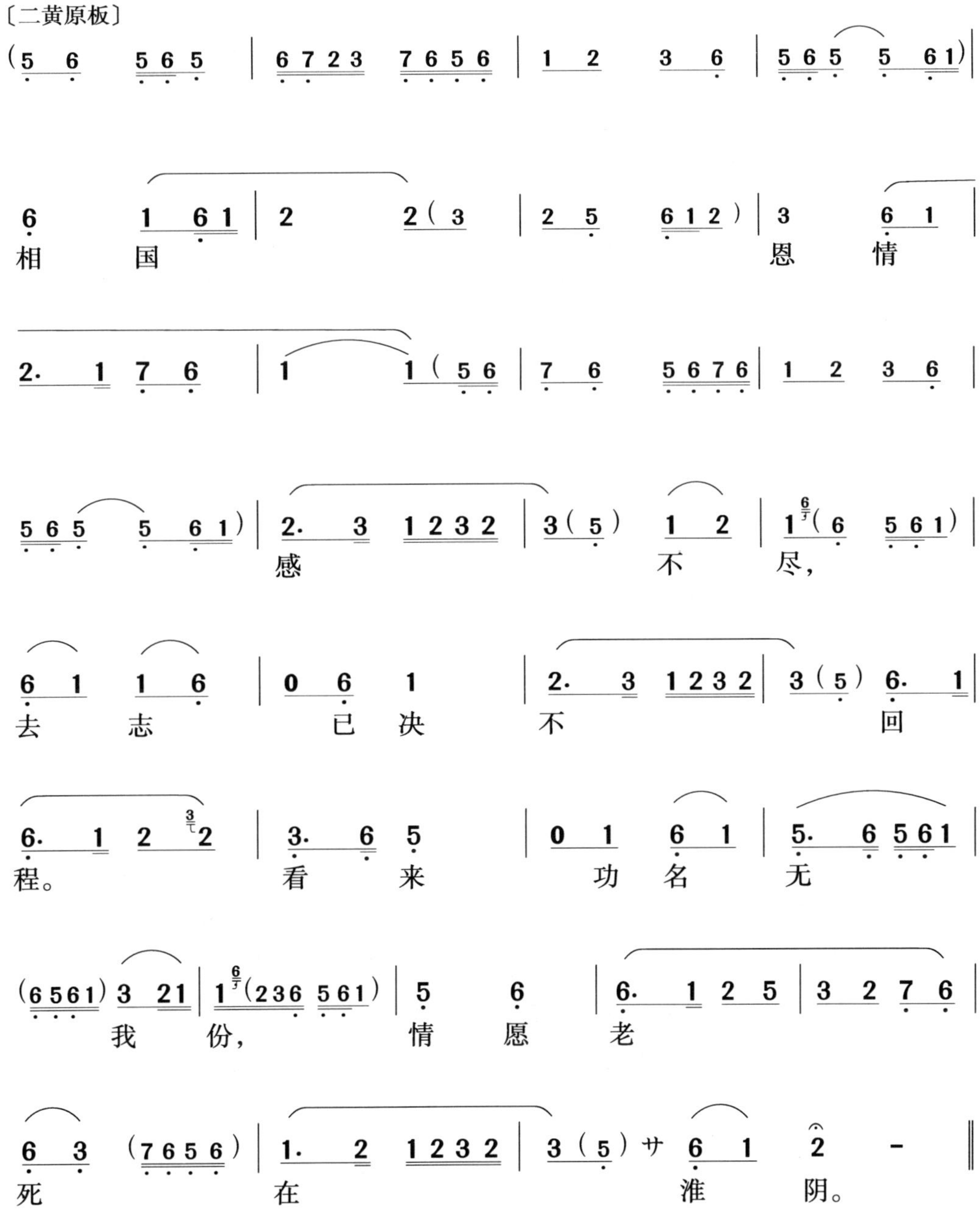

萧　何　唉呀！

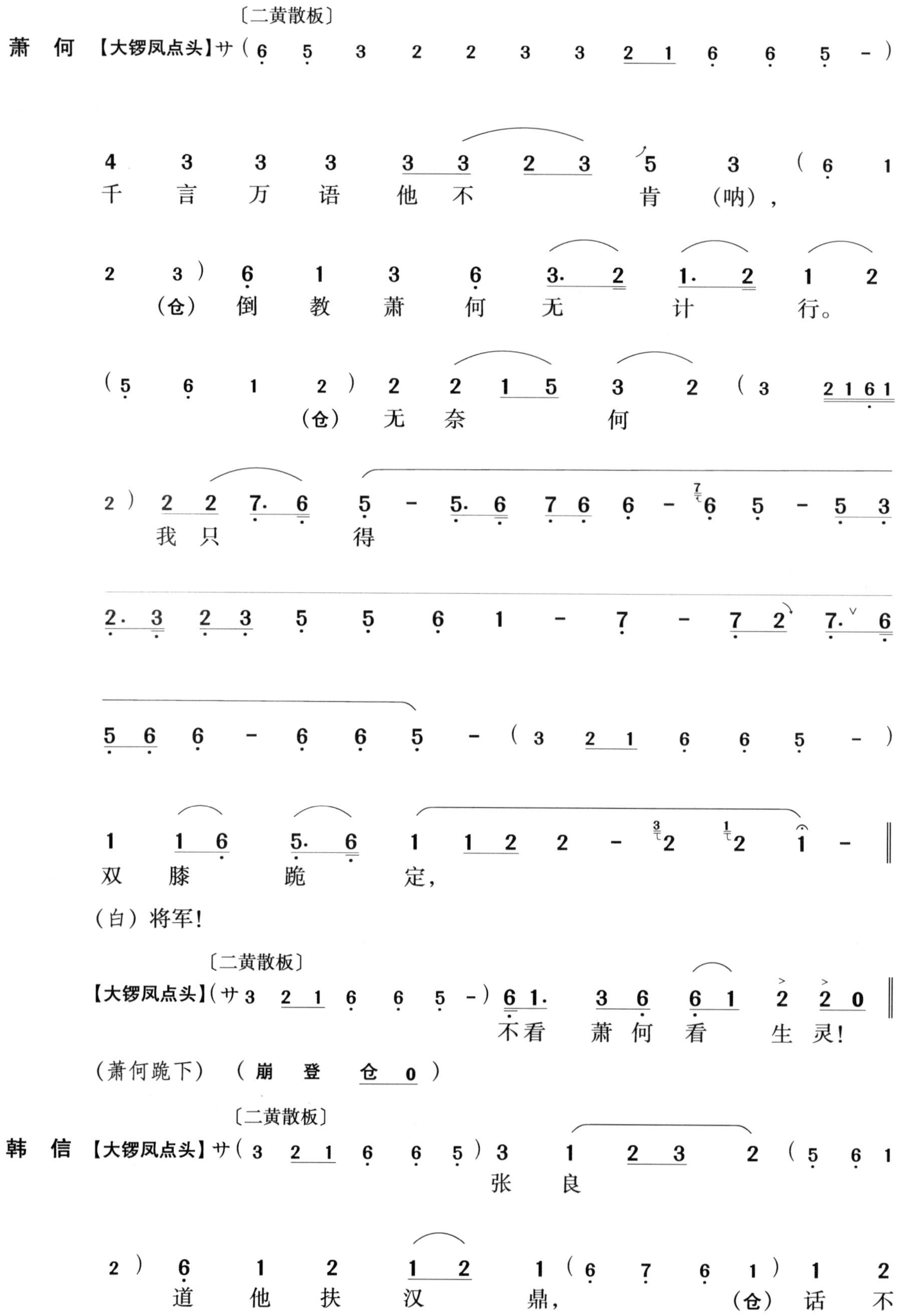
〔二黄散板〕
萧 何 【大锣凤点头】サ（6 5 3 2 2 3 3 2 1 6 6 5 －）
4 3 3 3 3 3 2 3 5 3 （6 1
千 言 万 语 他 不 肯（呐），
2 3） 6 1 3 6 3· 2 1· 2 1 2
（仓） 倒 教 萧 何 无 计 行。
（5 6 1 2） 2 2 1 5 3 2 （3 2161
（仓） 无 奈 何
2） 2 2 7· 6 5 － 5· 6 7 6 6 － 6 5 － 5 3
我 只 得
2· 3 2 3 5 5 6 1 － 7 － 7 2 7· 6
5 6 6 － 6 6 5 －（3 2 1 6 6 5 －）
1 1 6 5· 6 1 1 2 2 － 2 2 1 －
双 膝 跪 定，
（白）将军！
〔二黄散板〕
【大锣凤点头】（サ 3 2 1 6 6 5 －）6 1· 3 6 6 1 2 2 0
不看 萧 何 看 生 灵！
（萧何跪下）（崩 登 仓 0）
〔二黄散板〕
韩 信 【大锣凤点头】サ（3 2 1 6 6 5）3 1 2 3 2 （5 6 1
张 良
2） 6 1 2 1 2 1（6 7 6 1）1 2
道 他 扶 汉 鼎， （仓） 话 不

3 1 2 3 （6 1 2 3） 3 2 1 1 2 － ‖
虚 传 果 是 真。

〔【大锣住头】韩信扶起萧何。

萧　何　将军，我们一同回去吧？

韩　信　我若回去，汉王再不肯用呢？

萧　何　再若不用，我和将军一同走。

韩　信　好，我有一物，请相国献与汉王。

萧　何　何物啊？

韩　信　（从身上取出角书，交给萧何）相国请看！

萧　何　**【撕边大锣一击】**啊？**【快纽丝】**

〔二黄散板〕

サ（3 2 1 6 6 5 －） 4 3 1 2 3 3 3（6
一 见 角 书 心 不 明，

1 2 3） 3 3 6 1 6 2 2 2（5 6 1
（仓） 萧 何 倒 做 懵 懂 人。

2） 7 6 5 3 5 5 3 （6 5 7 6） 6 1 2 1 － ‖
（仓）低 下 头 来 暗 思 忖，（仓）

韩　信　相国！**【大锣凤点头】**

〔二黄散板〕

サ（2 1 6 6 6 5） 2 3 1 2 1 2
待 我 说 明

3 6 1 1 2 － ‖ **【大锣住头】**
莫 疑 心。

韩　信　相国不必生疑，这角书就是张良先生付与我的。我——也是张良先生叫我来的。

萧　何　既有这封书信，何不早献？岂不免了我许多的唇舌。

韩　信　我若以书自荐，岂不被天下人笑我韩信无才？

萧　何　好！（仓）英雄本色，令人可敬！

〔夏侯婴内白：“马来！”

〔**【大锣水底鱼】**夏侯婴骑马上，看到萧何他们，下马。

夏侯婴　相国，韩将军可愿回去？

萧　何　不但回去，还有一桩天大的喜事啊！

夏侯婴 什么喜事？

萧　何 （把角书给他）喏，拿去看来。

夏侯婴 待我看来。（接信，看）哎呀呀！这是张良先生的角书啊！

萧　何 是啊，韩将军就是张良先生荐得来的。

夏侯婴 既有角书，何不早献？

萧　何 你好糊涂啊！他若以书自荐，岂不失了他大将的身份哪！（这句话要念得含蓄一些，带点讽刺的意味，是句双关的话，不能太郑重其事。也就是说，萧何并不是不知道韩信的为人，他知道韩信逃跑是在做作，但此时正是用人之际，只要韩信能够为他所用，别的也就不管了）

夏侯婴 趁此一轮明月，速速赶回，免得大王挂念。（这话不能念得太快，萧何在这时把盔头找回来，把角书藏在盔头里面，动作要大一些，让观众看见）

萧　何 将军请！（然后回过头来拾马鞭）

〔**【大锣住头】**三人同时拿起马鞭，站成一个三角：萧何在“上场门”拾马鞭，就站在“上场门”靠近台中处，夏侯婴在“九龙口”，韩信在“下场门”台口。

〔然后三人边念边“推磨”转场。

韩　信 二公可算是贤臣，
不辞戴月与披星。
（这两句要念得慢一些，为的是等萧何）

萧　何 萧何月下追韩信，
（这一句要念得快一些）

夏侯婴 留得美名万——古——存！

〔念四句时萧何、韩信位置互换，夏侯婴走到他们中间。三人成一斜线。韩信在里，近“上场门”。夏侯婴居中，在台中，萧何在外，近“下场门”。

〔**【大锣四击头】**三人同上马，三人扯“顺风旗”亮高矮相。韩信站着，是马上一般的亮相。夏侯婴上马，半蹲身，用“开口跳”的姿势。萧何一拉马，一转马，身子随着往左大转身，右脚不落地，一踢腿，亮个矮相，比夏侯婴还要蹲得低些。三人亮相以后，要有一个较长的停顿。停顿中也有动作：涮马鞭。

〔**【急急风】**三人以“顺风”形式，从“上场门”下场。

第十八场

〔接前场。**【急急风】**转**【撤锣】**接**【快长锤】**四太监引刘邦上。

〔西皮摇板〕

刘　邦 （过门同前）

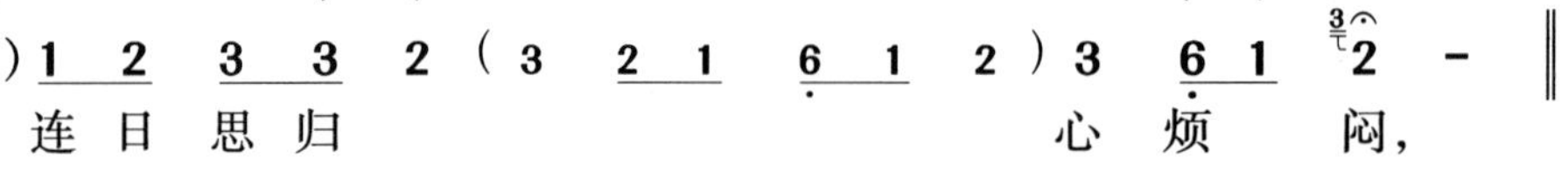

〔西皮流水〕

【反长锤】（过门同前）

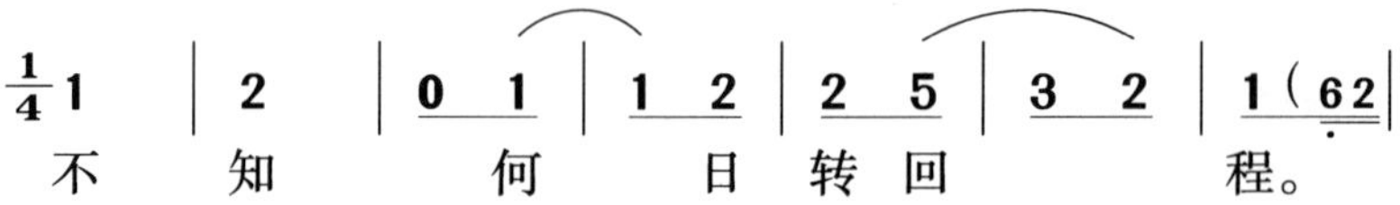

1）3 | 3 2 | 1 | 1 | 2 |（3 | 2 1 | 6 1 | 2）サ 6 1 3 2 - ‖
张 良 一 去 无 音 信，

〔【反长锤】刘邦归“大座”。

〔西皮摇板〕 （慢一倍）
刘 邦 （过门同前） 6 1 1 3 2 0 1 2 1 - ‖
缺 少 灭 楚 大 将 军。

〔【快冲头】大太监上。

大太监 启奏大王，萧何逃走了！

刘 邦 啊？【撕边大锣一击】有这等事！速去打探回奏！

大太监 遵旨。

〔【快冲头】大太监下。

刘 邦 我与萧何，起自沛丰，患难之交，情同骨肉，他岂能逃走？【撕边大锣一击】况且一概大事，由他办理，他今一去，失了孤的左右手，大势去矣！

〔【快冲头】大太监上。

大太监 启奏大王，萧何又回来啦！（仓）

刘 邦 奇怪呀！（潜台词是：我早知你不会走，但又到哪里去了？去做什么？怎么又回来了？要问清楚）宣他上殿！

大太监 萧何上殿！

〔萧何内白：“领旨。”

〔【快冲头】萧何上。

萧 何 参见大王。

刘 邦 嘟！（嘟 – 仓）你为何逃走啊？

萧 何 起自沛丰，蒙大王待若手足一般，又加我首相之职，我为什么要逃走啊？（仓）

刘 邦 你不逃走，往哪里去了？

萧 何 追大将去了。

刘 邦 哪个大将？

萧 何 嘿嘿，韩信哪！【撕边大锣一击】

刘 邦 诸将逃走甚多，你不追赶，为何独追韩信呐？

萧 何 诸将易得，韩信难寻！（仓）

刘 邦 追他回来作甚呐？

萧 何 做大将啊！（仓）

刘 邦 我不用韩信，另荐一个吧！

萧 何 不用韩信，另荐一个，荐哪一个呢？（想）哦呵，有了！（仓）

刘 邦 哪一个？

萧 何 韩信哪！（仓）

刘 邦 又是韩信！我定不用他，另荐一个！

萧 何 就是不用韩信，另荐一个，哎呀呀！叫我荐哪一个啊！（再想）哦呵有了！（仓）

刘 邦 哪个？

萧 何 韩信哪！

刘　邦　啊？**【撕边大锣一击】**又是韩信！我想韩信，母死不能葬，乃无能也；寄居亭长，乞食漂母，乃无耻也；受辱胯下，一市皆笑，乃无勇也；仕楚三年，官止执戟，乃无用也！像这样无能无耻无勇无用之人，孤若重用，会被项羽擒获，连孤三十万士卒性命，也断送他手！

萧　何　孔子被困陈蔡，非无能也；被匡人围困，非无勇也；卒老于行，非无用也。韩信乞食漂母，受辱胯下，乃是英雄未得其时。在霸王帐下，为执戟郎官，乃英雄未得其主。像他这样雄才大略，舍之不用，还叫为臣荐哪一个呢？

〔西皮散板〕

【纽丝】（过门同前）サ 6 5 3 3 3 3 5 1 2 3（6 1 2 3）6 1 3 5 6 1 1 6 1 2 1 － ‖

大王不用小韩信，（仓）看来无人掌三军。

〔西皮散板〕

刘　邦　**【大锣凤点头】**（过门同前）サ 2 5 3 6 2 1 2 1 6 1 2（7 6 1 2）6 1 1 3 2 3 5 3 21 6 1（2 1 7 2 1）3 2 1 6 2 1 3 1 2（7 6 1 2）6 1 1 3 2 1 2 1 － ‖

受辱胯下成话柄，（仓）看来无才又无能。（仓）天下贤士皆可用，（仓）韩信不可掌三军！

萧　何　哎呀！

〔西皮散板〕

【快纽丝】（过门同前）サ 4 3 3 3 3 5 1 2 3（2 1 2 3）6 1 3 2 3 2 1 6 1 6 1 1 －（7 6 2 1）‖

执意不用小韩信，（仓）倒叫萧何无计行。（仓）（萧何怎么说也说不通，想起方才答应韩信的话：如果再不肯用，我和你一同走。这时有些斗气，要掼纱帽了）

萧　何　罢！**【大锣凤点头】**（把纱帽摘下，反拿在手，但不看它）

〔西皮散板〕

（过门同前）サ 6 3 2 1 1 6 1 2 2 － 2 5 3 2 7

倒不如告职

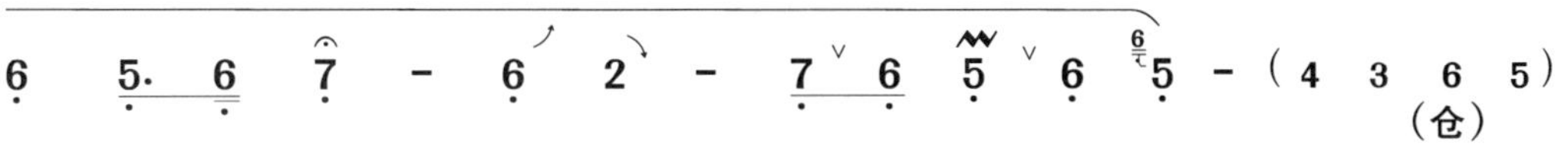

〔回龙〕

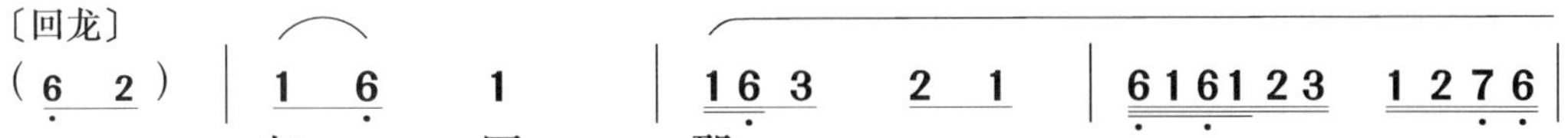

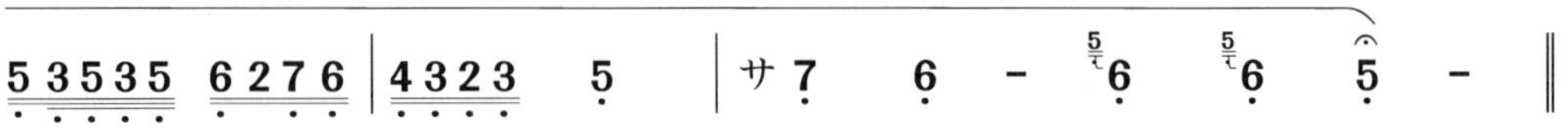

（低头一看，发现了那封角书）咦？！

〔西皮散板〕

【大锣凤点头】（过门同前）

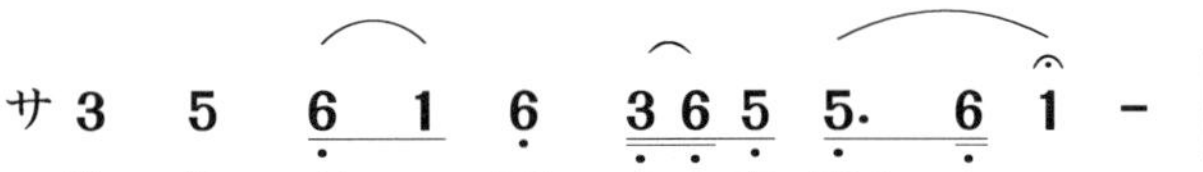

【大锣住头】

（再转向里）大王，臣另荐一个来了。

刘　邦　不用说，又是韩信呐。

萧　何　嘿嘿，这一回不是韩信了。

刘　邦　不是韩信，定是姓韩。

萧　何　什么姓韩？臣保荐张良！

刘　邦　哎呀，张良先生乃是孤心腹之人，何用你来保荐哪！

萧　何　不是啊，张良先生临行之时，对大王言道，若寻得兴汉灭楚元帅，以角书为凭。喏喏喏，这个元帅来了！

刘　邦　哦，现在哪里？

萧　何　现在褒中。

刘　邦　叫何名字？

萧　何　嘿嘿，韩信哪！【撕边大锣一击】

刘　邦　嗳，又是韩信！分明是谎奏。

萧　何　为臣焉敢谎奏，有角书为凭。

刘　邦　角书何在？

萧　何　角书在此，大王请看！（呈角书）

刘　邦　（接角书）待孤看来！

〔【大锣住头】刘邦看角书。

刘　邦　哦呵呀！韩贤士果然是张良先生荐来的，快快宣他上殿，拜为大将！

萧　何　且慢！（仓）大王平日傲慢无礼，如今欲拜大将，如呼小儿，他还是要走啊！（仓）

刘　邦　依相国之见呢？

萧　何　必须要高筑将台（仓），大王斋戒沐浴，（仓）赐他虎符金印，（仓）满营将官，听他一人节制，（仓）登台拜将，（仓）方是待贤之理。

刘　邦　一切之事，由卿办理。

〔【大锣住头】刘邦下位。

刘　邦　你为我刘邦，受尽千辛万苦，我刘邦若能统一天下，我与你富贵相共，永不食言！

（萧何右腿跪，左腿半跪，用身体带动脚前进，一步比一步快，成一条直线）

（八大仓）（八大仓）（八大仓）

谢大王！　谢大王！　谢大王！

〔【冲头】刘邦、大太监、四太监同下。

萧　何　（站起身向外）嘿嘿，不容易得很哪！

〔【冲头】萧何下。

第十九场

〔奏唢呐曲牌乙字调<小傍妆台>（1=A）。

〔牌子声中，八军士、四将官过场，再上。四太监、大太监、萧何（金相貂、红蟒）、韩信（红蟒）、夏侯婴、刘邦（均红蟒）同上。

〔夏侯婴捧宝剑、令箭，萧何捧印。刘邦拜印，韩信拜印，刘邦接印授与韩信，夏侯婴将手中的宝剑、令箭交大太监授给韩信，刘邦、萧何在大边，韩信、夏侯婴在小边。曲牌止。

刘　邦　正（呐）是：【大锣住头】

（念）将军登台挂帅印，

萧　何

韩　信　（接念）指日兴兵灭三秦！

夏侯婴

〔奏唢呐曲牌<尾声>。

——剧　终

卫　明　　　　　　　　　　　　　　整理

斩经堂

周信芳演出本

《斩经堂》这出戏，除去龙套、靠将、中军，主要就是一家人三个角色：吴汉、他的母亲宁氏和妻子王兰英。看起来似乎是个幸福美满的家庭。刘秀、马成的戏虽不多，但他们的到来，起了催化剂的作用，把这一家的宁静彻底打破了。

西汉末年新王朝的建立者王莽，杀了许多忠于汉朝而反对他做皇帝的大臣，其中就有吴汉的父亲。王莽为了笼络人心，后来把吴汉招为驸马，还命他镇守潼关。吴汉擒住刘秀以后，矛盾揭开，并且激化了。吴母向吴汉讲明了往日的仇恨，不但要他放走刘秀，砍倒帅字旗，更要他杀了王兰英。而王兰英和他们一家相处得很好，正在经堂拜佛念经。吴汉既是巨大的震惊，又是巨大的矛盾："杀了她……不杀她……"小小宝剑他却拔不出手。最后王兰英夺剑自尽，母亲也上吊自尽，吴汉于是焚烧府第，投奔了刘秀。

这戏在过去，自然是从封建正统观念出发，宣扬"尽忠尽孝"的。

20世纪30年代，抗战初期，周信芳利用剧中"兴汉灭莽"的口号，借以宣传抗日，不但在舞台上演出，还拍成了电影（电影《斩经堂》王兰英的扮演者是袁美云）。

正因为原剧是从封建正统观念宣扬"尽忠尽孝"，所以，在思想内容上是有缺陷的。但是当时周信芳作为一个京剧演员，能够借以在舞台上宣传抗日，却是非常难能可贵的。在当时的条件下，不可能苛求他从历史唯物主义的观点来改造此剧。

解放以后，这戏在思想内容上的问题就显得突出了。60年代，在《戏剧报》上展开了争论。那时上海戏剧学院办的编导班要我去讲课，并且规定就讲《斩经堂》。那时我正在给周信芳记录、整理舞台艺术经验。那天我向他请假，他听了很高兴，还问我去讲什么。我告诉他讲《斩经堂》。借此机会，我问他："您看这戏怎么说？"他略一沉吟，只说了一句话："这个戏是'愚忠愚孝'。"

这使我感到他对这戏有新的见地，正是"愚忠愚孝"害了吴汉一家人，他们都是愚忠愚孝的受害者。周信芳不提从前宣传抗日之事，不言而喻，他一定是认为已经做过的事，任凭他人甚至后人去评说，自己无须乎说了。

这正是大师的气度。

这戏中的吴汉，穿大靠，翎子、狐狸尾，前面还褶蟒，功夫很吃重，而且他处在矛盾、冲突的中心，是大悲剧人物，感情大起大落，表演上要求也很高。周信芳在戏中有不少独特的创造。例如要与马成交手时脱去褶着的蟒，是在台上当场脱，又没有"检场"，要脱得干净利索，还要脱得好看，还要不离开人物。周信芳用了一个巧妙的办法，自己暗暗把褶蟒的衣带松开，左手袖子让龙套拉着，他自己原地一转，一个圈转下来，蟒就在不知不觉中脱下来了。周信芳在唱腔上，从他嗓子的特殊情况出发，而且我以为他更多的是考虑到上海"五方杂处"之地的观众，所以尽量不用长过门、长拖腔，把〔西皮流水〕放慢了唱。在《斩经堂》这出戏里的〔二黄碰板〕和《追韩信》里的〔二黄顶板〕也是不用长过门、长拖腔，有点近于"说唱”的方式，还加上〔垛板〕，更加明快，但韵味仍然浓郁，感情非常丰富。而且易懂，易记，易于传唱。

在最后的“趟马”里，吴汉居然有下跪的身段。骑在马上是不可能下跪的。这是描写吴汉的内心，他内心深处是要跪下来哭别母亲。这在别的戏里也是绝对没有的。

这戏在周信芳演来，还有一个很大的特点，就是名曰“斩”，吴汉的剑，除了在前一场下场前半拔过以外，再也没有拔出来过，尤其是在王兰英面前，他绝对没有拔过剑。以他的武功，杀王兰英，岂在话下，可是他不忍心、不敢拔剑，结果还是王兰英夺剑自刎。这就更显出吴汉的矛盾、激烈的内心冲突，也很出人意外。艺术的高明之处就在于此。

在舞台上给周信芳此剧演过王兰英的有黄桂秋，他是黄派青衣的创始人，唱腔清奇俏丽，表演深邃凝重。代表作有《春秋配》、《别宫、祭江》、《蝴蝶媒》、《女起解》等等。在这里用的就是黄派唱腔。

后来演王兰英的还有李玉茹和金素雯（她也是学黄派的）。

这戏在解放后周信芳只在内部演过两次，我都有幸看到了。但毕竟看得太少。幸亏周少麟得到过他父亲的传授，又多次演过此剧。他有一些改动的地方，如：一连串跪步向母亲求情；唱“从空降下无情剑……”时，要去拿又不敢拿母亲掷在地上的宝剑，在【纽丝】中连加两次重【撕边】使之突出；还有在【四击头】亮相时闭眼不敢看宝剑；以及唱“贤公主……”时“推磨”到“小边”，唱后再“推”回来。这些改动都得到了他父亲周信芳的认可。

这次有了少麟的支持、指点和帮助，我才得以顺利完成《斩经堂》剧的记录、整理，但他还是不愿署名，特在此郑重说明，并深深致谢。在笛子的过门记谱方面，向戏曲音乐专家连波请教过。此外，上海京剧院冯钢也曾给予帮助，一并致谢。

《斩经堂》电影抗战时期我在重庆看过。那时我还在读小学，所接触的京剧爱好者都是迷“京朝派”的，但他们对周信芳的电影也禁不住叫好。

卫 明

人物行当

刘　秀	小生	宁　氏	老旦
马　成	老生	王兰英	旦
吴　汉	老生		

服装扮相

刘　秀　俊扮。水纱、网子，护领、高方巾、黑褶子、绦子，彩裤，厚底。

马　成　俊扮。水纱、网子、黑三，护领、扎巾、箭衣，彩裤，厚底。

吴　汉　搓红脸。水纱、网子、黑三（加长、加厚），护领、绿大靠、绿蟒、翎子、狐狸尾、紫金冠，彩裤，厚底。

宁　氏　俊扮。黪网子、老旦冠，护领、黄绸子、黄帔、绿老旦裙，彩裤，福字履。

王兰英　俊扮。大头片子、线尾子、点翠钻石头面、水纱、网子，护领、黄绣花帔、内穿佛衣、绣边裙， 彩裤，彩鞋。

道具

马鞭	三个	木鱼	一个
宝剑	两把	木鱼槌	一个
佛经	一本	烛台	一对
大枪	一个	香	一份
白绸带	一条	桌子	一个
椅子	两把	茶盘、茶杯	一份
佛龛	一个	大帐	一份
香炉	一个	桌围椅披	三套（红、紫、素花各一套）
托盘	一个（内有衬物、上盖绸布）		

第一场

〔【冲头】【快长锤】刘秀、马成执马鞭上。

〔二黄摇板〕

刘　秀　（6 5 3 2 2 3 3 2 1 6 1 5 6 7 6 5）サ i 5 6 6
国 破 家 亡

（7 6 5 7 6）2 5 6 i －（6 5 6 7 6 1 1 1 1）
山 河 在，

马　成　2 2 3 3（4 3 2 1 2 3）サ 3 2 1 1 2 － ‖
旌 旗 招 展 是 潼 关。【大锣住头】

刘　秀　马将军！

马　成　主公！

刘　秀　你我君臣，虽然逃出虎口，怎奈各处关口，画影图形，捉拿于我。这前有潼关，后有追兵，如何是好？

马　成　主公且放宽心，闻得潼关，乃是吴子颜镇守，臣与他交好甚厚，此去料无大碍。

刘　秀　吴汉乃是王莽之臣，倘若不念旧情，如之奈何？

马　成　主公不必过虑，就请马上加鞭！

刘　秀　将军哪！

〔二黄摇板〕

【单楗凤点头】（3 2 1 6 1 5 6 7 6 5）サ i i
潼 关

5 7 6 6 5 5 6 i（2 3 7 6 5 6 1）
守 将 是 吴 汉，

马　成　サ 2 2 1 2 3 3 6 1 2 2（3 2 1 6 1 2）
他 父 本 是 汉 家 官。

刘　秀　サ i 5 5 6 2 5 6 i － i 2 2 2 i － ‖
王 莽 待 他 恩 义 重，

马　成　【单楗凤点头】（2 3 3 2 1 6 1 5）サ 2 2 1 2 3（4 3 2 1 2 3）3 2 1 2 2 － ‖
相 劝 与 他 保 江 山。

〔【回头】二人同下。【冲头】

注：这一场刘秀、马成也可唱〔高拨子〕。

第 二 场

〔【冲头】奏唢呐曲牌＜水龙吟＞

〔牌子声中，八龙套站门，四靠将、中军上，曲牌止。

〔【四击头】吴汉“上场门”上。【回头】吴汉走到中间台口，左手抖袖，抬手，右手抓住左袖口，把左水袖向里横翻，双手举袖遮面。【大锣归位】

＜点绛唇＞ （凡字调）

吴 汉 サ 6 i 5 4 3 5 2 －【小锣二击】2 2 1 2 6
威 名 远 扬 携 带 兵 僚，

1 5 －【小锣三击】5 5 4 3 5 2 －【小锣二击】3. 2 1 2 3
君 恩 宠， 扶 保

5 6 5【小锣三击】6 5 6 5 －（仓 o） 2 2 1 2 6 1 5 ‖
新 朝。（念）“将 士” 逞 英 豪！

（把翻起的水袖抖下，任其下垂不动）

〔奏唢呐曲牌＜水龙吟·合头＞曲牌声中吴汉归大帐，入大座后，曲牌止。【大锣归位】

吴 汉 （念）壮年才杰逞英豪，
跃马临风怒滚涛。【小锣二击】
宝剑指处电光闪，
旌旗挥动碧云高。【大锣夺头】

【撕边】本宫，（仓）吴汉，字子颜。【大锣住头】

新室莽主驾前为臣。蒙圣恩，招为东床驸马，命我镇守潼关。日前有圣旨到来，画影图形，捉拿妖人刘秀；若有拿获者，高官得做，骏马任骑。今当三六九日，是本宫上关之期。中军传令，上关去者！

中 军 下面听者，将军有令，上关去者！

〔奏唢呐曲牌＜风入松＞牌子声中吴汉与龙套、靠将、中军等下。拉二道幕，幕内于近“下场门”处摆城景。二道幕拉开，现出城景。

〔吴汉城内白：“中军听令！”

〔中军内白：“在！”（仓）

〔吴汉内白：“有人过关，仔细盘查，不得有误！”

〔中军内白：“得令！”

〔【冲头】马成、刘秀同上。

马 成 来此已是潼关，主公且在松林暂避一时，待臣前去叫关。

刘 秀 须要小心。

马　成　大家小心。

〔【**大锣五击**】刘秀“上场门”下。

马　成　呔！（仓）城上有人么？

〔中军内白：“什么人？”

马　成　烦劳通禀你家将军，就说故友马成求见。

〔中军内白：“请稍候。启禀驸马，今有一人一骑，自称故友马成求见。”

〔吴汉内白：“传令开城相迎！”

〔奏唢呐曲牌<小傍妆台>

〔牌子声中，龙套、靠将、中军、吴汉出城，在“大边”。

吴　汉　马仁兄，别来无恙？

马　成　子颜兄，一向安否？

吴　汉　久违了！

马　成　久违了！

吴　汉
马　成　哈哈哈！

〔二人同笑，相抱，同转圈，马成转至“大边”，吴汉转至“小边”。

吴　汉　你我挽手而行。

〔吴汉左转身，马成右转身，吴汉右手挽马成左手，同下。

〔拉二道幕，撤去城景，再换上大帐。两旁有椅。龙套、靠将、中军、吴汉、马成上。吴汉让马成坐“大边”，自己坐“小边”。入座后曲牌止。

吴　汉　不知仁兄驾到，有失远迎，望乞恕罪。

马　成　岂敢，弟来得鲁莽，望兄海涵。

吴　汉　仁兄意欲何往？

马　成　只为过关他往。

吴　汉　但请过关便是。

马　成　这……弟还有事相求。

吴　汉　彼此至交，何言相求二字，仁兄请讲。

马　成　弟有一好友，要过潼关公干，望求免查放行，感恩匪浅。

吴　汉　既是仁兄的好友，如同弟之好友，哪有不放之理，来来来，与我报名上册。

马　成　既然免查放行，何必报名上册？

吴　汉　仁兄有所不知，如今莽主有圣旨到来，画影图形，捉拿妖人刘秀，故而要仔细盘查，来来来，请将尊友名姓，报名上册。

马　成　既然如此，不得不讲了。

吴　汉　实说的好。

马　成　贤弟，你道此人是谁？

吴　汉　请讲！

马　成　就是那刘文叔！

吴　汉　哦，（仓 0）敢是那妖人刘秀？

马　成　正是。（仓）

吴　汉　妖人刘秀要想过关，实难从命。

马　成　还望贤弟念在旧交之情，开恩释放了吧！
吴　汉　你可知俺君命难违？
马　成　【大锣叫头】子颜兄！说什么君命难违，你可知道，刘文叔乃是大汉嫡裔，王莽乃篡汉贼臣，你应该弃莽归汉，才是正理，怎么反倒忘本负汉，助那叛贼，好不知羞耻也！
吴　汉　【大锣叫头】马成兄！俺念在旧交，不忍加害，请你速速过关，刘秀想要过去，是万万不能！（左手一推，向右转身，表示决断）（嘟－仓）
马　成　既出此言，还有什么旧交？你不放刘文叔，可知俺……【冲头】

〔吴汉左手抓马成右手，拉他同至台中。

吴　汉　【大锣叫头】马成兄！（推开他，收回左手）城中擒你，不算好汉，请你出关，迅速披挂，俺即刻前来，与你交战！（仓 0）
马　成　如此告辞！
吴　汉　不送！

〔【冲头】马成下。

吴　汉　中军听令！
中　军　在！（仓 0）
吴　汉　传令大小三军，各路紧要关口，小心防守，千万不可放走刘秀，违令者斩！
中　军　得令！

〔【冲头】中军下，报子上。

报　子　启爷，马成讨战！
吴　汉　再探！

〔【冲头】报子下。

吴　汉　众将官！（众应）（仓）出城迎敌者！

〔起堂鼓【急急风】一龙套拉住吴汉左袖，吴汉已暗将袍带解开，就势向左原地转圈，缩左手，一圈下来，正好脱去褶着的蟒，龙套暗送下，再上。另一龙套抬枪带马，吴汉接过大枪。【四击头】吴汉提枪上马，亮相。【急急风】吴汉下，众随下。

〔二道幕闭，撤去桌椅，二道幕拉开。马成"上场门"上，吴汉与众将等"下场门"上。双方会阵，众兵将下，吴汉、马成开打。马成败下。

〔【冲头】众兵将两边上。中军上。

中　军　马成落荒逃走！
吴　汉　马成逃走，不必追赶。将刘秀团团围住，必须要生擒见我！
众　　啊！

〔【冲头】众兵将两边搜索，【大锣搜场】【冲头】众兵将绑刘秀上。

吴　汉　【大锣叫头】哈哈！啊，哈哈哈！
【冲头】
吴　汉　众将官！（众应）（仓）回关！

〔【急急风】众兵将押刘秀下。吴汉要"枪下场"【四击头】亮相。【急急风】吴汉更加得意地下场。

第三场

〔【冲头】【撤锣】【小锣夺头】二丫环引宁氏上。

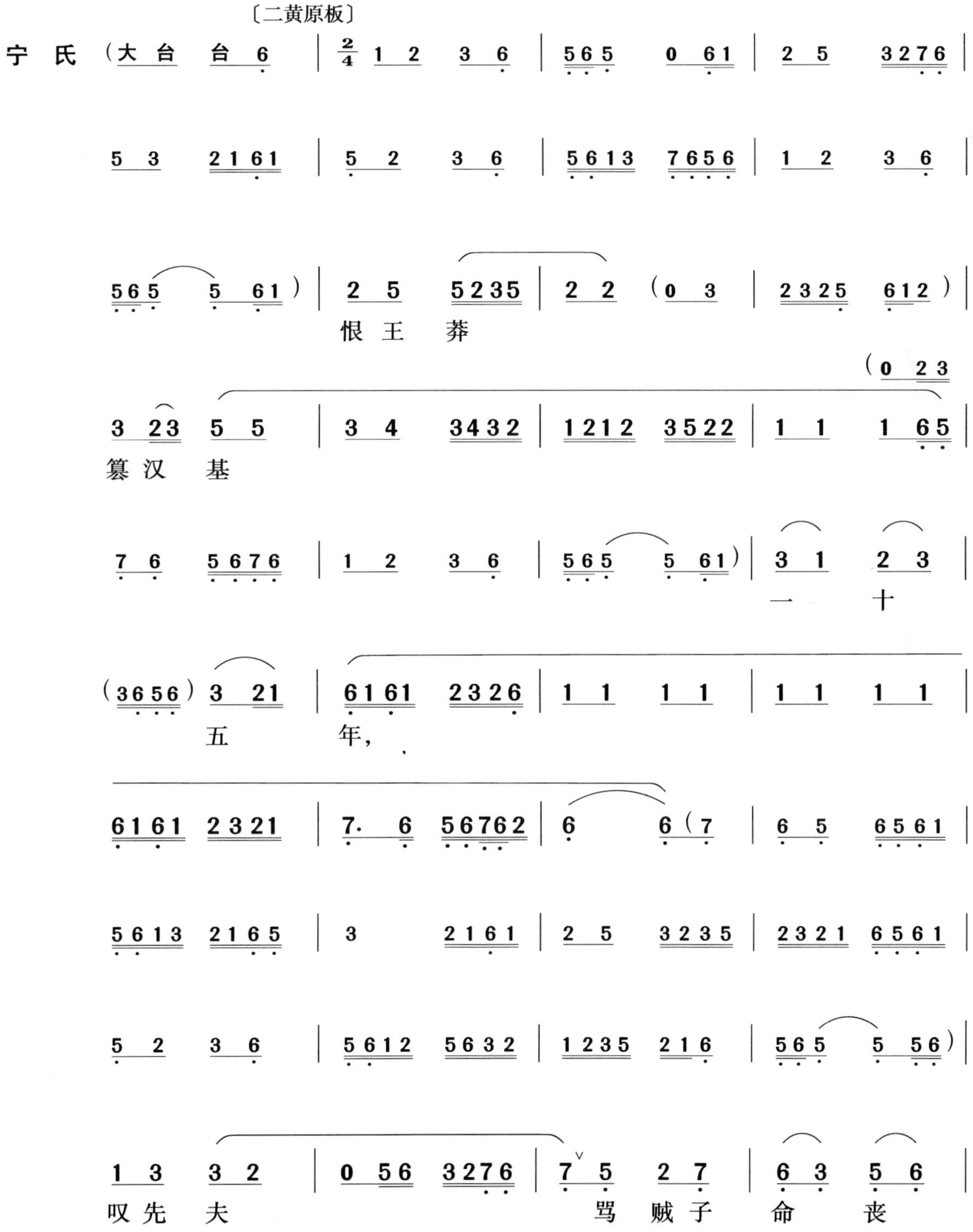

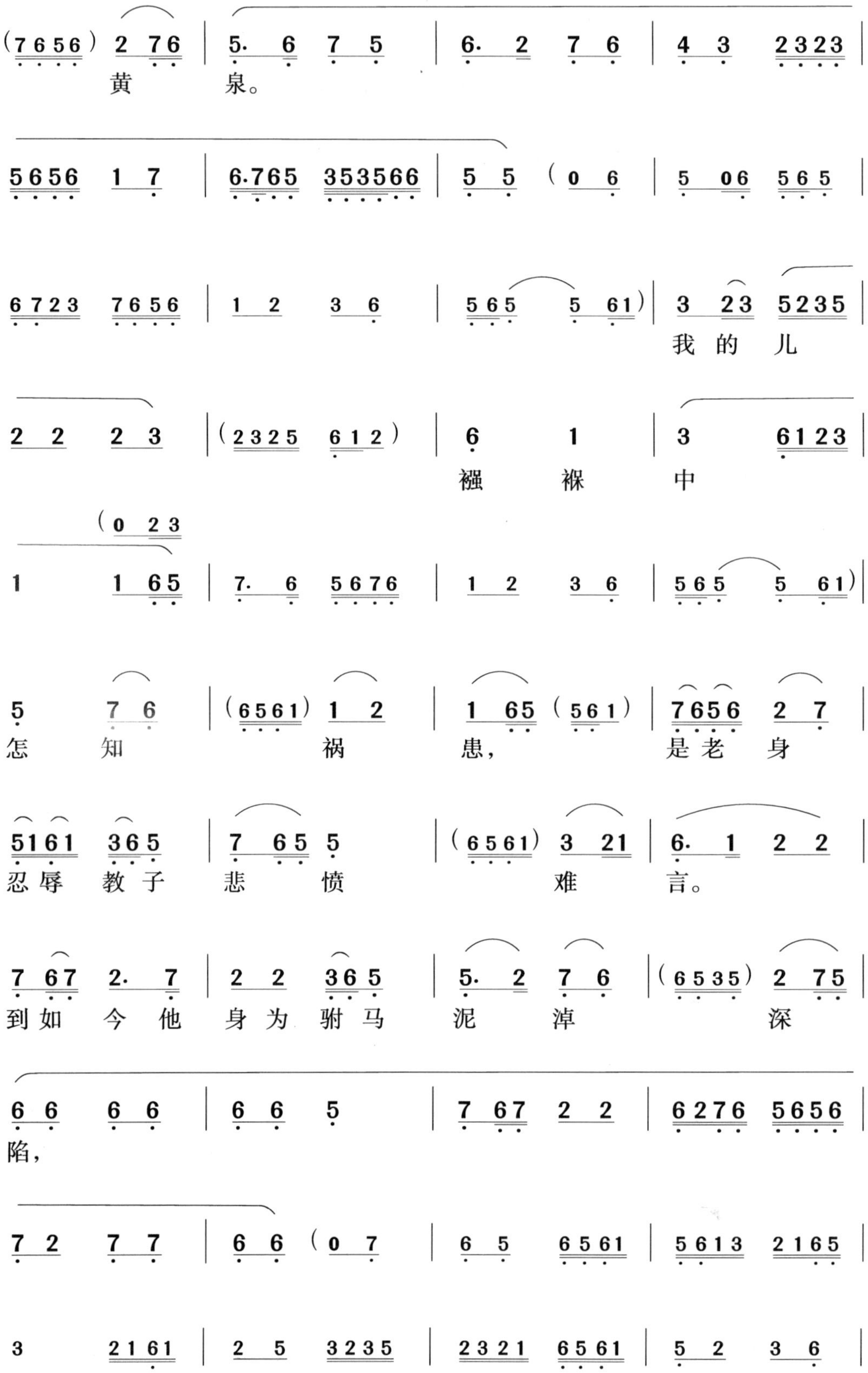

（宁氏归“小座”，丫环随侍两边）

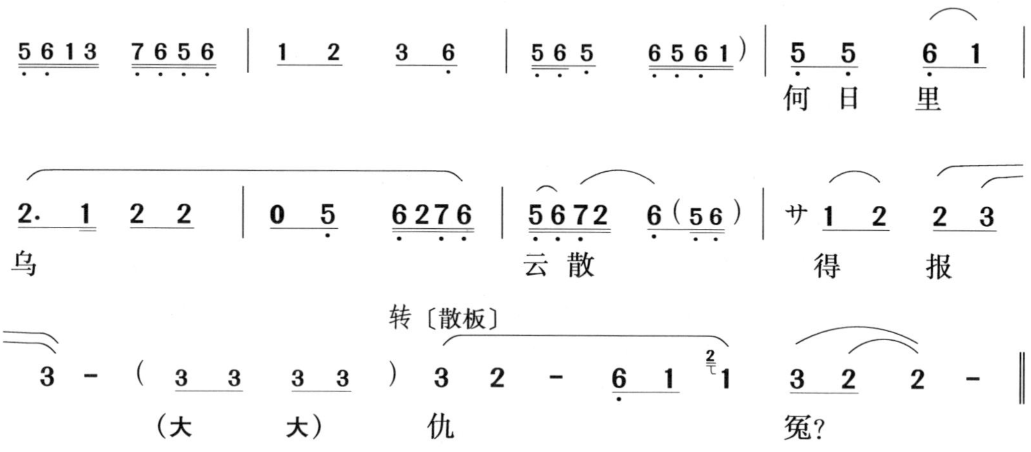

〔吴汉内白：“众将官！”

〔众内应白：“啊！”（仓 0）

〔吴汉内白：“回府！”

〔奏唢呐曲牌<风入松>四龙套、四靠将上。吴汉执马鞭上。

〔**【回头】**吴汉勒马望。**【冲头】**吴汉转身下马，龙套接马鞭，与靠将等同由“上场门”下。**【大锣五锤】**吴汉进内。

吴　汉　参拜母亲。（行礼）

宁　氏　我儿少礼，一旁坐下。

吴　汉　谢坐。

〔**【回头】**吴汉走向“下场门”一侧。丫环摆椅子。

〔**【冲头】**吴汉转身未坐下，双手掏翎子。

吴　汉　**【大锣叫头】**哈哈！哈哈！啊，哈哈哈！**【冲头】**

宁　氏　儿啊，今日下关，为何这样的欢喜？

吴　汉　恭喜母亲，贺喜母亲！

宁　氏　为娘喜从何来？

吴　汉　今日上关，擒住妖人刘秀，岂不是一喜？

宁　氏　莫非就是汉室后主啊？

吴　汉　正是。

宁　氏　（背供）啊呀且住！**【大锣五击】**（站起，走至“九龙口”）且喜汉室有后，待老身谢天谢地！**【大锣住头】**（行礼）

宁　氏　（转身向吴汉）儿啊！

吴　汉　母亲！

宁　氏　擒住刘秀，怎样发落？

吴　汉　莽主有圣旨到来，有人擒住妖人刘秀，高官得做，骏马任骑。孩儿将刘秀献于莽主，岂不是加官晋爵？

宁　氏　儿是新朝驸马，又是潼关总镇，怎么你还想加官晋爵？难道说那王莽江山不坐，就让与你坐不成？

吴　汉　（没有料到她会这么说，一怔，站起身来）（仓）母亲此话怎讲？

宁　氏　为娘不说，谅儿不知。儿稳坐一旁，听娘道来！

吴　汉　（非常意外，故尔迟疑）儿……儿……儿遵命！

〔**【回头】**吴汉归座。

宁　氏　王莽乃汉室之臣。平帝九岁登基，王莽代秉国政，这奸贼外饰仁义，内藏奸诈，假周公之政，怀篡逆之心，横行天下，使百姓流亡，反蒙圣恩赐号“安汉公”。他将长女晋献平帝，以固权位。又定下毒计，将平帝生母卫后全家杀害。元始五年十二月丙午日，设下松棚大会，用转心壶内藏毒酒，将平帝老王毒死！**【大锣住头】**那时，满朝文武，俱是老贼的奸党，唯有皇叔刘登与你父上殿破口大骂，刘登被苏献一剑劈死，可怜你父也被老贼剑劈——

吴　汉　啊！（**八大仓**）

〔吴汉极其震惊，起立，颤抖。丫环把他的坐椅搬下。

宁　氏　——金阶！（**仓 0**）（吴汉拭泪）多亏金桂马成前来，与为娘送信。为娘本当悬梁一死，那时我儿刚刚七岁，况且家国之仇未报，纵死无益。因此母子二人逃出长安，在你舅父家中抚养我儿成人。儿啊！你可记得那年在武科场中比试，那王莽问道：我儿是何人之子，何门之后？我儿回道：是吴门之子，吴门之后。那老贼本当将你杀死，又恐天下举子不服。才将他女儿许配与你，化仇敌为门下之娇客。又命我儿镇守潼关。他不过是买儿一点忠心而已。我儿也认贼作父，北面事仇。如今为娘把话说明，这家国大仇，报也在儿，这这这，不报也在儿啊！（手遮面大哭）

吴　汉　（更加震惊）哎呀！（**八大仓**）（猛一愣，切锣亮住）

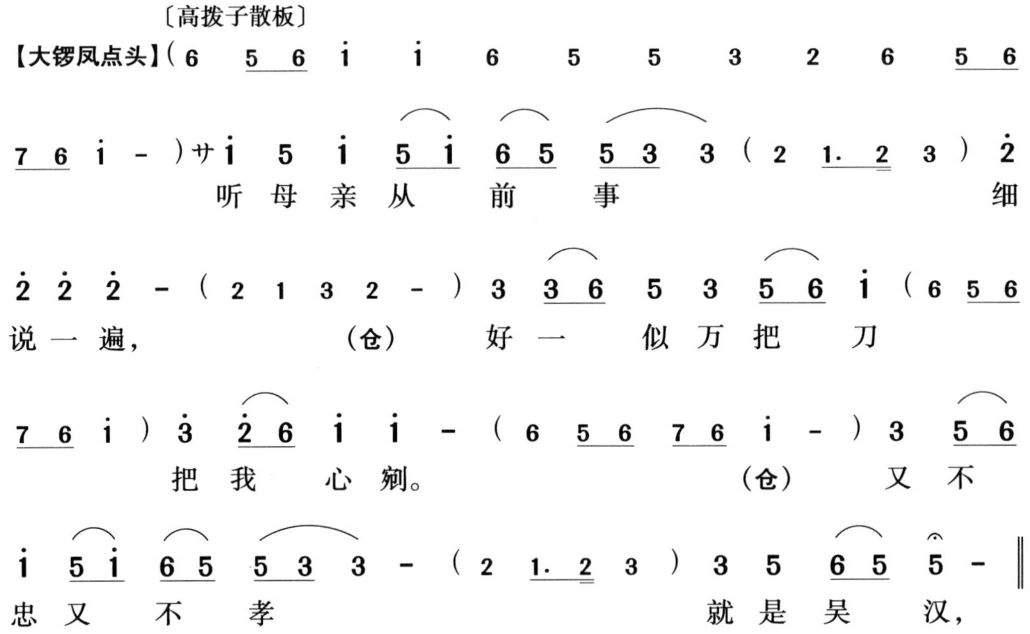

娘啊！（**【大锣凤点头】**向里跪下）

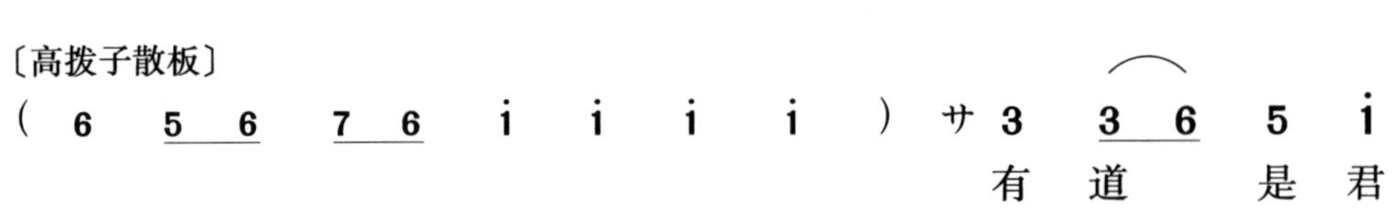

6 5 5 3 (2 1. 2 3) 3̇ 2̇ i̇ 6 i̇ - ‖【大锣住头】
父 仇 不 共 戴 天!

宁 氏 好,你既肯舍荣华报国仇,你且起来!

吴 汉 谢母亲!【大锣住头】(起立)

宁 氏 你既愿报仇,必须先依为娘三件大事。

吴 汉 母亲吩咐,慢说三件大事,就是命孩儿粉身碎骨,万死不辞。(仓)请问母亲这第一件?

宁 氏 这第一件:将幼主刘秀送出潼关四十里,不许加害!

吴 汉 (一怔,完全要反其道而行之)(仓 0)(但他还是服从了)遵命!【冲头】

〔吴汉转身对"下场门"。

吴 汉 下面听者,速将汉室刘秀送出潼关四十里,不许加害!

〔【冲头】(轻打)吴汉背身向里。兵卒从"下场门"押刘秀出来,给他带马,刘秀上马,从台前走过,往"上场门"前侧幕下场。兵卒退回"下场门"。

吴 汉 (转过身来)母亲,孩儿传令已毕,请问母亲这第二件?

宁 氏 这第二件,将帅字旗砍倒,从此不做贼官,永不上关理事。

吴 汉 (又一惊)(仓 0)(还是服从了)遵命!

(【冲头】接【大锣叫头】)下面听者!速将帅字旗砍倒,本宫永不上关理事!

〔内应声:"啊!""下场门"边幕里伸出帅字旗、落地。(嘟 - 仓)【大锣五锤】吴汉回身进去。

吴 汉 请问母亲这第三件?

宁 氏 这第三件么?(嘟 - 仓)(起身向外背供)天哪!想我那媳妇,虽是王莽之女,但是自来我家,孝顺谨慎,这样贤德的媳妇,叫老身怎能下此毒手?(仓)咳,为了家国大仇,也顾不得了!【住头】(坐下)儿啊!

吴 汉 母亲。

宁 氏 这第三件,怕你办不到。

吴 汉 粉身碎骨,儿也办得到!

宁 氏 好,好,好!(从桌上拿起宝剑,示意一下,再放下)这有宝剑一口,速去经堂,将你妻王兰英杀来见我!

吴 汉 (万万没有料到)【大锣叫头】哎呀母亲哪!【大锣五击】我想那王氏兰英,虽然是王莽之女,自过吴门,未犯七出之条,叫儿怎样下手?

宁 氏 嘟!【大锣五击】儿有三行大罪,尚且不知么?

吴 汉 孩儿不知,请问母亲这一?

宁 氏 王莽弑君篡汉,国仇未报,反居伪官,其罪一也!

吴 汉 请问母亲这二?

宁 氏 杀父之仇未报,其罪二也!

吴 汉 孩儿不敢,请问母亲这三?

宁 氏 违背母命,留恋仇人之女,其罪三也!像你这样不忠不孝之人,已经死有余辜,怎么还舍不得儿女私情,好不明白的吴汉啊!

〔高拨子散板〕

宁氏 【大锣凤点头】（6 56 76 i i i i）サ i 5 i 5 i
杀兰英为

65 5 （3 23 5 -） i 6 65 5 （3 2
的 是 绝尔之 念，

3 5 -） 3 36 5 i 65 5 3 （2 1 2 3）
（仓） 王莽 女焉能 有

3 26 i i（6 56 76 i -） 5 i i 5i 65
扶汉 忠 心? （仓） 怒冲冲掷 下

53 3 （2 1.2 3 -） 57 6 65 5 - ‖
了 龙 泉宝 剑，

〔【大锣凤点头】宁氏取宝剑，走小圆场，仍到"小边"。

〔高拨子散板〕

宁氏 （6 56 76 i -）サ 3 36 5 i 65 5 3
灭王 莽先要 舍

（2 12 3 -） 3 5 i 6i 6 i - ‖
儿女私 情!

〔（八 大 仓 0）宁氏掷剑在中间台口，吴汉单腿下跪。（八 大 仓 0）吴汉单腿跪步向前求情。宁氏不理，后退。二人都向"上场门"方向移动。（八 大 仓 0）身段同上。（八 大 仓 0）身段同上。（略慢）

〔（八 大 仓 0）宁氏甩袖转身从"上场门"下，吴汉一愣。（再慢，加重）（八 大 仓 0）吴汉起身，回身向宝剑方向，（嘟 -）指地上的宝剑。【纽丝】

〔高拨子散板〕

吴汉 （2 1 - 6 56 i - 6 5 5 3 2 - 6

56 76 i -）サ 2 2 2 2 2 2 2（2 1 3 2）
从空降下无情剑， （仓）

i̇ i̇ 3̇ i̇ i̇ i̇ 6 2̇ i̇ （6 5 6 7 6 i̇ ） 5 i̇ －

斩断人间夫妻 情。 （仓） 含悲

6 5 5 3 － （2 1 2 3 ） i̇ 6 5 5 － ‖

忍 泪 经 堂 进，

【纽丝】（吴汉要去拿剑，又不敢，加两次重【撕边】迟疑了一会儿，终于拿起来，不敢看，背过身去，匆匆在身上系好，再转过身来，出门）

〔高拨子散板〕

（6 5 6 7 6 i̇ － ）サ 5 i̇ i̇ 6 5 5 3

到经堂去 杀

（2 1 2 3 － ） 3 5 5 i̇ 6 i̇ 6 i̇ － ‖

（走小圆场） 王 氏 兰 英。

【四击头】大 台	仓 －	仓 才才	仓 才	仓 0	【急急风】
	吴汉转身走小圆场。	然后急速原地左转两圈。	面向台口立定。	切铙钹右手拔剑半出鞘，猛睁眼一看。	切锣闭眼剑还鞘。
【急急风】	向右后急转身，"下场门"下。				

〔转【冲头】拉二道幕。

第四场

〔【冲头】【撤锣】二道幕拉开，中间桌上有佛龛、香炉、烛台、木鱼、佛经。

〔【小锣打上】王兰英上。

王兰英 （引子）

奇花异草香，

每日里，

3. 2 1 2 3 － 2 1 － 6 7 6 5 6 5 6 6 － ‖

谨 守 佛 堂。

【小锣归位】（归"小座"）

（定场诗）

四方烽火动干戈，

百姓流离血似河。【小锣二击】

霖雨苍生消战祸，

每日经堂念弥陀。（大 大 大大 乙 台）

我，王兰英（扎）。我父王莽，执掌山河，配夫吴汉，乃当朝武状元，现今镇守潼关。婆母仁慈宽厚，一家甚是和顺。只是干戈未息，百姓流离，为此设下经堂，每日焚香念佛，但愿天下太平，百姓安康，夫妻白头偕老。适才堂前问安已毕，我不免经堂上香便了。

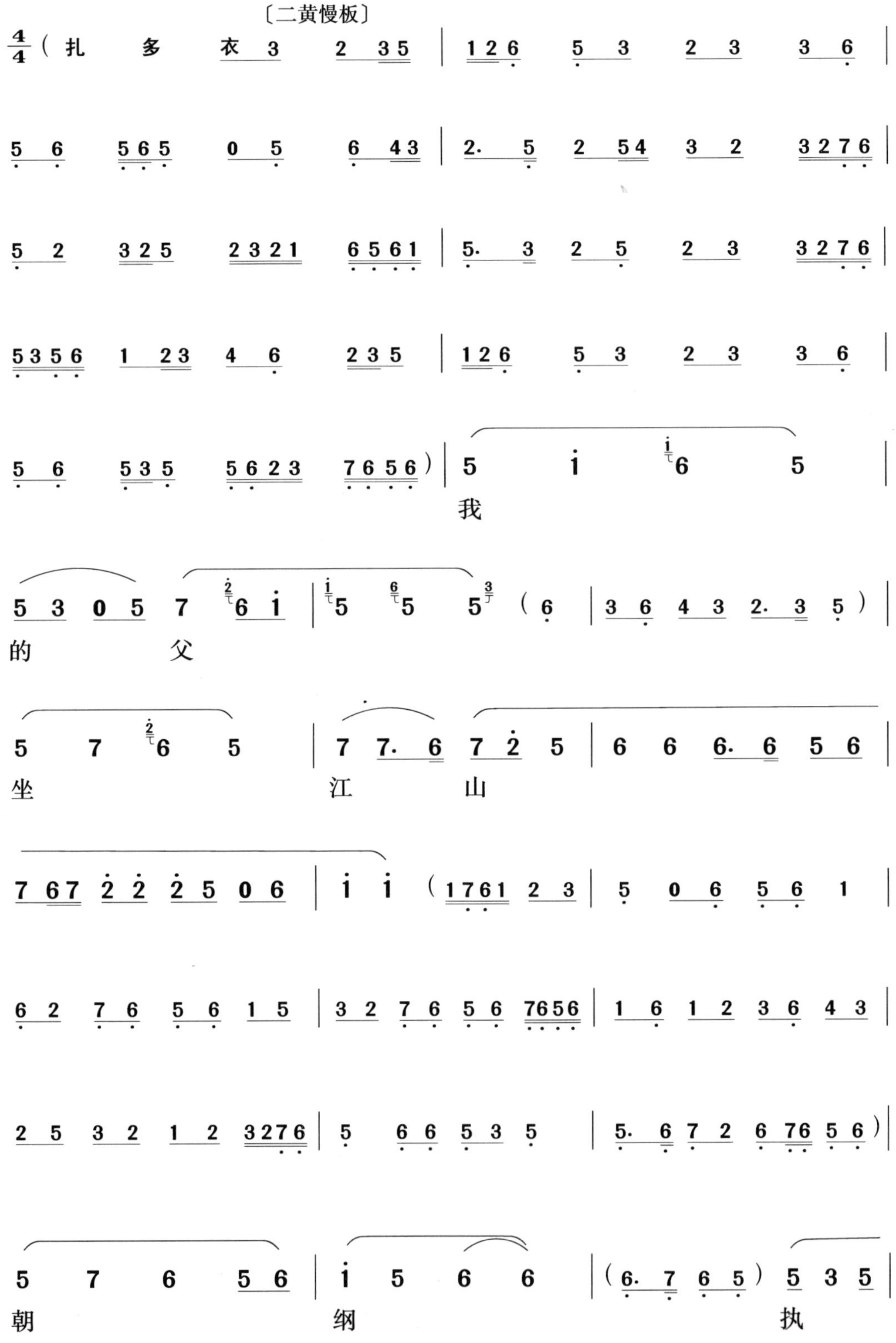

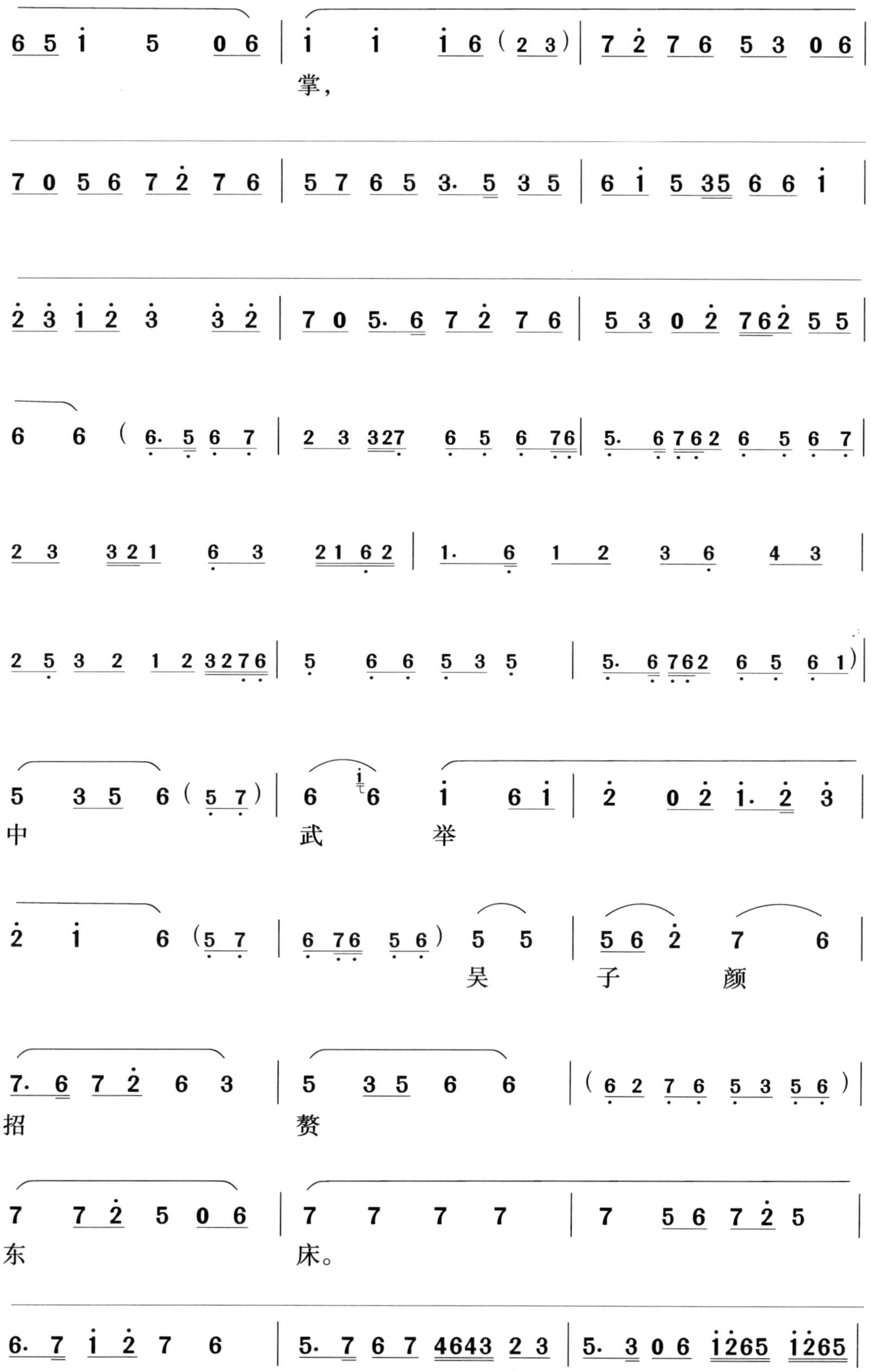
掌，
中
武
举
吴
子
颜
招
赘
东
床。

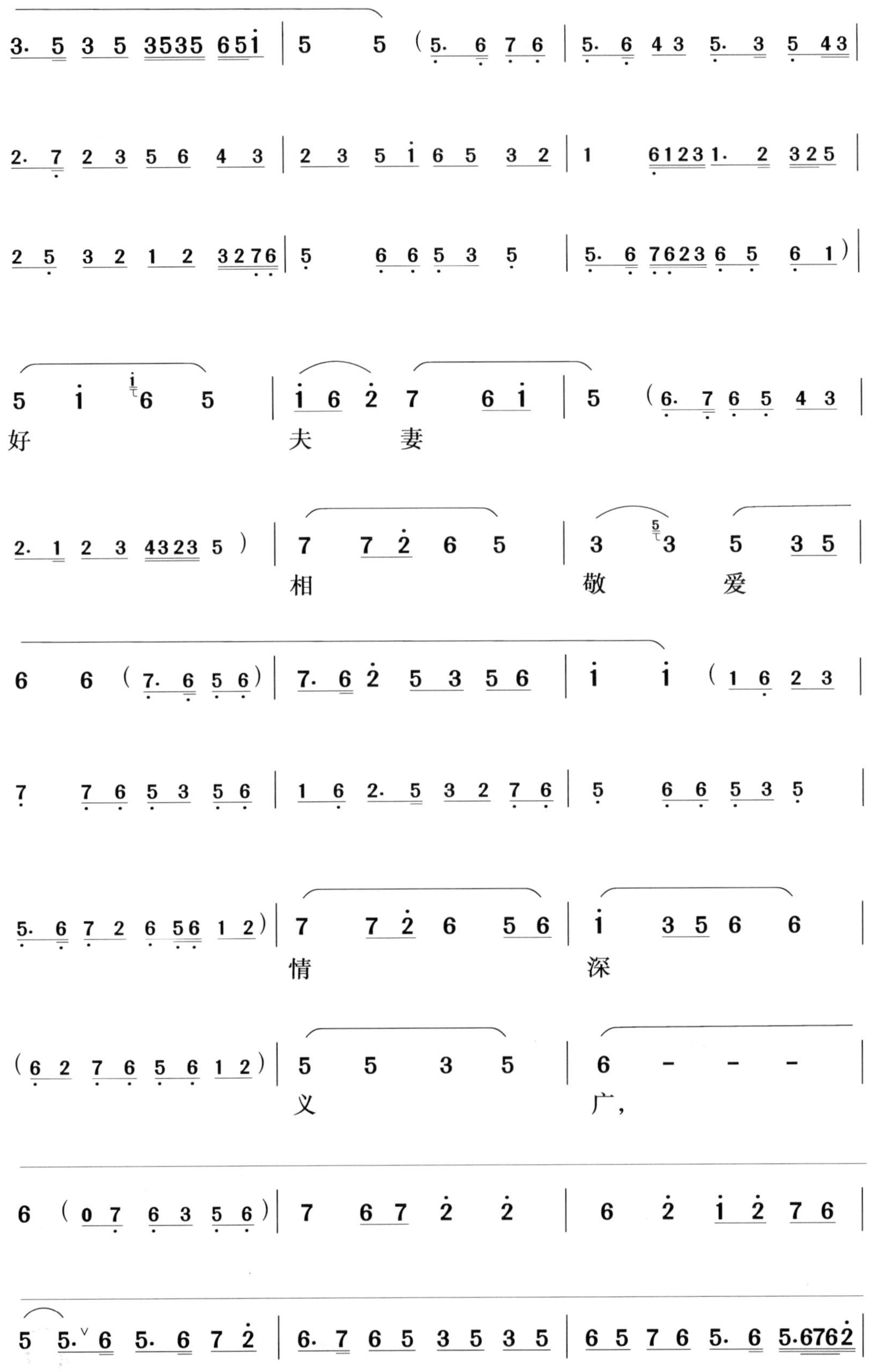
好
夫
妻
相
敬
爱
情
深
义
广，

斩经堂

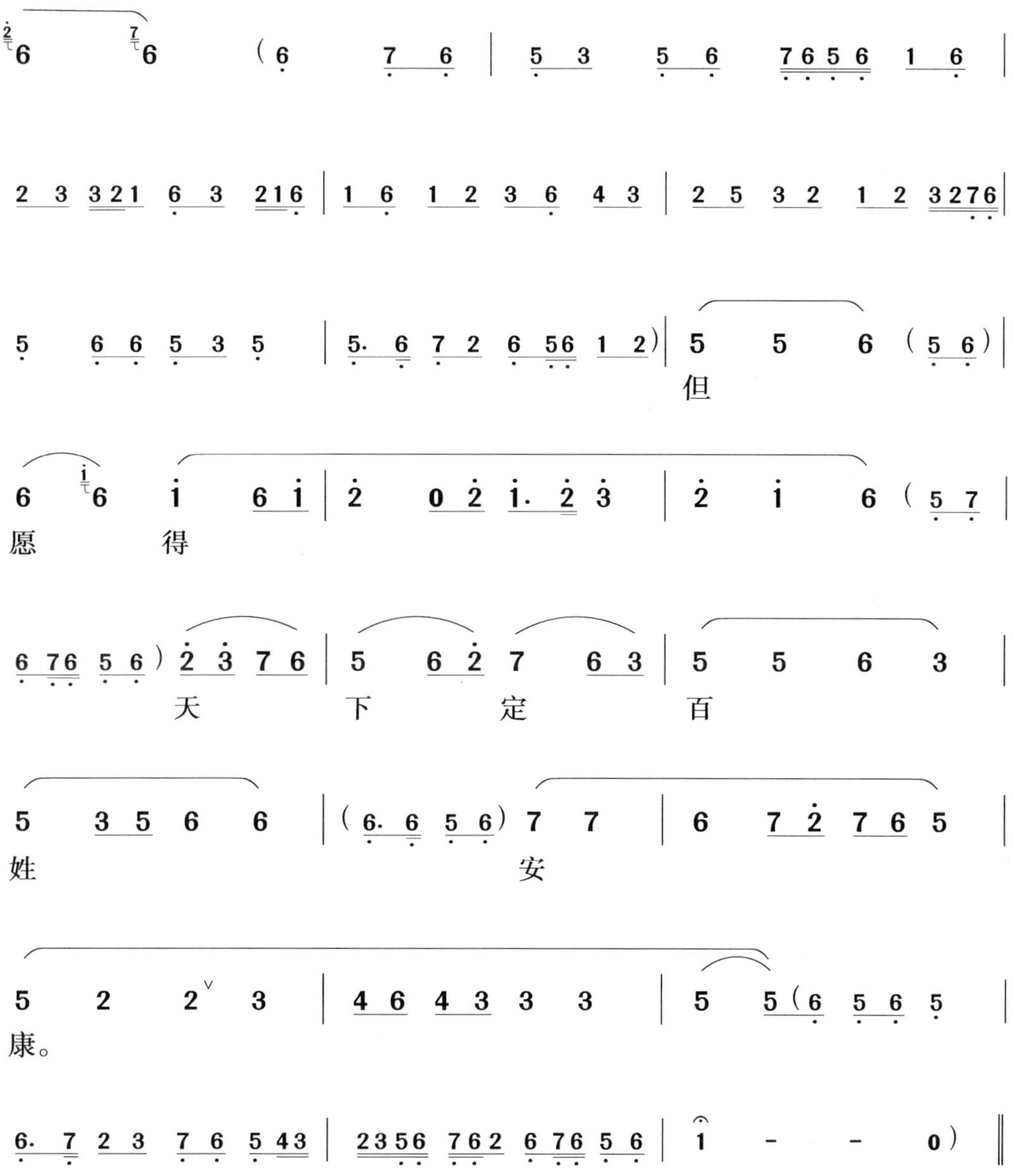

（小圆场，推门进经堂，关门）

王兰英 来到经堂，待我烧香拜佛。

〖奏正宫调笛子<小开门>

〖牌子声中，王兰英进“下场门”更衣，然后上场，坐在桌旁（在“下场门”一边），念佛，曲牌止。

王兰英 （念）南无阿弥陀佛！

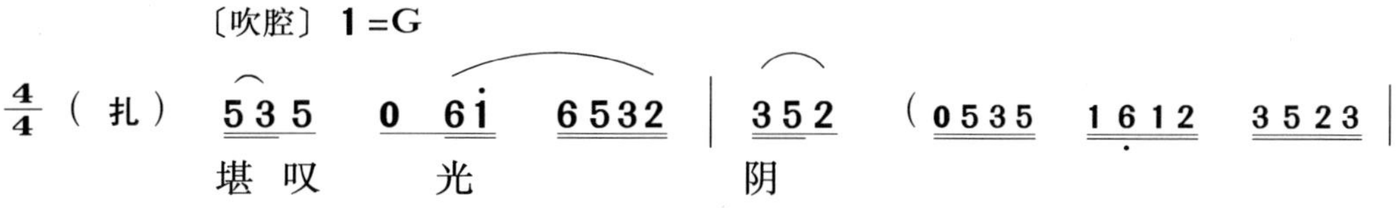

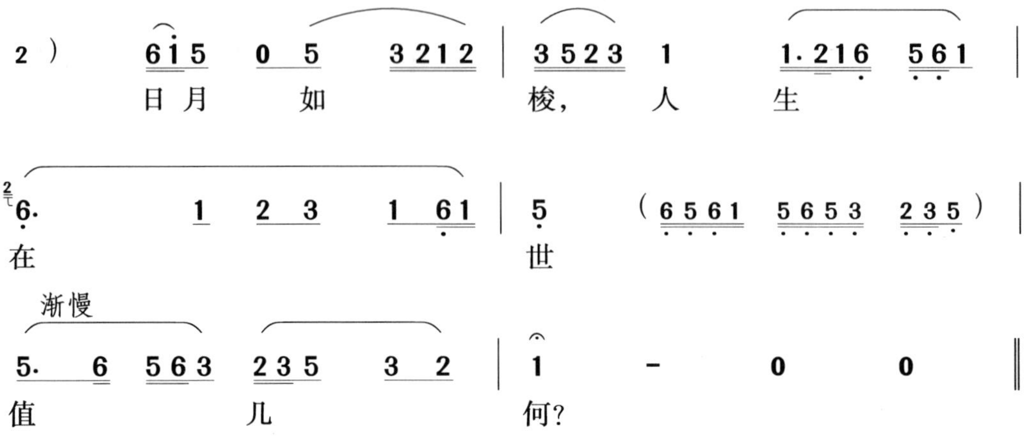
日月如梭，人生
在世
渐慢
值儿何？

〔【小锣夺头】吴汉挎剑上。

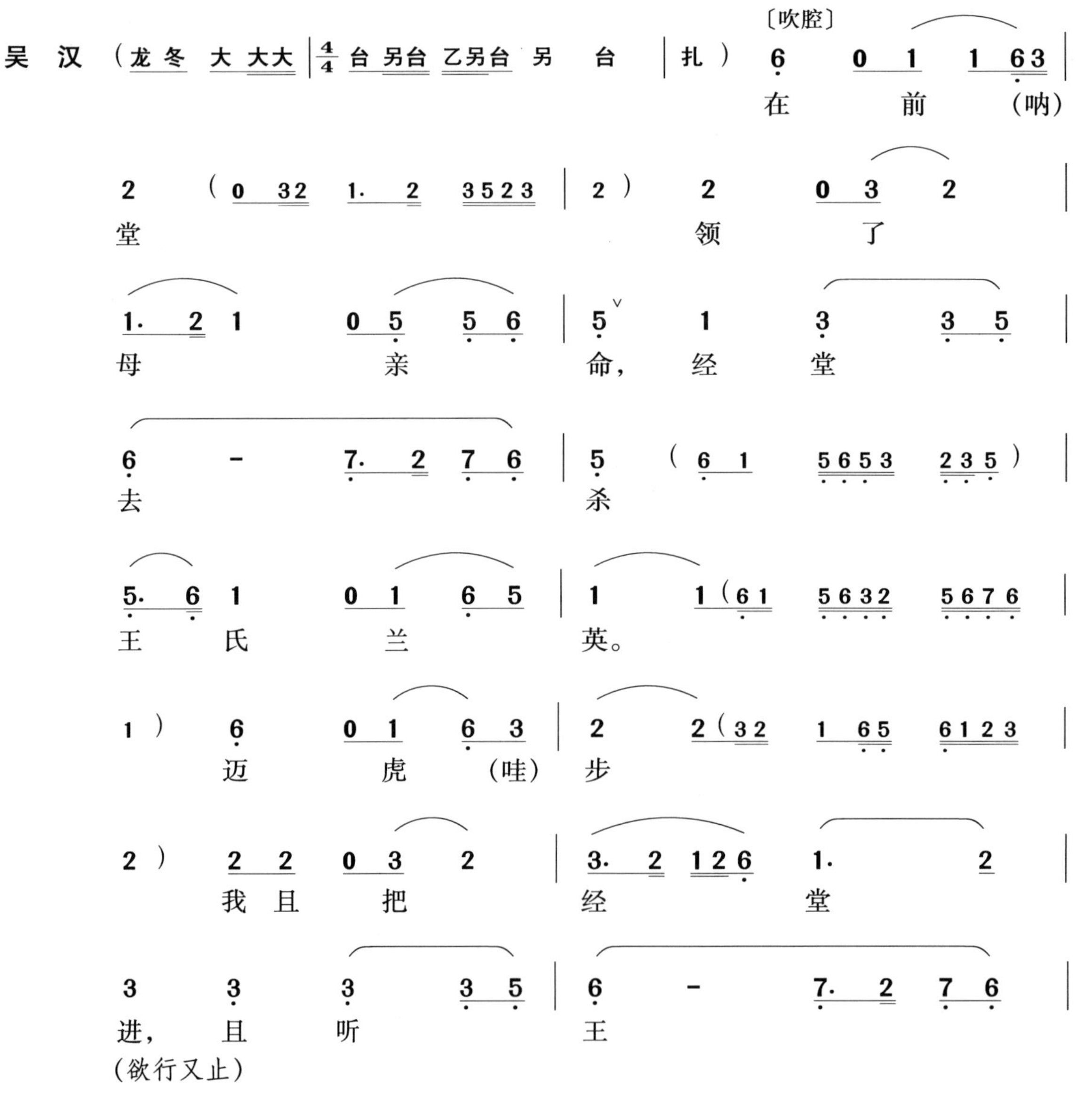
吴汉
〔吹腔〕
龙冬 大大大 台另台 乙另台 另 台 扎
在前（呐）
堂领了
母亲命，经堂
去杀
王氏兰英。
迈虎（哇）步
我且把经堂
进，且听王
（欲行又止）

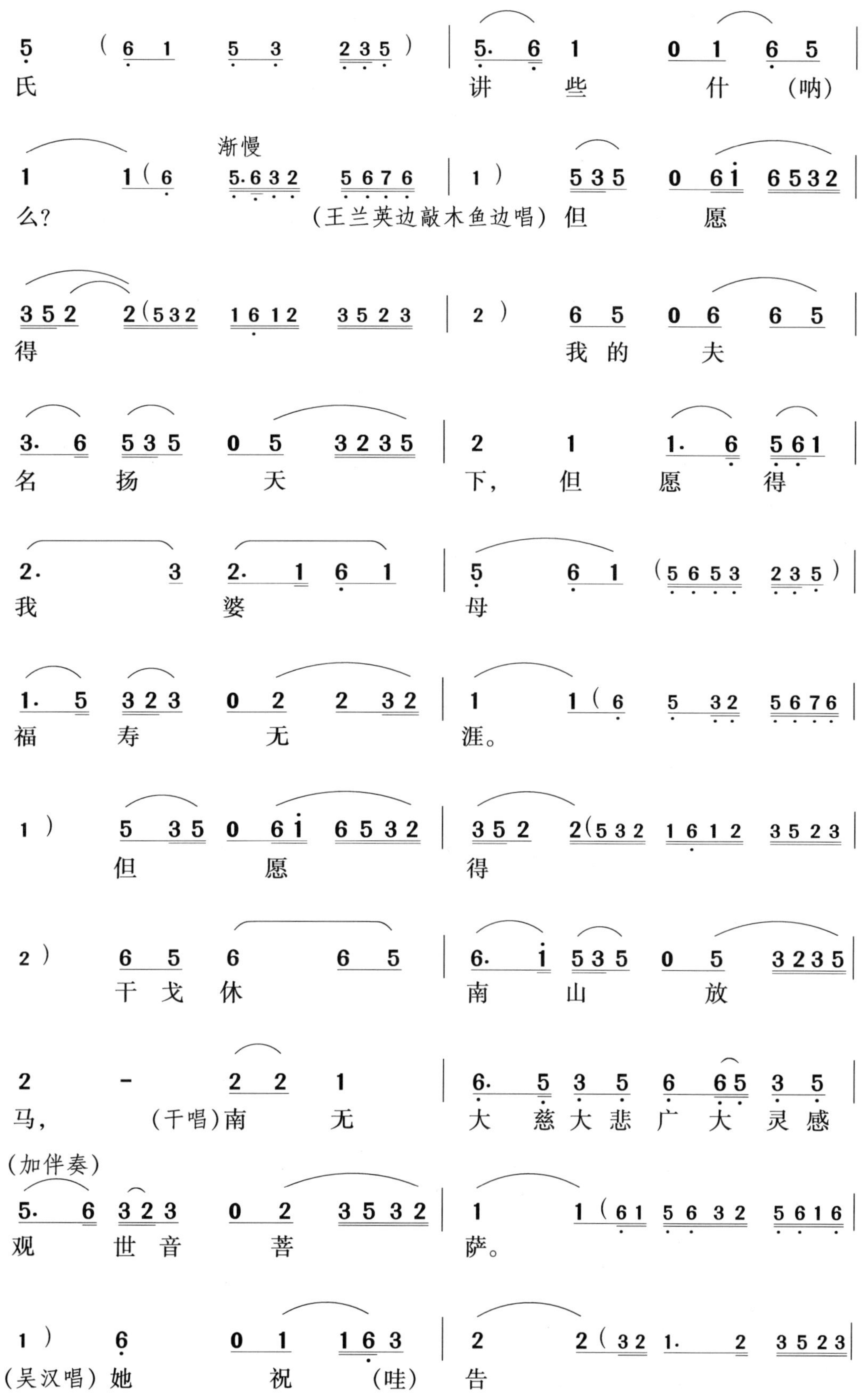
氏 讲些什（呐）
渐慢
么？（王兰英边敲木鱼边唱）但愿
得 我的夫
名扬天下，但愿得
我婆母
福寿无涯。
但愿得
干戈休 南山放
马，（干唱）南无大慈大悲广大灵感
（加伴奏）
观世音菩萨。
（吴汉唱）她祝（哇）告

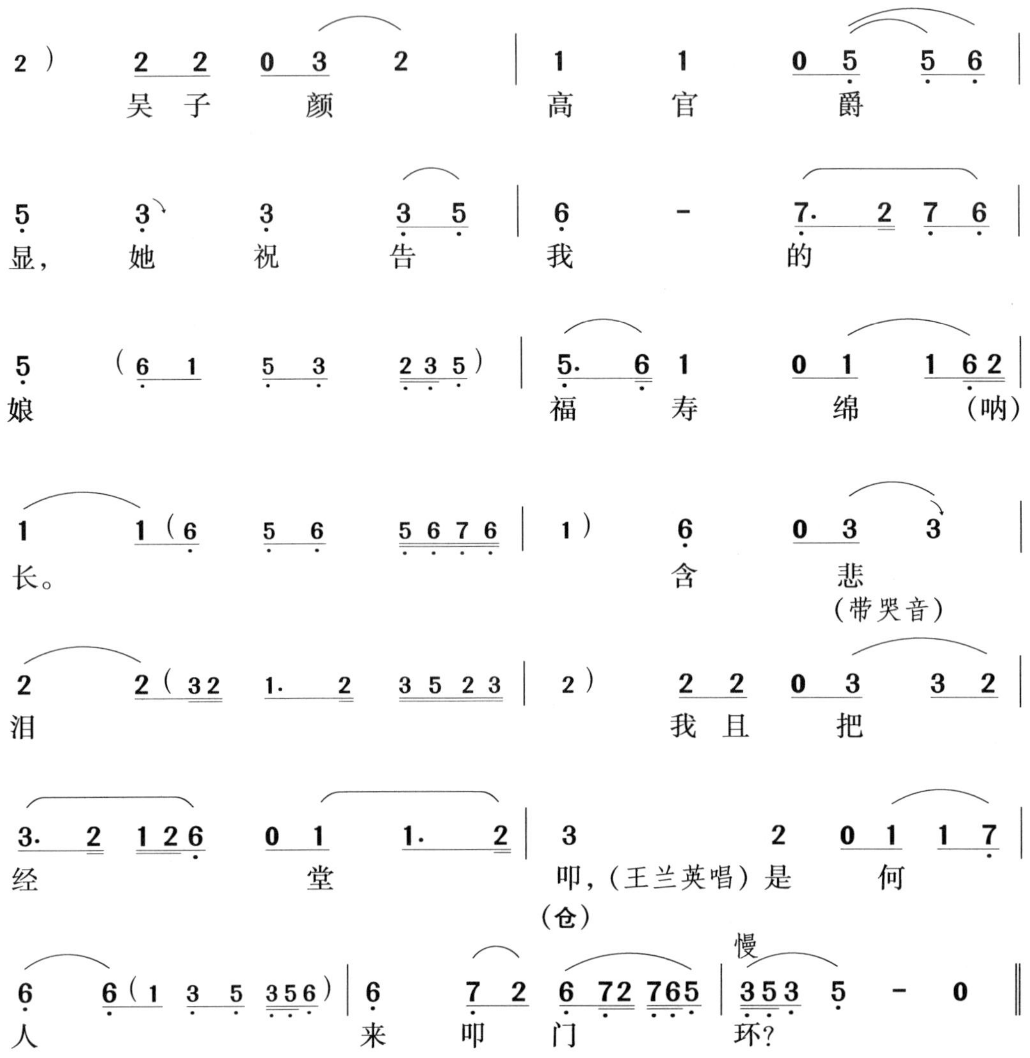

王兰英 外面何人叩门？

吴 汉 本宫来了。（仓 0）

王兰英 驸马来了，待我开门。（回身收经卷，欲开门，又急止）可曾问过婆母金安？

吴 汉 问过了。（不觉流泪，连忙拭去）

王兰英 这便才是。（开门）驸马请！

吴 汉 公主请！（进门，上下看她）

王兰英 驸马请坐。

〔【小锣五击】吴汉坐“大边”，王兰英坐“小边”。

吴 汉 （强忍住心中的伤悲）哦呵，恭喜公主，贺喜公主！

王兰英 妾身喜从何来？

吴 汉 今日上关，擒住妖人刘秀，岂不是一喜？

王兰英 哦，刘秀被擒，天下可定，恭喜驸马，贺喜驸马！

吴 汉 本宫喜从何来？

王兰英 将刘秀献往长安，定然加官晋爵。

吴　汉　哼！（仓 0）只是母亲言道，要我依她三件大事。
王兰英　哪三件大事？这一？
吴　汉　将汉室后主送出潼关四十里，不许加害。
王兰英　（惊诧）（大　大　大大　乙　台）有道是擒虎容易纵虎难，既然将他擒住，为何又放走呢？
吴　汉　你可知本宫母命难违！
王兰英　是啊！（台）婆婆定有高见。但不知这二？
吴　汉　命本宫将帅字旗砍倒，永不上关理事。
王兰英　啊？（台）难道你要挂冠而走么？
吴　汉　哼！（仓 0）本宫纵有此意，你岂奈我何？（仓 0）
王兰英　此乃丈夫所为，妾身焉敢拦阻。
吴　汉　（又软下来）唉！……（台）
王兰英　啊，驸马，请问这三？
吴　汉　这三……【冲头】（起身、背供）【大锣叫头】天哪！我与她恩爱夫妻，怎生下手？咳！（跺脚）（仓 0）公主，我实对你讲了吧！
王兰英　驸马请讲！【大锣五击】
吴　汉　母亲予我宝剑一口，来到经堂，取你的首级！
王兰英　哎呀！（八　大　仓 0）

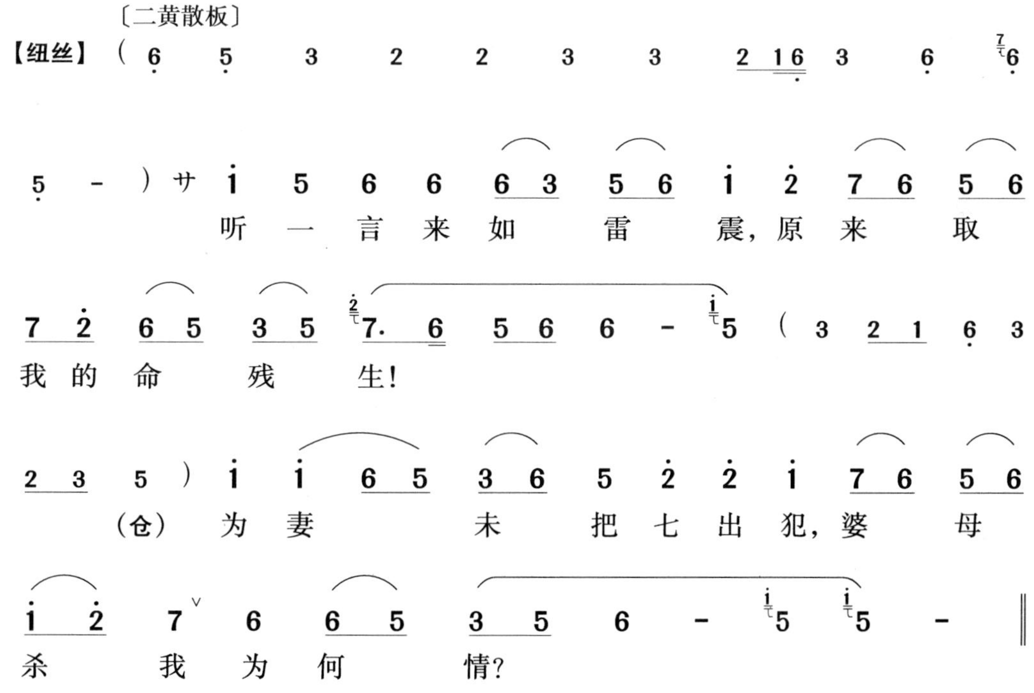

吴　汉　公主！

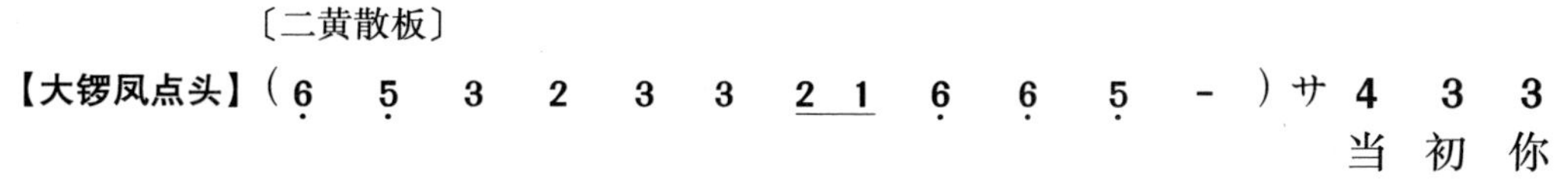

3 4 3 3 (6 1 2 3) 3 3 6 2 1 1 2 2 0 ‖
父 杀 我 父，(仓) 如 今 子 报 父 仇 恨！

王兰英 【大锣凤点头】(3 2 1 6 3 2 3 5) サ i i 3 6 5
当 初 我 父

6 3 5 6 i (6 7 6 1) サ 3 6 5 6 7 7 (6
杀 你 父，(仓) 妾 在 深 宫

5 6 7) 6 6 5 3 5 6 5 5 (3 2 1 6 6 5 -)
怎 知 情？(仓)

吴 汉 サ4 3 3 3 1 6 5 3 3 (2 1 2 3) 3 3 3 6 2 1 2 2 2 (5 6 1 2)
你父毒死汉 平 帝，(仓) 国 仇 更 比 家 仇 深！(仓)

王兰英 サ3 6 5 6 6 6 5 5 6 i (6 7 6 1) 2 7 6 5 6
国 仇 家 仇 问 我 父，(仓) 杀 我 怎

7 2 5 6 7 7. 6 5 6 6 5 (3 2 1 6 6 5)
说 是 报 君 亲？(仓)

吴 汉 サ6 5 3 2 2 (5 6. 1 2) 7 6. 5 3 (5672 6) 3 1 5 6 1 (6 7 6 1)
恨(呐)只 恨 你 是 国 贼 女，(仓)

王兰英 サ7 6 5 6 7 7 7 2 6 5 5 65 3 5 7 - 7 2 7. 6
你 我 夫 妻 恩 情 深！

5 6 2 - 7 2 7. 6 5 6 6 - 5 5 - (3 2 1 6 6 5)
(仓)

吴 汉 サ4 3 3 3 3 3 3 (2 1 1 2 3) 2 2 3 3 3 6 1 2 0 ‖
前 堂 领 了 母 严 命，(仓) 汉 室 江 山 你 为 轻！

王兰英 呀！

【大锣凤点头】（3 2 1 6 2 3 5）サ 3 6 5 6 6 6 3 5 6 i
驸 马 说 了 无 情 话，

（6 7 6 1）7 6 5 6 7 7 6 5 5 65 3 5 7· 6 5 6 6 5
（仓） 王 兰 英 今 日 难 逃 生！

【大锣叫头】驸马呀！我虽是王氏之女，自许配驸马，未犯七出之罪，望求驸马念在夫妻之情，去到前堂，哀求婆母饶我一死，我情愿削发为尼，了此（嘟 – 仓）残生！

〔【冲头】王兰英斜向里一跪。吴汉摇手要她不要这样。【冲头】王兰英站起来左后转身向台口去，到了台口再左转身向吴汉跪下。吴汉右后转身，也到台口，右转身面对她。

吴 汉 【大锣叫头】公主，我妻！妻呀！（同哭）
王兰英 【大锣叫头】驸马，我夫！夫哇！（同哭）

吴 汉 【冲头】公主！（仓 0）你……你站起来呀？（带哭音）

〔（大 大 大 大 大大 乙 台）吴汉去搀王兰英，她往后退缩，他也往后一缩，再去搀她，搀起来，两人“推磨”，对换地位，王兰英到“大边”，吴汉在“小边”。

〔二黄碰板〕

吴 汉 （0 多罗 6 56）| 4/4 6 7 6 （76567 | 6）1 3 5 0 6 |
贤 公 主 休 要 跪 你

1 1 2 5 （5676 | 5）6 3 2321 656 |
休 要（哇）

1（2 3276 5676 561）| 7· 6 5 2 2（7656 |
哭， 听 本 宫

7）5 1 135（7656）| 6 6 6 5（3 2345 |
从（嘛） 前 事 细 （呀） 对

3）5 0 2 7 6 | 2（2 7 6 5643 235）|
你 （呀） 说。

1 1 2 5（3 2376 | 5）3 1 5（7 6）|
千 错 万 错

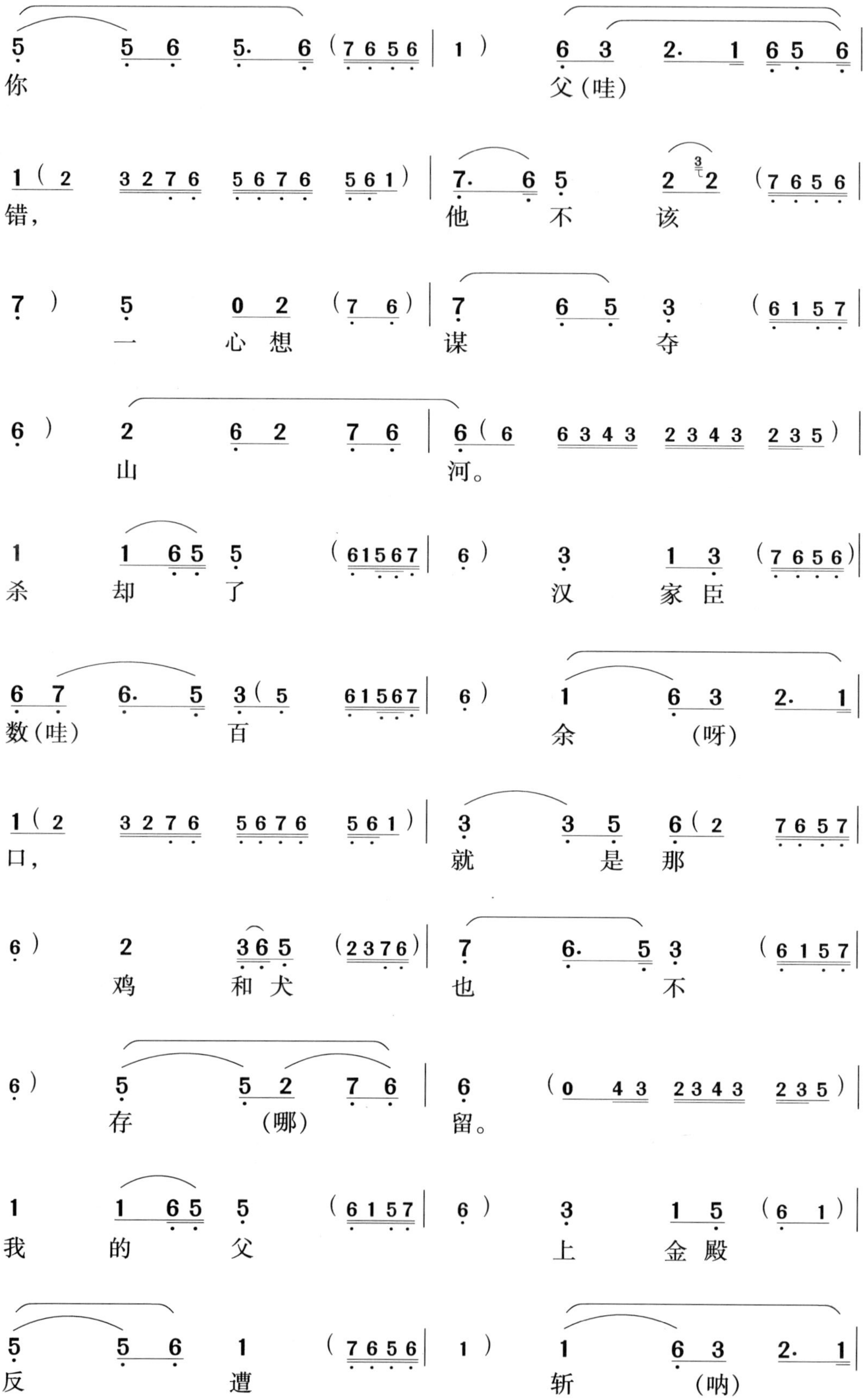
你 父(哇)
错， 他 不 该
一 心 想 谋 夺
山 河。
杀 却 了 汉 家 臣
数(哇) 百 余 (呀)
口， 就 是 那
鸡 和 犬 也 不
存 (哪) 留。
我 的 父 上 金 殿
反 遭 斩 (呐)

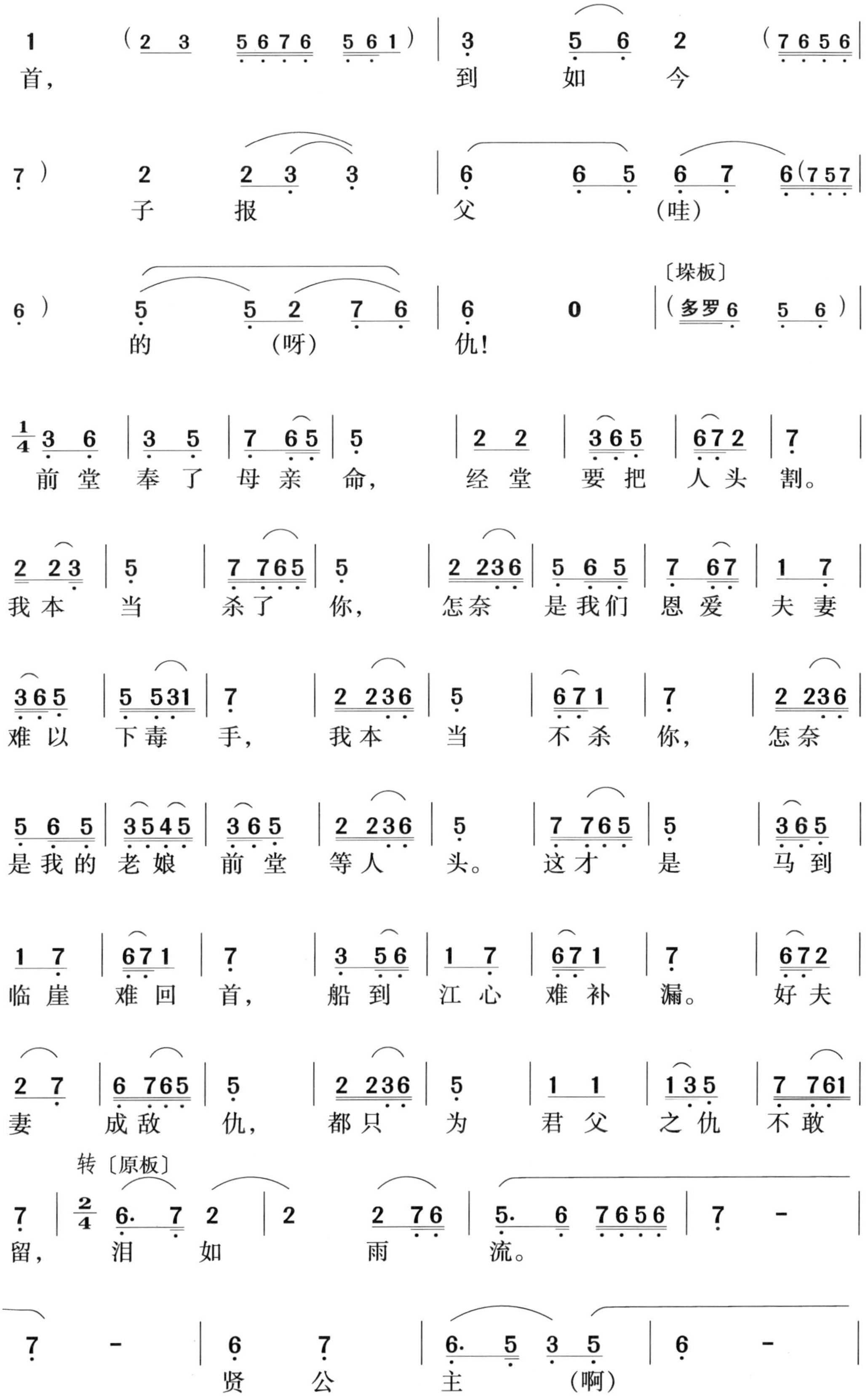
首，到如今
子报父（哇）
的（呀）仇！
〔垛板〕
多罗
前堂奉了母亲命，经堂要把人头割。
我本当杀了你，怎奈是我们恩爱夫妻
难以下毒手，我本当不杀你，怎奈
是我的老娘前堂等人头。这才是马到
临崖难回首，船到江心难补漏。好夫
妻成敌仇，都只为君父之仇不敢
转〔原板〕
留，泪如雨流。
贤公主（啊）

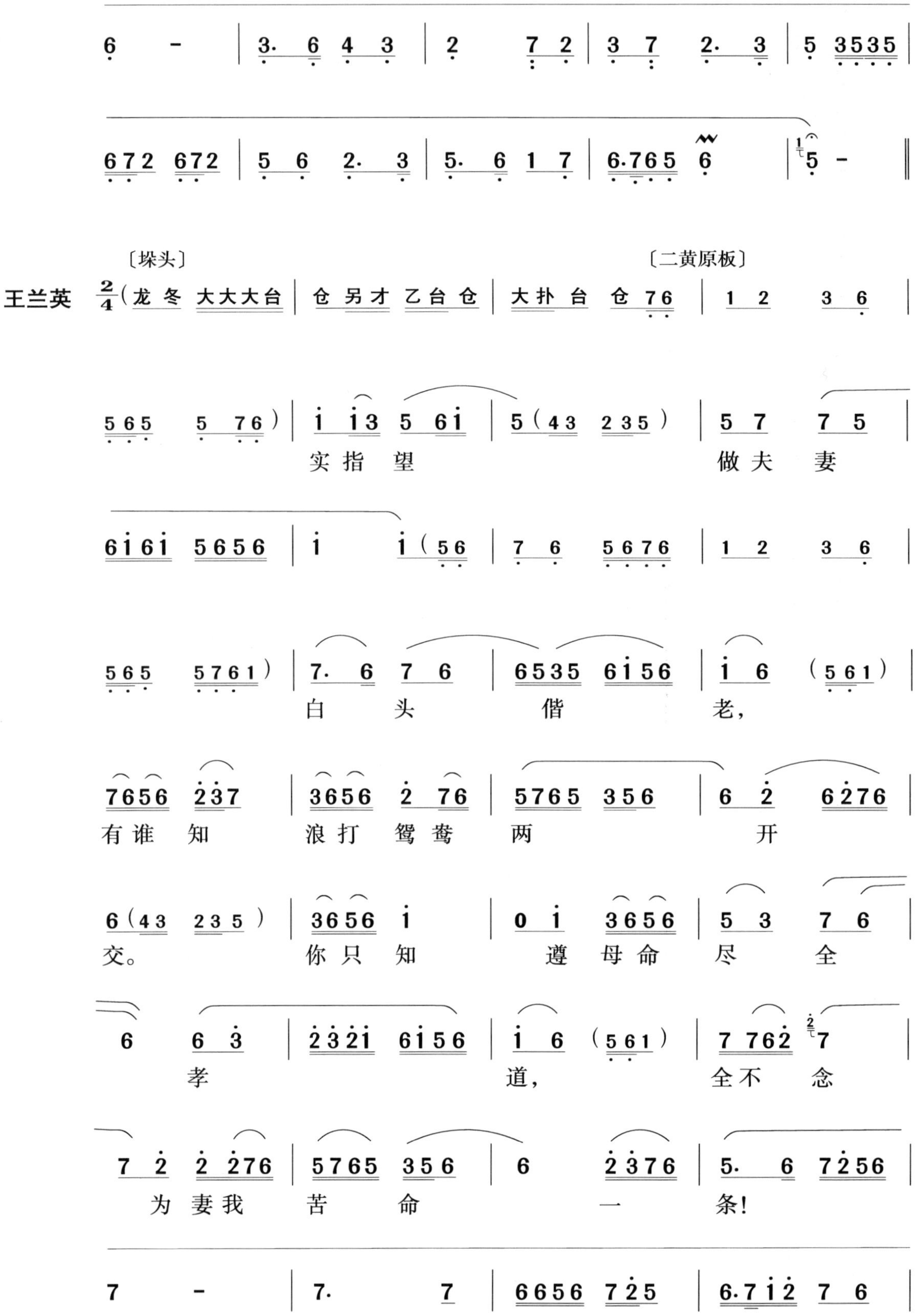
〔垛头〕
〔二黄原板〕
王兰英
龙 冬 大大大台 仓 另 才 乙 台 仓 大 扑 台 仓
实 指 望
做 夫 妻
白 头 偕 老，
有 谁 知 浪 打 鸳 鸯 两 开
交。 你 只 知 遵 母 命 尽 全
孝 道， 全 不 念
为 妻 我 苦 命 一 条！

慢

5 6 4323 | 5. 6 i256 | i.265 3535 | サ 6 6 5 – ‖

吴　汉　哎呀！

〔二黄散板〕

【纽丝】(6 5 3 2 2 3 3 21 6 6 5) サ 3 3 62
进 退 两

1 3 2 3 (6 1 2 3) 3 3 3 62 1 1 2 2 0 ‖
难 心 内 焦， (仓) 生 离 死 别 在 今 朝！

王兰英　也罢！

〔二黄散板〕

【大锣凤点头】(3 21 6 3 23 5) サ i 65 36 5 2 2 i
拼 着 一 死 全 忠 孝，

(6 7 6 1) 76 56 7 7 6 65 35 6 6 5 ‖
(仓) 这 是 大 难 也 难 逃。

【大锣叫头】驸马！你也不必为难，有道是：杀父之仇，不共戴天。驸马既要兴汉灭莽，妾身焉敢拦阻。只是我为女者，不能言父之过，代父之罪，贪生何益？今见驸马你……你反出潼关，何惧一死。只是还有三不足！

吴　汉　但不知哪三不足？请问这一？

王兰英　高堂老母年迈，我死之后，无人侍奉，真是黄梅未落青梅落，白发人反送黑发人！（哭）（台）

吴　汉　请问这二不足？

王兰英　自进吴门，未生一男半女，有道是不孝有三，这无后为大。

吴　汉　请问公主这三？

王兰英　这三不足么？（嘟 – 仓）自我父秉政以来，绿林四起，百姓流离，皆我王氏之罪。自进吴门，造下这座经堂，每日焚香拜佛，只望修个善终结果，不想今日修，明日修，修来修去，修到驸马你的宝剑（仓 0）之（仓 0）下！（哭）（嘟 – 仓）驸马请上，受我一拜。（跪拜）

吴　汉　啊？（仓 0）公主此礼为何？（扶起她）

王兰英　我死之后，将我埋在西门以外，高岗之上，要立一碑，上写：汉故吴妻王氏兰英之墓。日后驸马要得一位贤德夫人，生下一男半女，每逢清明时节，提一陌纸钱，去到坟前祭奠祭奠，高叫三声王兰英，（仓）我在九泉，也就瞑目（仓）的了！（大哭）

⌈【冲头】（八 大 仓 0）吴汉切锣双手一摊。

吴　汉　哎呀！

〔二黄散板〕

【快纽丝】(3 2 1 6 6 5) サ4 3 3 3 3 3 3
公主说出伤心话,

(2 1 2 3) 3 3 362 1 21 13 2 (5 6 1 2)
(仓) 铁石人儿也泪淋。(仓)

2 2 2 2 2 2 12 1 (6 7 6 1) 1 5
我本当杀了王氏女,(仓) 我与

6 1 56 1 1 3 361 2 2 (5 6 1 2)
她恩爱夫妻怎下绝情? (仓)

吴 汉 (双手托剑,念)杀了她!(走向王兰英,王兰英躲避,正好一个"推磨",吴汉又到"大边"王兰英仍回到"小边")(仓 0)不杀她!(把剑归还,仍悬原处)(顷 仓 0)

3 21 12 1 0 ‖
作何定准? (仓)(愣住)

王兰英 (心生一计)驸马,婆婆来了!

吴 汉 啊?(仓 0)(向外望)在哪里?

王兰英 在那里!

〔王兰英过去把他右肩向外拨,他身子随着左转而更向外,他的宝剑向里,正好露在她面前,她就势拔出宝剑自刎。(仓)

吴 汉 (大惊)哎呀!(嘟……八 大 仓 0)(左腿抬起,右脚单腿原地急转身数圈,切锣"屁股座子")

〔二道幕闭,把他们闭在幕内。【冲头】

第五场

〔【冲头】【撤锣】【小锣打上】二道幕拉开,摆设同第三场。宁氏上。

宁 氏 (念)

サ6 5 6 5 6 5 61̇ 5 3 - 6 1 23 1 23 16 23 1 6 -
天上星辰芒拱北, 世间无水不向东。

〔宁氏归"小座"。【小锣五击】吴汉把放着兰英首级的托盘(上盖绸布)藏在"靠肚子"内拿着,上场。

吴　汉　（走到“九龙口”，拿出托盘，对它讲话）公主，你在此稍候，待我前去面禀。（把托盘放在地上，进内）

吴　汉　参拜母亲，孩儿复命。（行礼）

宁　氏　儿啊！

吴　汉　母亲！

宁　氏　媳妇呢？

吴　汉　她……来了。

宁　氏　现在哪里？

吴　汉　现在门外。

宁　氏　叫她进来。

吴　汉　母亲，不见也罢。

宁　氏　为娘一定要见。（**嘟－仓**）

吴　汉　只怕母亲害怕。

宁　氏　自家媳妇，怕的什么？快快叫她进来！

吴　汉　不见也罢。

宁　氏　去。

吴　汉　不见也罢。

宁　氏　去！

吴　汉　遵命。（出来拿起托盘）公主，母亲唤你，小心去见。你……不要吓着我的母亲啊！……（哭，再将托盘藏在“靠肚子”里）（**才、才、才、才**）（吴汉进，跪在近“下场门”一边）（**嘟－仓**）

吴　汉　母亲，不见也罢。

宁　氏　为娘要看。

吴　汉　母亲不看也罢。

宁　氏　为娘要看！

吴　汉　当真要看？

宁　氏　当真要看！

吴　汉　果然要看？

宁　氏　果然要看！

吴　汉　母亲！（双手捧起托盘）

宁　氏　贤德的媳妇啊！（哭，吴汉也哭）

〔（**嘟－仓**）

宁　氏　尸首不可损坏，好好成殓起来！

吴　汉　遵命。

〔**【大锣五击】**吴汉手拿托盘向“上场门”。

吴　汉　中军听令！

〔中军内白：“在。”

吴　汉　速将公主尸首，用大大棺木成殓起来，埋在西门以外，竖立一碑，上写“汉故吴妻王氏兰英之墓。”

〔中军内白：“得令。”

〔【大锣住头】吴汉将托盘送进"上场门"然后再回进来。

吴　汉　母亲，孩儿吩咐已毕。

宁　氏　儿啊，媳妇已死，你是保莽呢，还是扶汉？

吴　汉　儿一不保莽，二不扶汉，在家侍奉母亲天年。

宁　氏　哦！（仓）儿在家侍奉为娘？

吴　汉　正是。

宁　氏　（思索）我口渴得紧，取杯茶来！

吴　汉　是，（向外）丫环！取茶来与老夫人解渴。

宁　氏　嗯！（台）我叫你取茶，你自己取来！你这个不孝之子啊！

吴　汉　（很不明白，母亲今天怎么会这样？）哦……（仓 0）是……遵命！

〔【快冲头】吴汉"上场门"下。

宁　氏　【大锣叫头】天哪，天！我那儿媳，为人贤德，又未犯七出之条，只为国仇家恨，我也顾不得了！我忍辱苟活至今，只为抚养我儿成人，报仇雪恨。如今，为了绝他之念，我还恋什么生，也罢！我不免拜罢祖先，寻个自尽了吧！

〔奏唢呐曲牌<哭批>（前半段）

〔牌子声中，宁氏上椅子，悬梁自尽。

〔【冲头】吴汉捧茶上。

吴　汉　（见状大惊）母亲！

〔（嘟 － 八 大 仓 0）吴汉扔茶盘，左腿抬起，右脚单腿原地急转身数圈，切锣"屁股坐子"。

〔奏唢呐曲牌<哭批·合头>牌子声中，吴汉起来向母亲跪拜。

吴　汉　【冲头】众将官。

〔众内应："啊！"（仓）

吴　汉　如今我遵母之命，扶保汉室幼主，你等大家各自散去吧。（仓 0）

〔众内白："我等愿为大汉效死！"

吴　汉　好哇！【大锣五击】既然如此，你等全身披挂，随本帅兴汉灭莽！

〔众内应："啊！"

〔【急急风】吴汉放火焚烧家宅。侧幕内放烟火。吴汉至"上场门"牵马出来。

〔二道幕闭，场上撤空，再拉开。

〔吴汉上马，圆场。至"九龙口"亮住。回头望着冲天的火光，绕至"上场门"，加鞭。圆场。至台中。

〔（八大仓）（八大仓）（八大仓）吴汉切三锣，打三鞭。

〔【四击头】吴汉踢腿转身。最后一锣软打。吴汉切软锣对"下场门"单腿下跪。（他当时在马上，不可能下跪，这是用特殊的手法描写他的心态）

吴　汉　（跪）娘啊！（哭）

〔奏唢呐曲牌<尾声>

〔牌子声中，吴汉起立，打马，一亮。【急急风】"下场门"下，幕落。

——剧　终

卫　明　　　　　　　　　　　整理

描容上路

周信芳演出本

《描容上路》是《赵五娘》中的一折。

在这折戏前面，是描写蔡伯喈进京赶考，得中状元，在牛相府招赘，毫不顾及家乡的父母妻室；而他的家乡陈留郡却遇着大灾荒，蔡伯喈的妻子赵五娘茹苦含辛，奉养公婆，她自己则吃糠度日。公婆双双饿死，赵五娘剪发卖发，营葬公婆，邻居张广才多方给予关怀、帮助。

本折描写赵五娘画了公婆的画像，准备进京去寻找丈夫。张广才为她备下了琵琶、雨伞以及散碎银两，给她送行，并答应代她照看她公婆的坟墓。

《赵五娘》是根据明代高则诚的《琵琶记》改编的。是周信芳晚年常演的剧目。《描容上路》常作为单折戏演出。不过营业演出时总是演双出，还要另加一出戏。

《描容上路》的情节很简单，没有激烈的矛盾冲突，也没有多少身段、舞蹈，初看甚至有点像是过场戏，可是周信芳却把张广才慈祥、善良、乐于助人的古道热肠刻画得生动有力。尤其是叮嘱赵五娘的大段〔西皮慢流水〕："叫一声五娘且慢行，老汉言来你且听。……"把一路上可能遇到的情况，见到蔡伯喈后可能出现的情景，应对的方法，以及他毕生处世的经验，恨不能一股脑儿的全传授给她。听他唱来，只觉得被一股热流深深地打动。

20世纪50年代，在北京举行梅兰芳、周信芳舞台生活五十年纪念时，周信芳曾演出全剧，受到首都观众、同行和专家的好评。这折戏里的〔慢流水〕特别受到赞誉。

在《琵琶记》里，赵五娘是主角，张广才只是配角，当然是重要的配角。周信芳改编以后，张广才成了主角，但赵五娘的戏仍然不轻，不然的话，也会削弱了张广才，戏也就压不住了。更何况常有两个人的"对子戏"，必须旗鼓相当，才能取得完整的舞台效果。周信芳还以《赵五娘》为剧名，不一味突出自己，不愧是大师风范。

这次记录、整理，是以1959年3月13日的演出实况录音作基础，但并不完全依照它，因为录音是经过剪接的，并不是当时舞台演出的全貌；何况周信芳历来反对演出的刻板化。因事隔多年，有一些地方我也有点吃不准了。好在2001年7月，上海师范大学表演艺术学院举办麒派艺术研修班，在开学典礼上遇到了专为周信芳司鼓的著名鼓师张鑫海，向他请教，得以解惑，特此说明，并深表谢意。

此剧与《四进士》不同。《四进士》以说白、做工为主，唱词唱段很少，在曲谱等的记录上，可以有时简化一些。本剧则不然，几乎全是唱段，因此只好打破一点所谓的"规范"，相信是会得到识家的理解的。

但是，也有不同的看法。我有位老同学，20世纪40年代在重庆南开中学时，参加学校的京剧社，我们经常一起演出。后来他考取了"清华"，毕业后又专攻音乐，在解放军艺术学院任教。我请他校阅此稿，他就认为京剧传统剧目，胡琴伴奏即兴很多，不必一一记录、框死了。还有唱腔，也只能记一个大概，因为京剧乃至戏曲的演唱风格、流派，以现有的记谱方法，是记不下来的，所以还是模糊一些为好。这是非常高明的见解，而我已经记成这个样子了，于是把他的意见记在这里。

卫 明

人物行当

张广才	生	**赵五娘**	旦

服装扮相

张广才　俊扮。古铜色高方巾、黄绸子、白满，古铜色褶子、湖色绸裙、大带，黑彩裤，青缎云头鞋。

赵五娘　俊扮。大发线尾子、青衣珠花、白绸子，白褶子、白裙子、湖色绸腰带，素彩裤，彩鞋。

道具

小帐子	一份	**琵琶**	一面
桌子	两张	**雨伞**	一把
椅子	两把	**文房四宝**	一份
素桌围椅披	一份	**图画**	一幅
坟台（片）	一个		

〔【冲头】【撤锣】【小锣出场】赵五娘上，走向中间台口。

赵五娘 （念）秋月似水照影凉，（多多）

思念蔡邕，

1̇ 2̇ 3̇ 2̇ 3̇ 2̇ 1̇ 7 6 7 2̇ 7 6 5 …… 5 6 5 …… 6 ……

寸 断 肝 肠。

〔【小锣归位】坐“小座”。

（念）年荒亲死夫无讯，

多感大公好近邻。

南山筑坟裙兜土，

决意上京把夫寻。（扎）

我，赵五娘。自从丈夫蔡伯喈进京赶考，数载未归。这陈留郡荒旱三载，公婆双双饿死。我有心寻找伯喈，一叙别后之苦。斗室无光，不免在月光之下，描画公婆面容，带在身旁，进京寻找丈夫便了。

〔奏京胡曲牌＜二黄小开门＞

〔牌子声中，赵五娘将椅子搬至近“下场门”斜放的桌子后，坐下铺纸磨墨，不禁悲从中来，曲牌止。

赵五娘 （哭）公公，婆婆啊！

〔二黄慢板〕

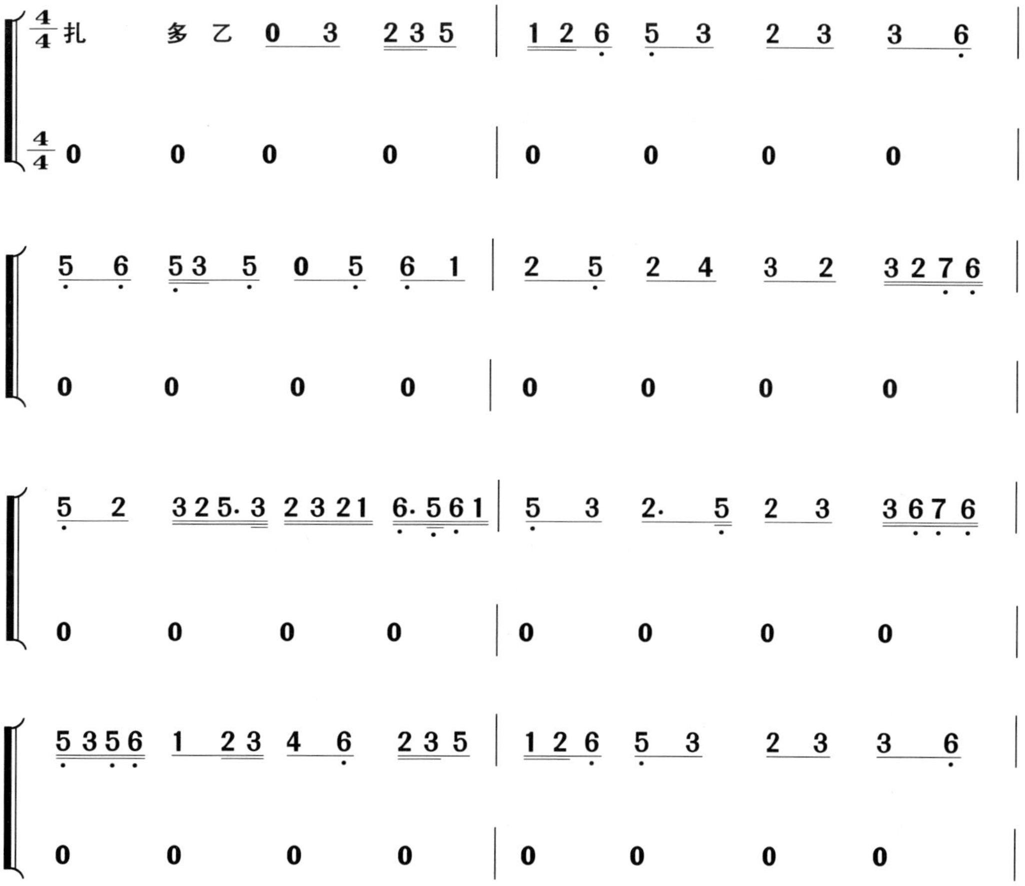

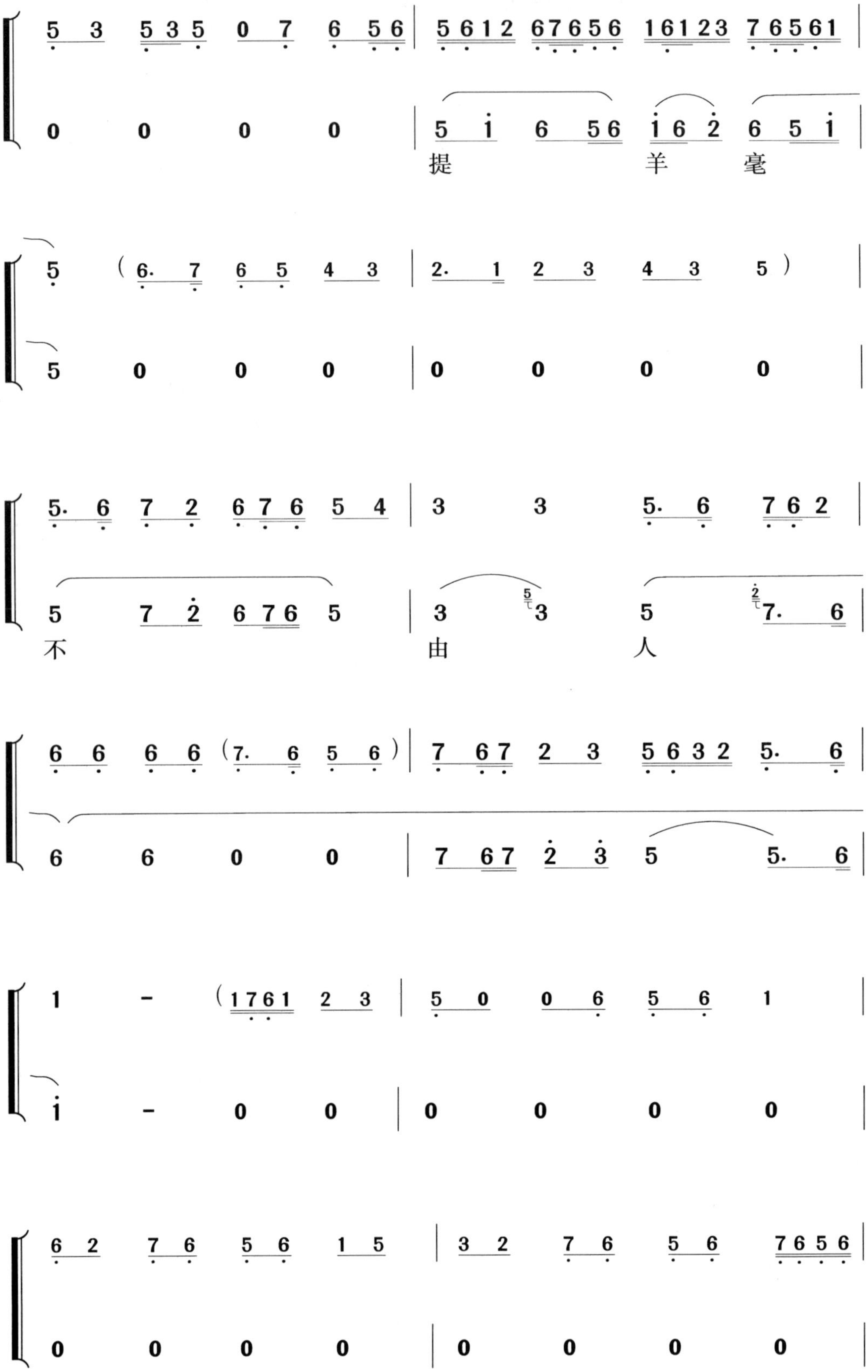
提 羊 毫
不 由 人

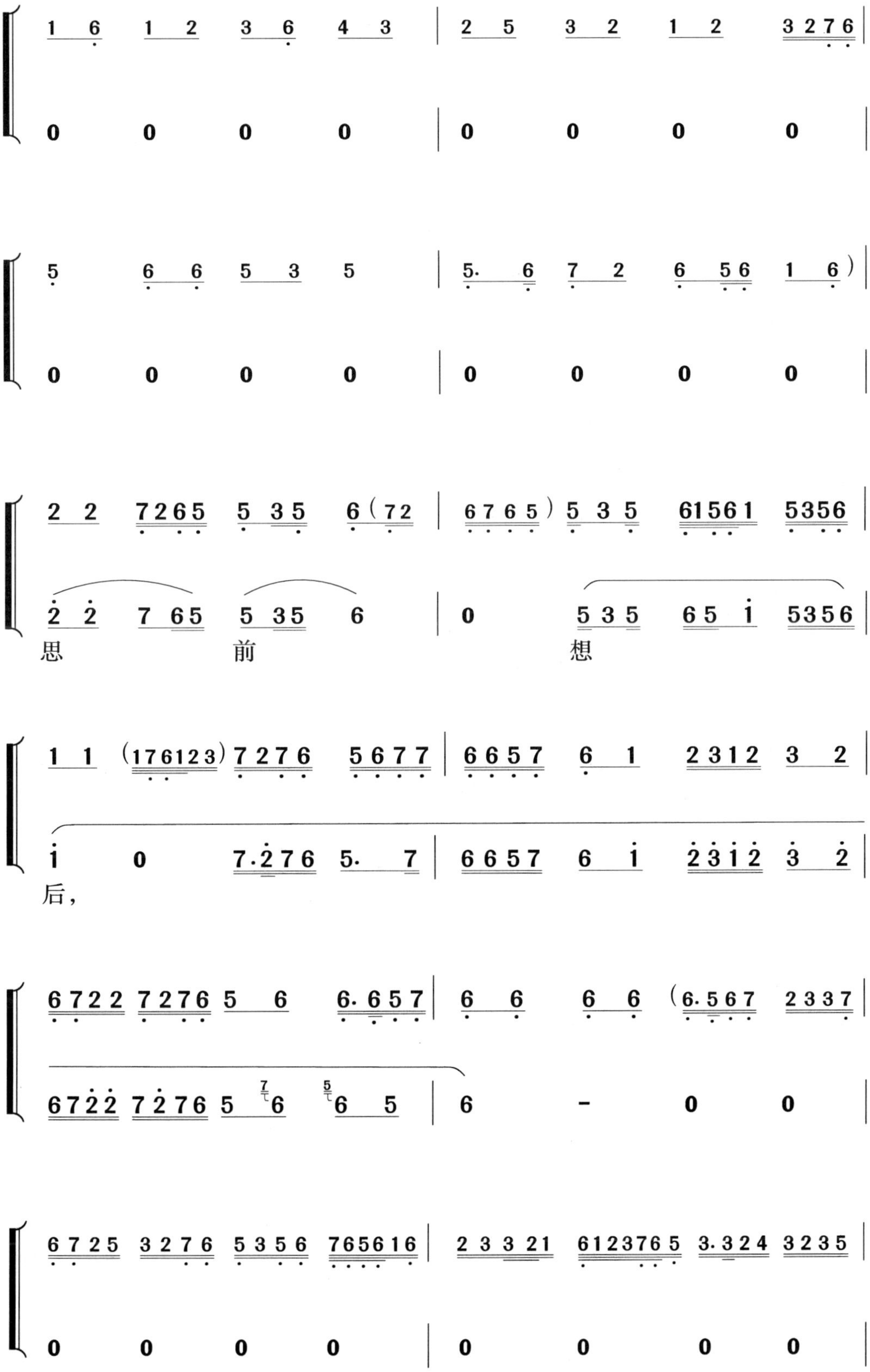
思
前
想
后，

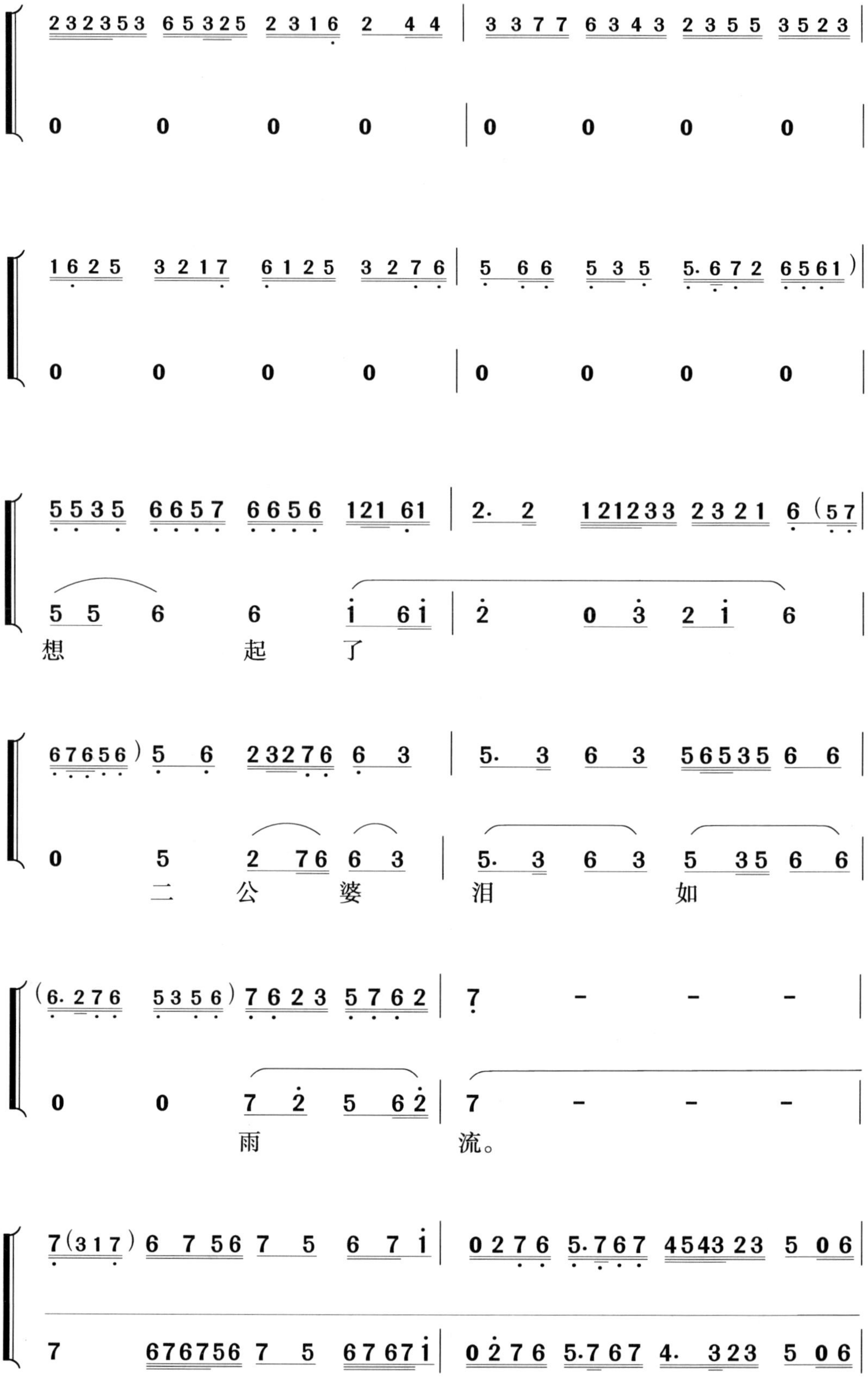
想 起 了
二 公 婆 泪 如
雨 流。

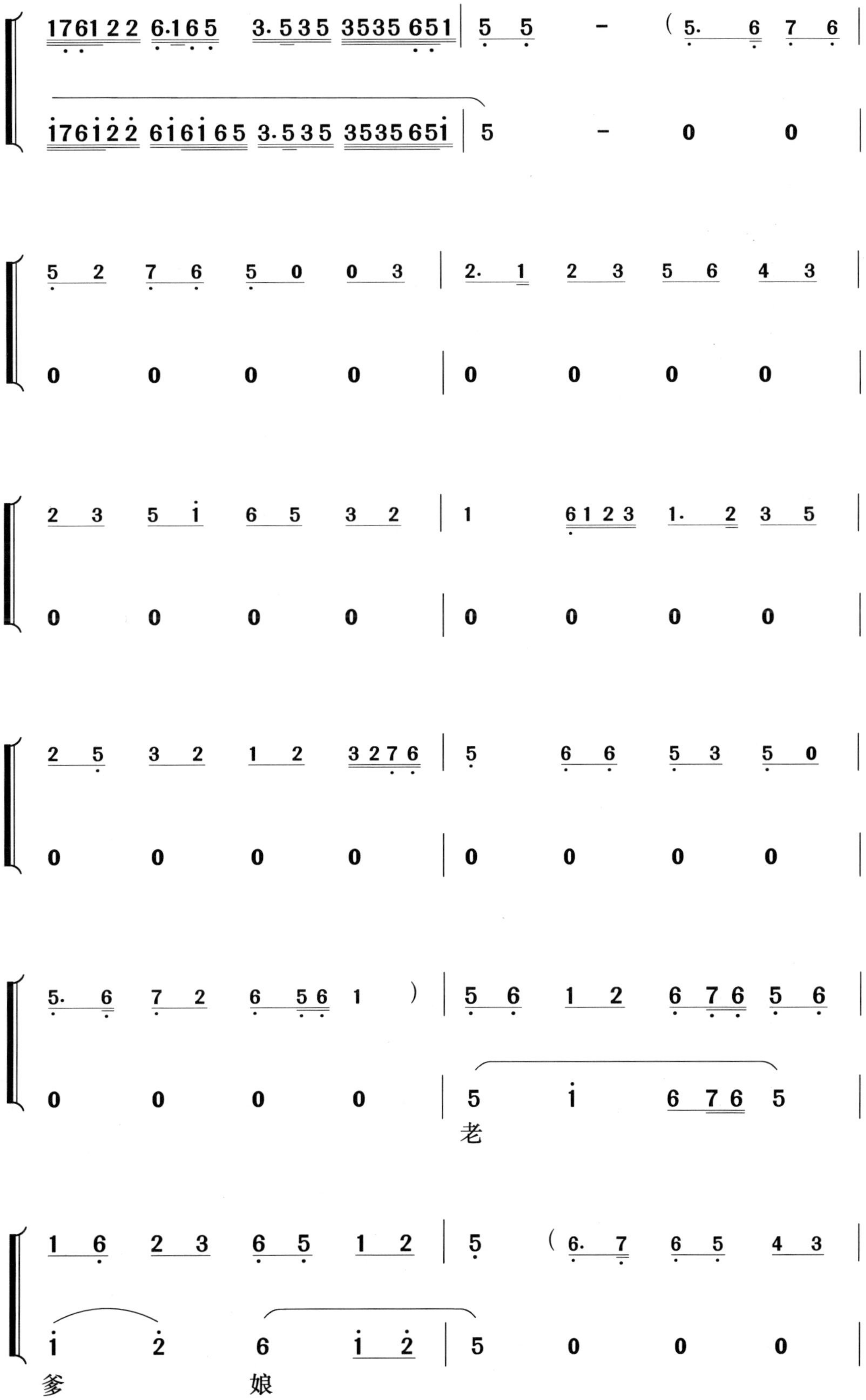
老
爹
娘

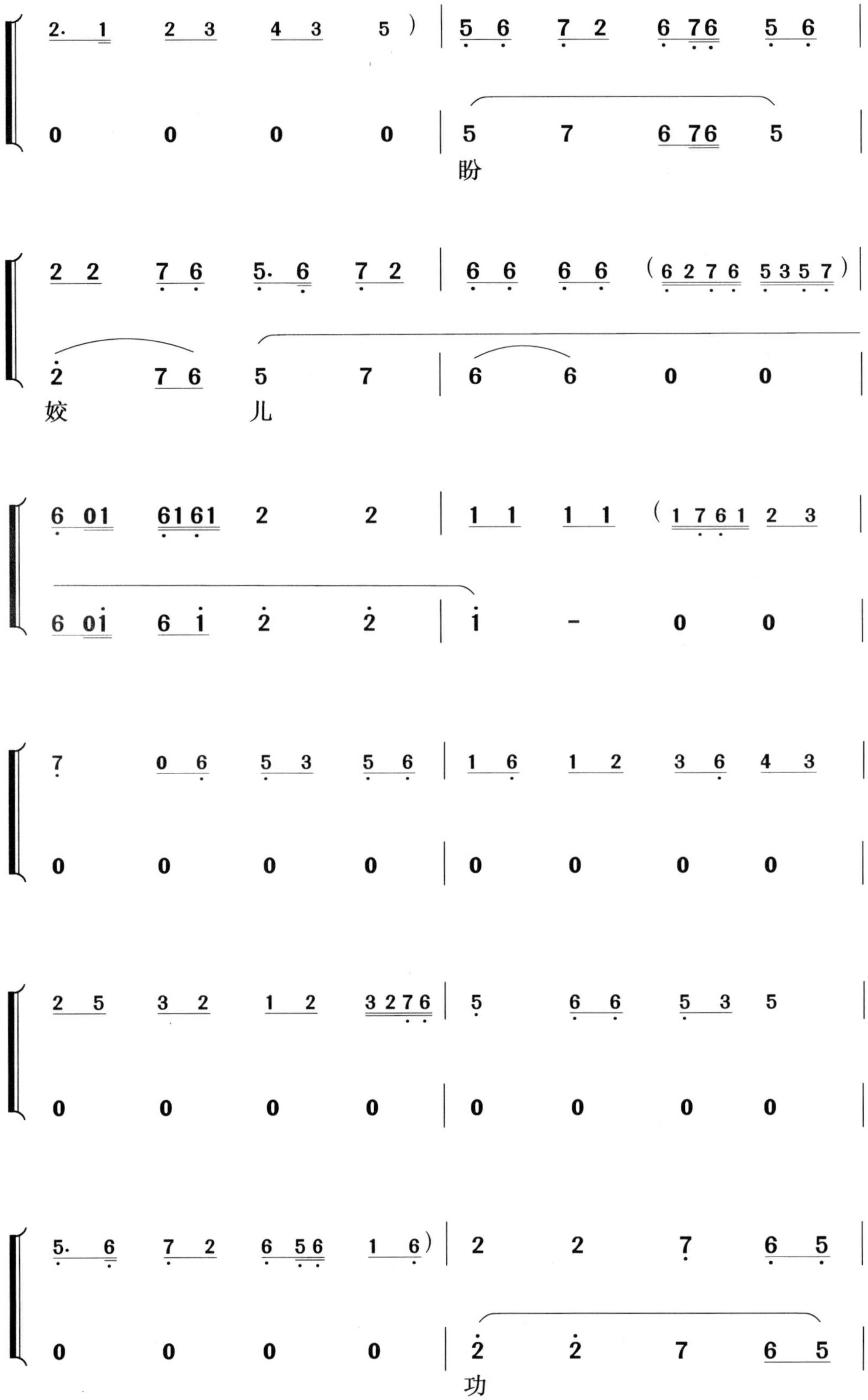
盼
姣
儿
功

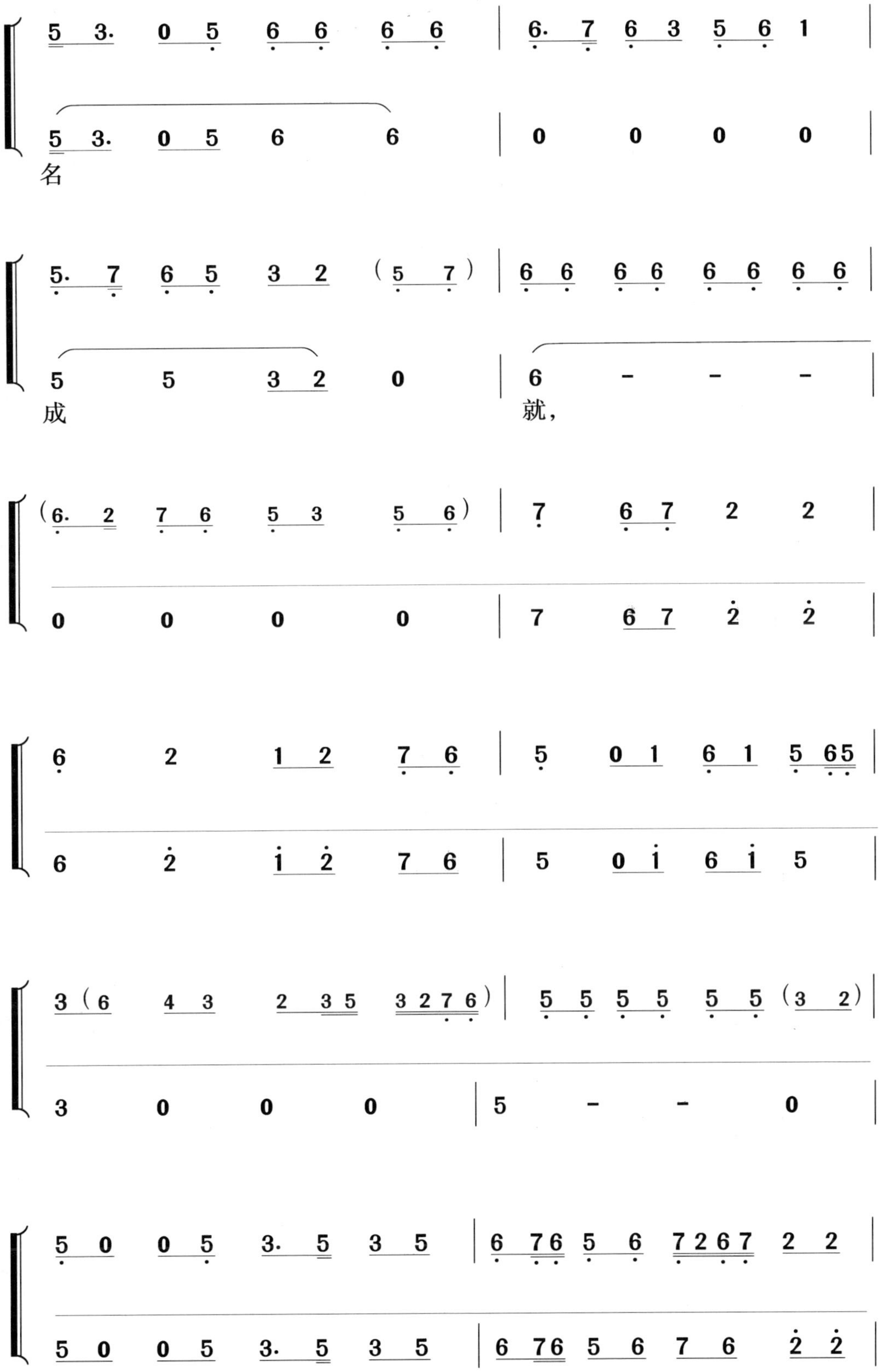
名
成
就，

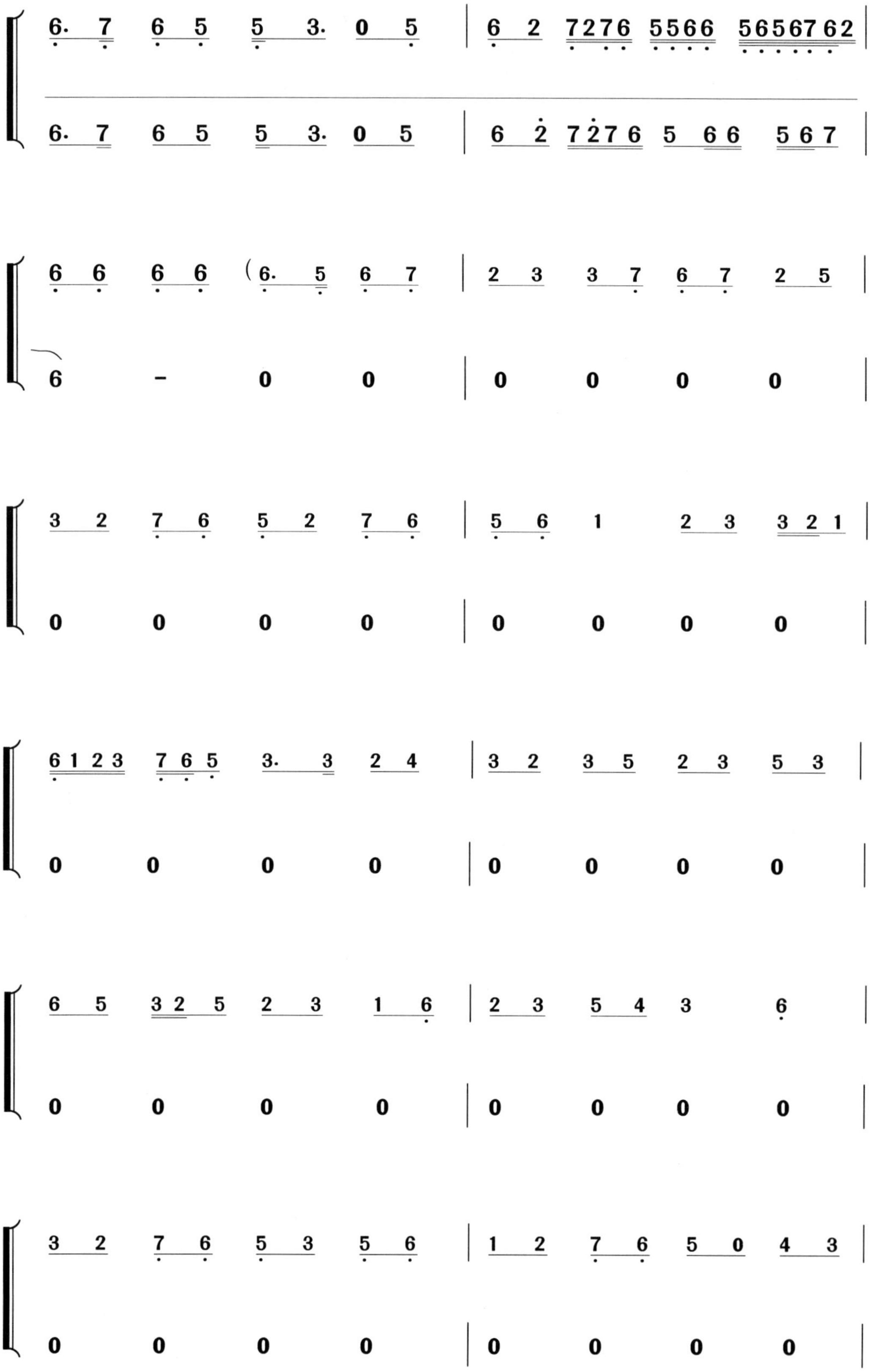

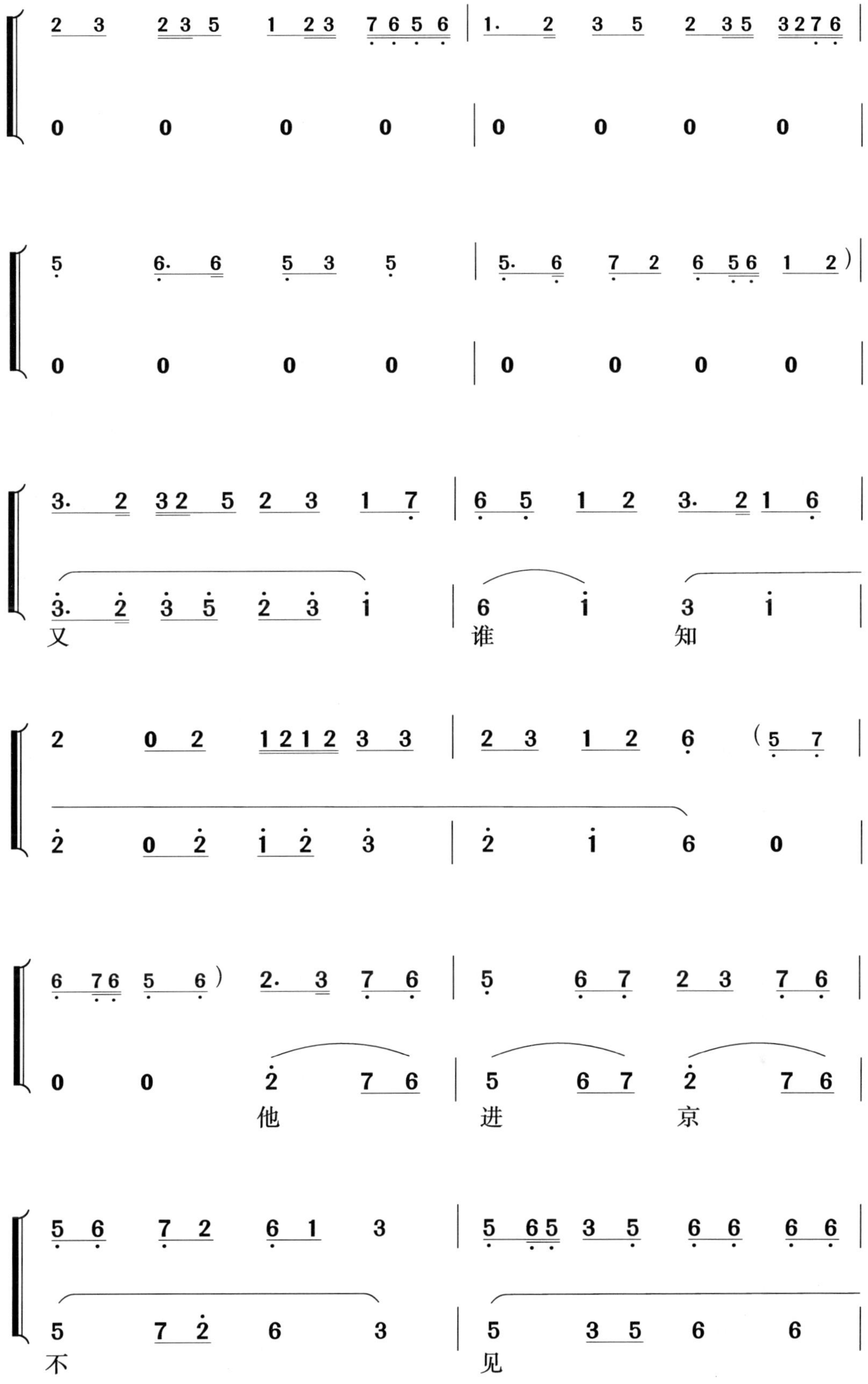
又 谁 知
他 进 京
不 见

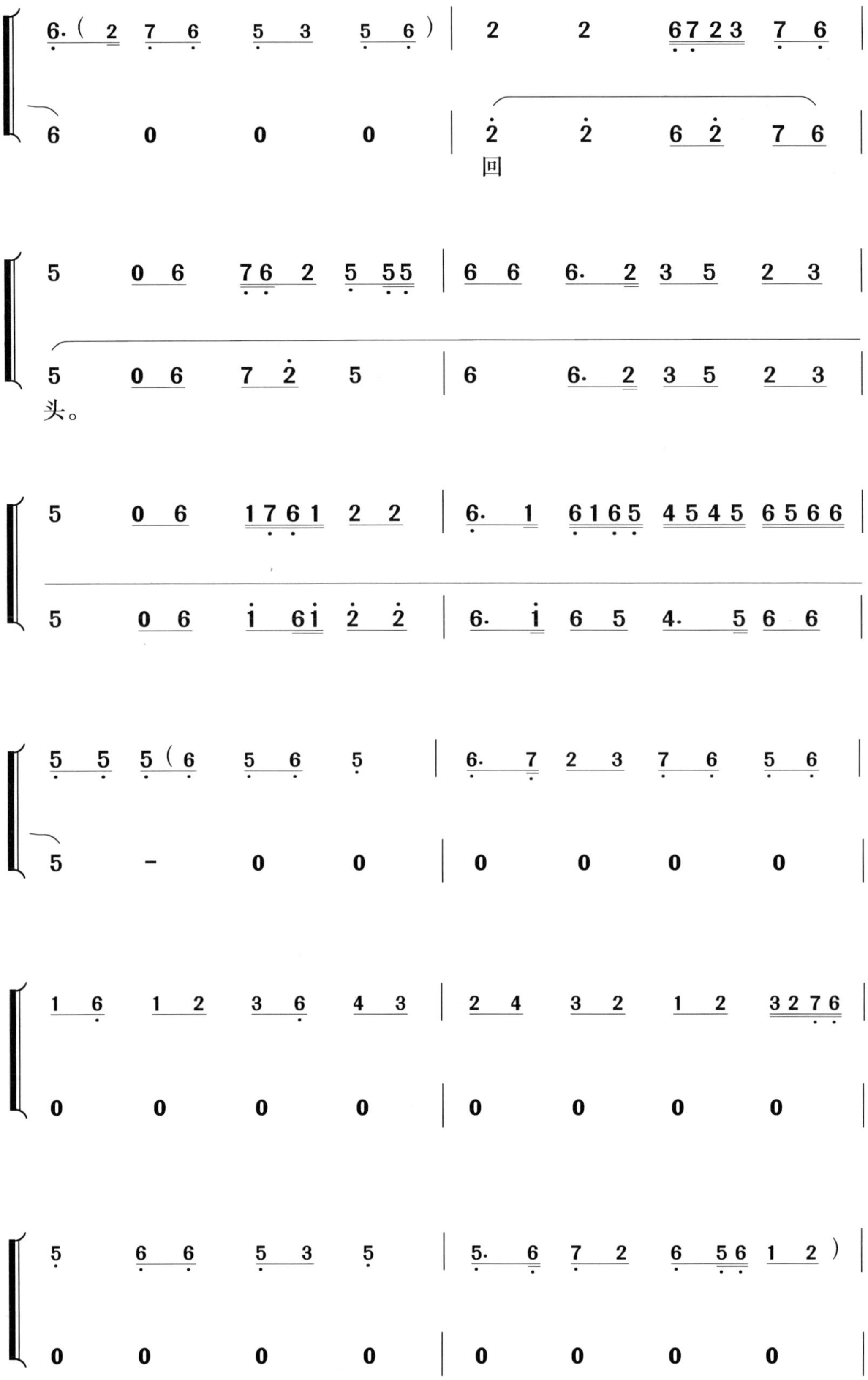
回
头。

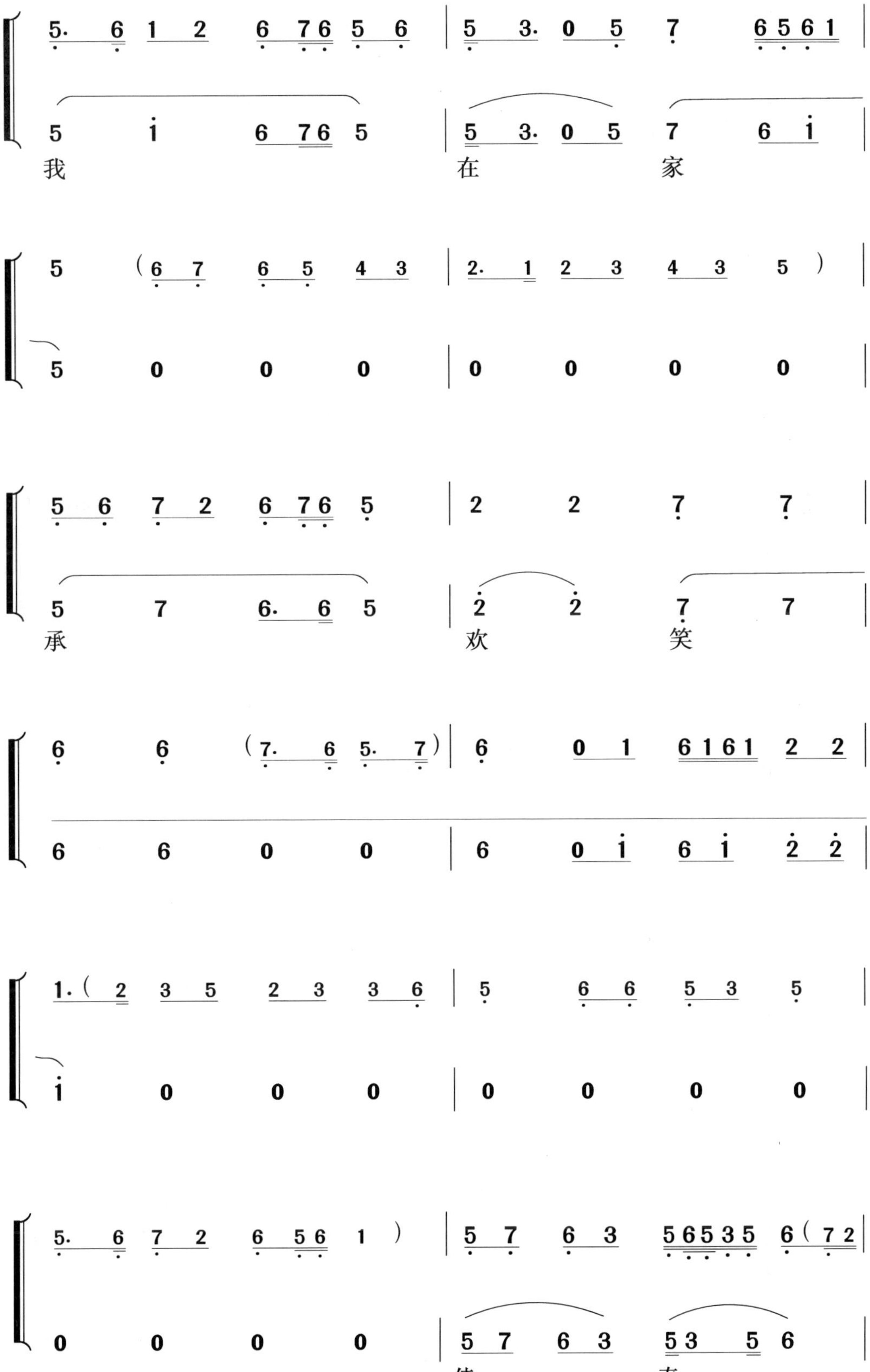
我 在 家
承 欢 笑
侍 奉

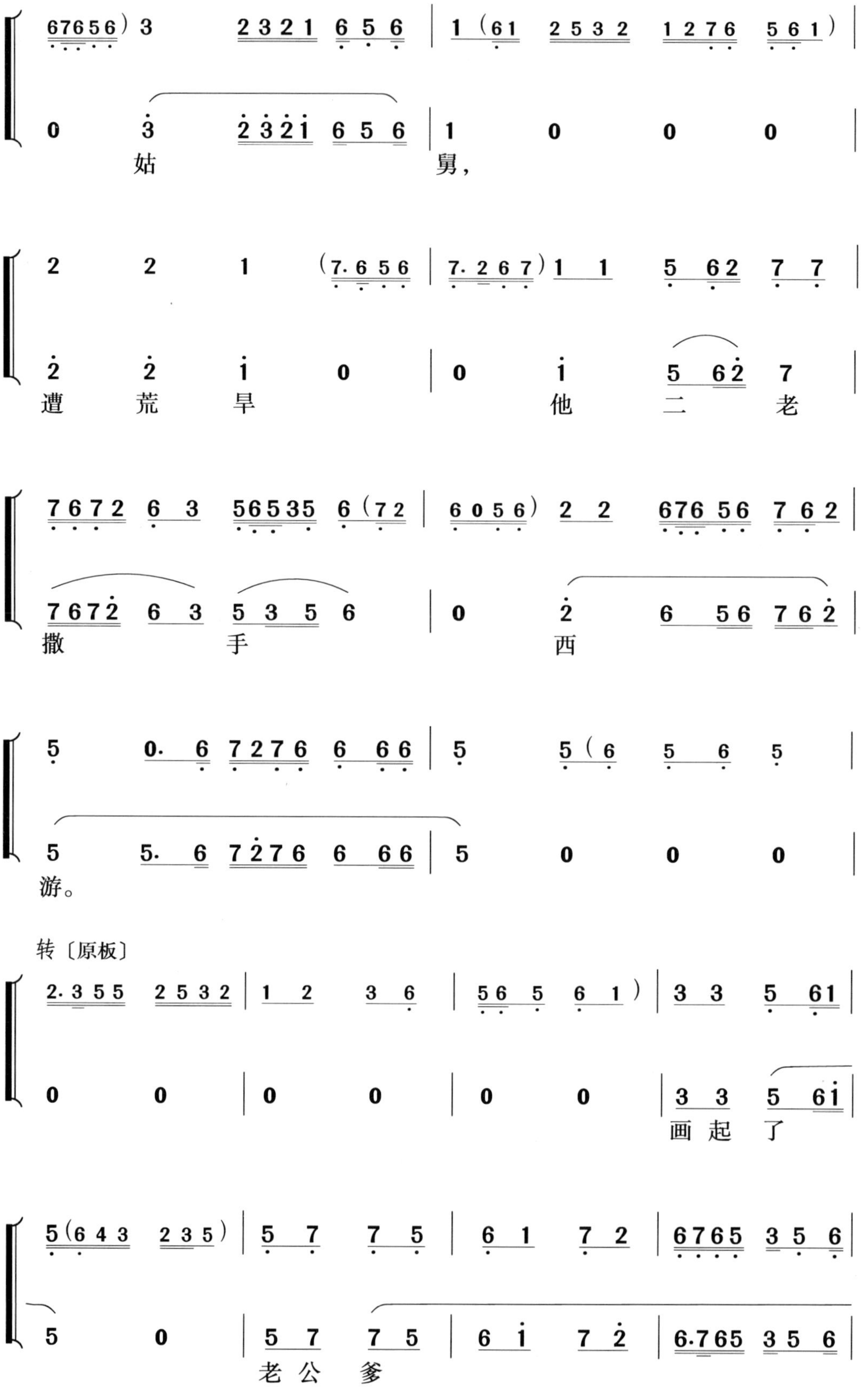
姑 舅，
遭 荒 旱 他 二 老
撒 手 西
游。
转〔原板〕
画 起 了
老 公 爹

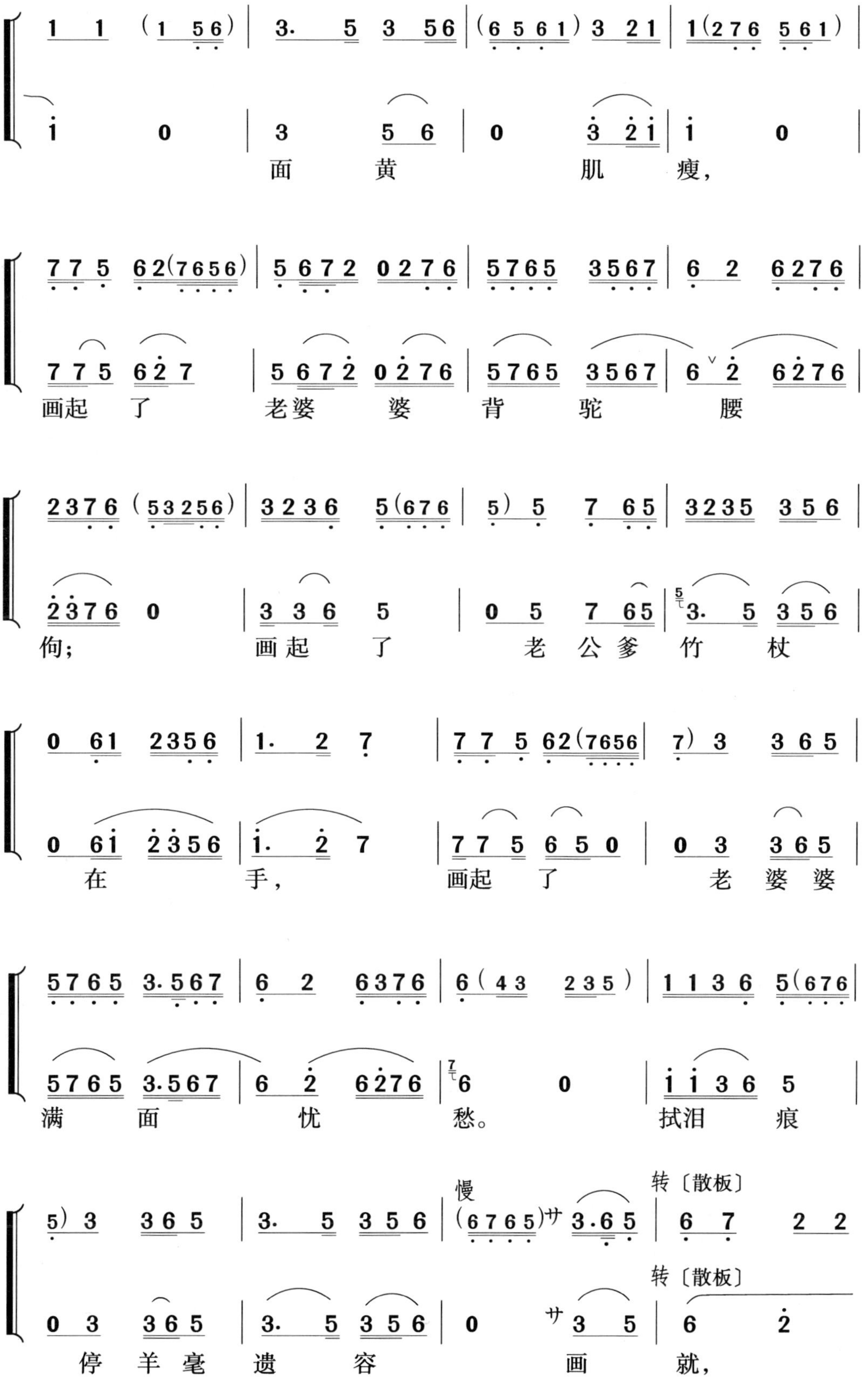
面 黄 肌 瘦，
画起 了 老婆 婆 背 驼 腰
佝； 画起 了 老 公 爹 竹 杖
在 手， 画起 了 老 婆 婆
满 面 忧 愁。 拭泪 痕
慢
转〔散板〕
停 羊 毫 遗 容 画 就，

7 6 5 6 6 5 6 7 7 …… 7 … 7 6 6 6 6 ……

7 6 5 6 5 6 7 …… 7 7 6 6 ……

〔【凤点头】赵五娘双手捧画回至中间。

〔二黄散板〕

赵五娘 廿（2 35 5 3 2 16 6 3 2 35 5 5 ……）7 6 2 7 6 7 6
无 非 是 表

5 6 7（2 7 6 5 6 7）2 6 76 5 6 76 2 7 2 6 5
孝 思 慈 影 长

535 6 1 …… 4 …… 4 5 4 3 …… 3 4 3 5 …… ‖【大锣住头】
留。

赵五娘 公婆遗像画好，无有祭礼，这便怎么处？（大 大 大大 乙 呆）咳，只好用凉水一祭便了！

奏京胡曲牌＜二黄小开门＞

〔在＜二黄小开门＞中赵五娘将画挂在中间桌子的帐幔上。再到“下场门”里取出凉水一杯，放在桌上。曲牌止。

赵五娘 喂呀，公婆啊！

〔二黄散板〕

【大锣凤点头】廿（3 2 1 6 3 2 3 5 5）6 6 2 1 2（5
但 愿 得

6 1 2）5 7 7 5 6（6 5 7 6）2 2
二 公 婆 多 多

7 6 6 56 1（2 3 3 2 1 6 3 2 3 5）7 6 2
保 佑， （仓）保 佑

7 6 5 5 6 7（2 7 6 5 6 7）2 7 2 6 5
我 与 伯 喈 相 聚

5 3 5 276 5 6 6 …… 5 5 …… ‖【大锣住头】
无 忧。

描容上路

〔亮更：（堂鼓）得隆咚咚，咚咚咚咚，咚。

〔铙钹夺头：隆 咚 大大 大台 | 才 台才 乙台 才 | 大扑 台 才 0 ‖

〔二黄原板〕

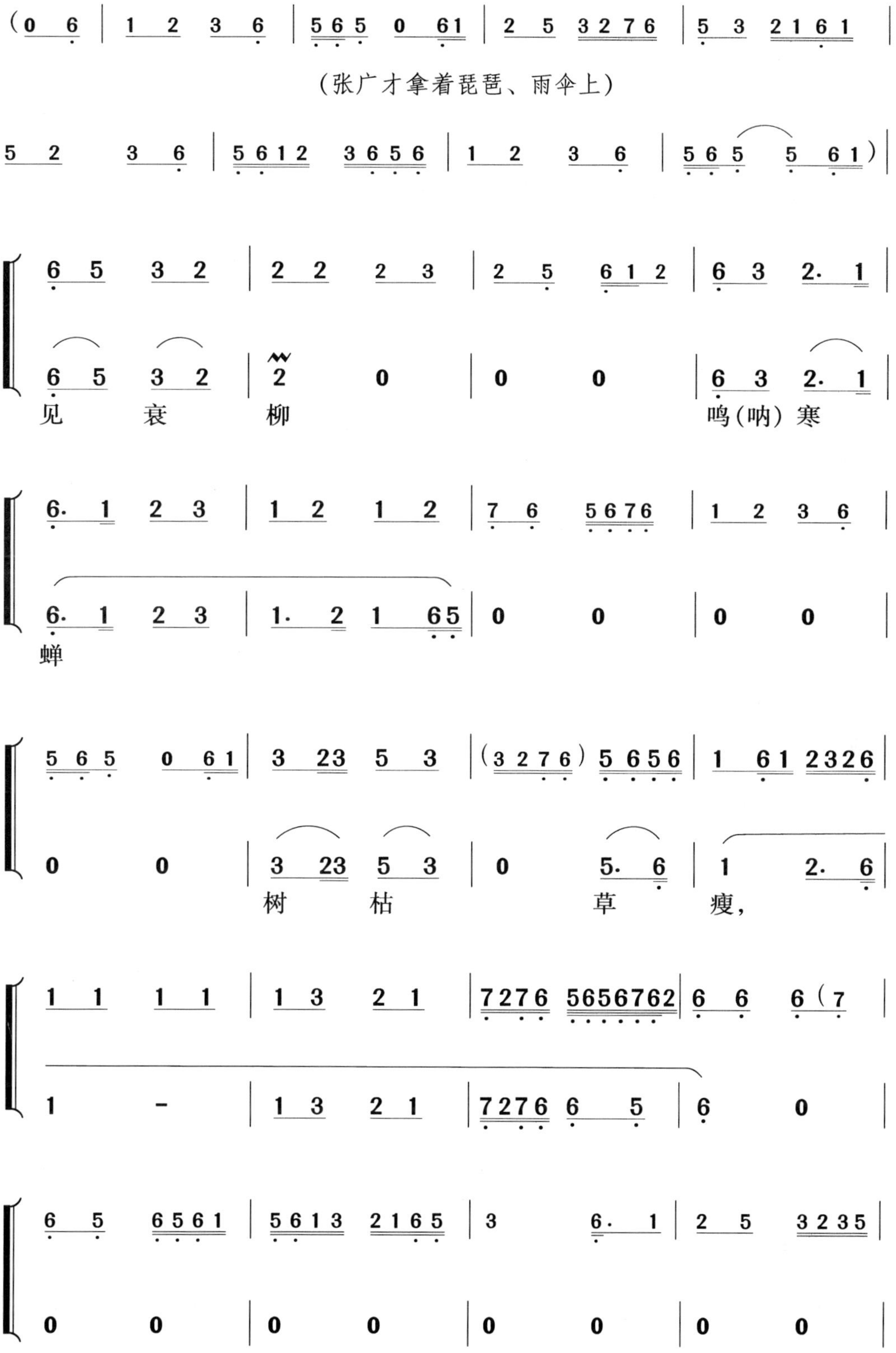

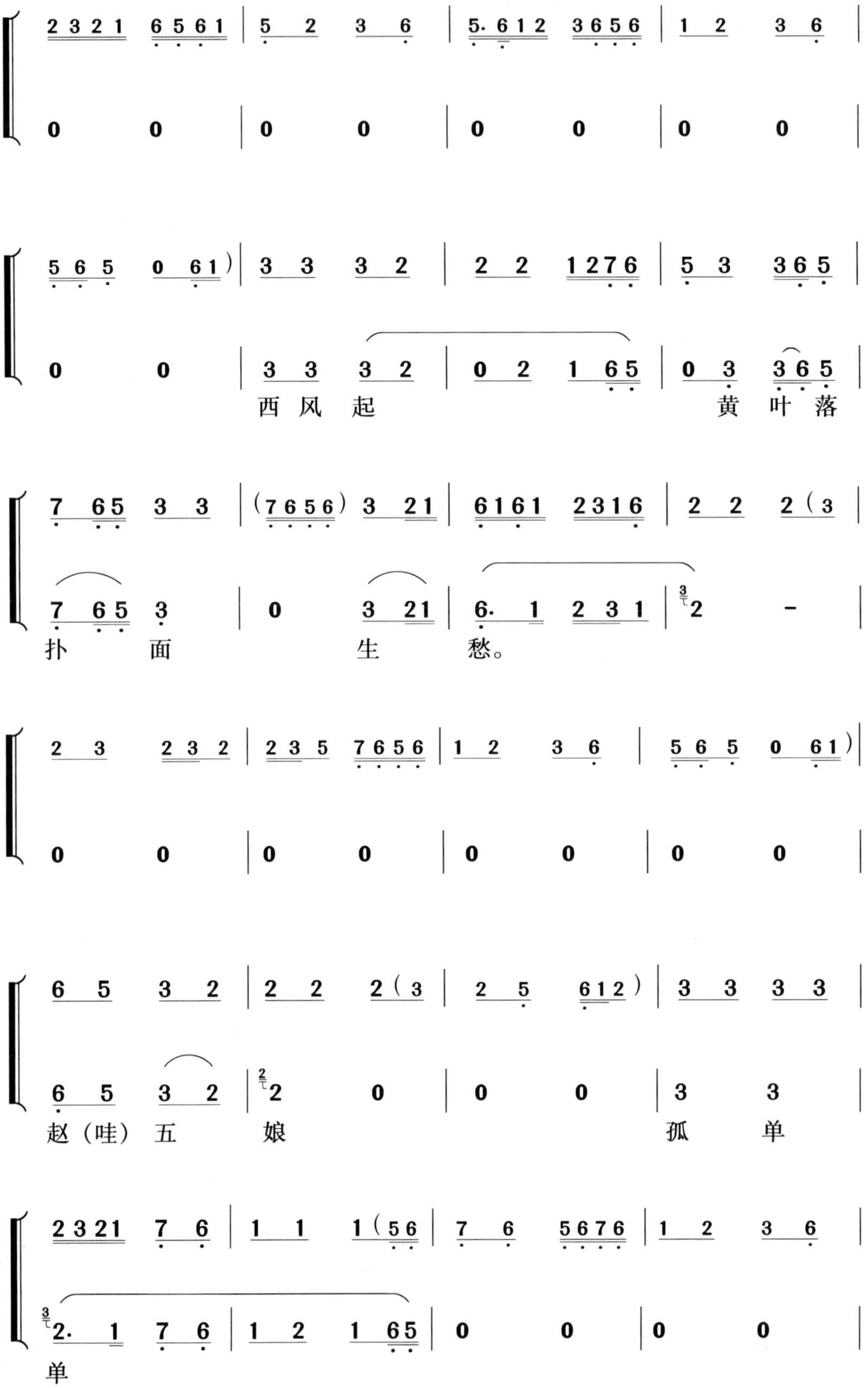
西风起
黄叶落
扑面生愁。
赵（哇）五娘
孤单
单

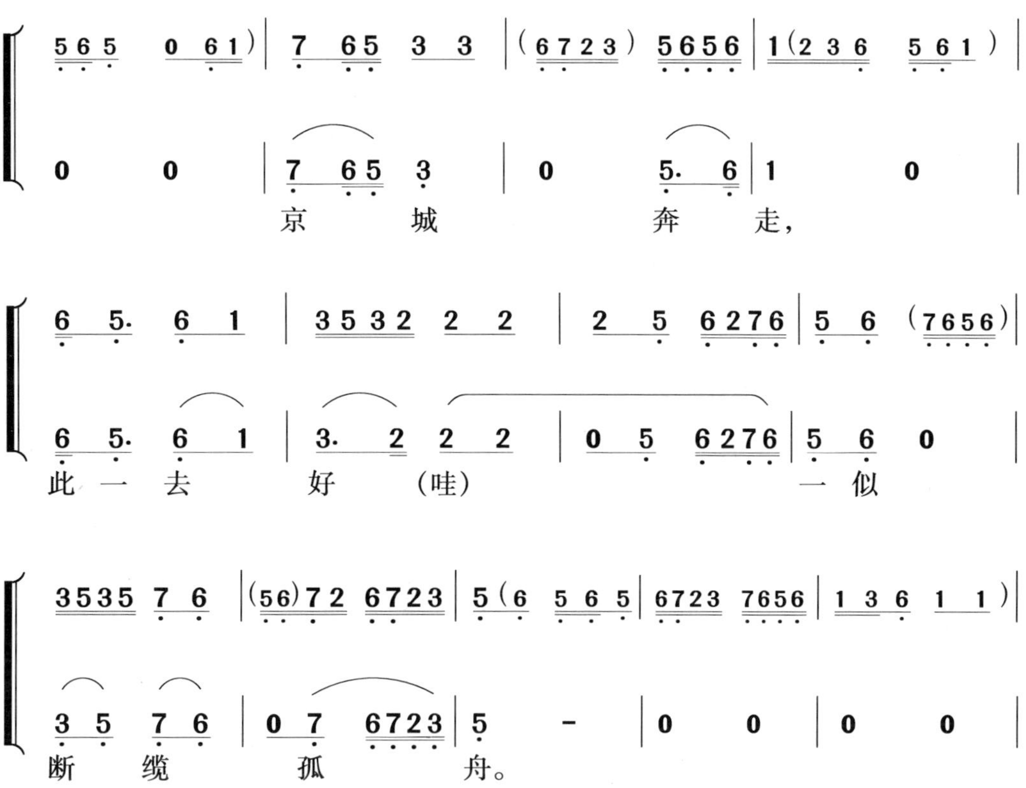

张广才 老汉张广才。只因蔡伯喈进京赶考，一去数载，杳无音信。可怜他二老爹娘，双双饥饿而死。如今，赵五娘要进京寻找伯喈，只是她一贫如洗，老汉又无力帮助，是老汉，带来琵琶一面，雨伞一把，还有一些散碎银两，赠送与她。

〔**【小锣住头】**走小圆场。

张广才 五娘开门来！

赵五娘 何人叫门？

张广才 老汉来了。

赵五娘 哦，大公来了！（开门）请进！

〔张广才进门。

赵五娘 （将广才的坐椅搬至中间桌子大边放下）请坐。**【小锣一击】**

〔张广才坐“大边”，赵五娘在“小边”。

张广才 啊，五娘，你当真要进京寻找伯喈么？

赵五娘 是啊，媳妇去心已定了。

张广才 一路之上，可有盘费啊？

赵五娘 似这样饥荒年景，衣食不保，哪有盘费？只得乞讨而去了！

张广才 唉！苦煞你了！老汉带来琵琶一面，雨伞一把，还有一些散碎银两，你且收下。

赵五娘 这个…… **【小锣一击】**前恩未报，又蒙恩赐，媳妇不敢领受。

张广才 老汉受人之托，理当帮助，你就收下了吧！

赵五娘 多谢大公！

〔张广才将东西放在桌边，银两给她，她藏在身上。张广才看见画。**【小锣一击】**

张广才 五娘，这就是你的不是了！

赵五娘 怎么？

张广才 饥荒年景，你怎么还有银钱，请人画这影像啊？

赵五娘 这画不是画工画的。

张广才 哪个画的？

赵五娘 是媳妇在月光之下画成的。

张广才 哦哟！五娘画的！老汉倒要仔细地看看哪！【撕边】【大锣叫头】

〔张广才起身向着图画。

张广才 老哥！老嫂！唉……呀！【冲头】

〔张广才拭泪。

〔二黄导板〕

张广才 【大锣导板头】（6 5 5 5 3 2 2 3 3 2· 1 6 6 6

5 ……）2 5 3 2 2（5 6 1 2）2 2· …… 2
见 容 像 不 由

2 2 7 6 5 …… 7 6 6 …… 5· 3 2· 3 5 ……
人

5 6· 7 5 6 7 2 7· 6 5 6 …… 6 6 5 ……

（3 2 1 6 6 6 5 ……）3 3 2· 1 6
心 酸

（5 7 6）1 3 2 …… 2 1 2 1 2 ……
（顷 仓 0）痛，

〔【冲头】抖袖翻袖对影像拱手。【大锣叫头】

张广才 老哥！老嫂！哥嫂哇！

〔二黄散板〕

【纽丝】サ（3 2 1 6 6 6 5 ……）6 1 3 6（5
点 点 珠 泪

7 6）2 1 3 2（5 6 1 2）6 2 7 6 2
（仓）
洒 前 胸。 画 老 哥

6 6 6· 5 3 6 2 7 6 5 6 1 （6 7 6 1）
手 扶 竹 杖 难 以 行 动， （仓）

6 2 1 1 2 3 6 （5 7 6） 6· 2 1 1
画 老 嫂 两 鬓 白 乱 发 蓬

3 ^{3}2 （5 6 1 2） 1 6 5 3 3 5 6 1 （6
松。 （仓）空 养 儿 蔡 伯 喈

7 6 1） 2 2 1 4 … 3 3 1 1· 2 3 （6
中 何 用？生 不 能 养 老

1 2 3） 3· 3 3 2 1· 1 7 6 1 2 …… ‖【大锣住头】
死 不 能 送 终！

赵五娘 大公，媳妇意欲前往公婆坟前一祭。
张广才 好，老汉伴你前往。
赵五娘 多谢大公！

〖奏京胡曲牌<二黄小开门>

〖赵五娘收画、卷画，张广才帮助赵五娘背琵琶、图画，她拿起雨伞，二人出门，张广才关照五娘注意门户，五娘带上门，曲牌收住。

〔二黄散板〕

张广才 【纽丝】サ（6 5 3 2 2 3 3 2 1 6 6 5 ……）

4 3 3 3 2 3 3 （6 1 2 3） 3 3 61 6 2
思 念 双 亲 绘 真 容， （仓）生 前 死 后 一

3 1 2 （5 6 1 2） 3 2 21 6 3 5 6 1 –
般 同。 （仓） 五 娘 行 孝 人 赞 颂，

〖【纽丝】二人走圆场，拉二道幕，撤去桌椅，如用景则二道幕拉开时现出坟茔、松柏。

〖【脆头】见坟茔二人均心有所动。

〔二黄散板〕

张广才 【大锣凤点头】サ（3 2 1 6 6 5 …）3 3 61 6 1 1 2 ……‖

凄 凉 坟 前 柏 与 松。

〔【大锣凤点头】五娘跪在坟前。

〔二黄散板〕

赵五娘 サ（3 2 1 6 6 5 …）i 5 6 6 2 5 6 i

屈 膝 跌 跪 哀 言 禀，

（6 7 6 1）7 6 5 6 7 7 6 2 7 6 5

（仓）尊 声 公 婆 在 天

3. 5 6 6 i 5（3 2. 1 6 3 2. 3 5）i i

灵。（仓）都 只

3 6 5 7 7 6 5 6 3 6 5 2 i 2 2

为 家 贫 困 难 逃 饥 馑，

7 …… 7 7 6 3 5 6 …… 6 5 ……

公 婆 啊

〔【大锣凤点头】赵五娘拭泪，张广才也忍不住拭泪。

〔二黄散板〕

赵五娘 サ（3 2 1 6 6 5 …）5 6 2 7 6 5 6 7 7 i

寻 到 了 蔡 伯 喈 归

6 5 6 7 7 2 7 6 5 6 6 … 6 i 5 ……‖

祭 双 亲。

〔【大锣住头】张广才照顾赵五娘站起来，【小锣一击】五娘见坟忽然转念。

赵五娘 大公！

张广才 啊？

赵五娘 媳妇不便去了。

张广才 怎么又不去了哇？

赵五娘 倘若前去，我公婆的坟墓，就无人照应了。

张广才 五娘只管放心前去，我自会前来打扫，若是老汉下世去了，也就顾不得了。

赵五娘 多谢大公！媳妇拜别了！

张广才 你当真要走了？

赵五娘 当真要走了。
张广才 果然要走了？
赵五娘 果然要走了。
张广才 五娘，老汉一言，你且听了！
赵五娘 是。

〔西皮慢流水〕（注：但不很慢）

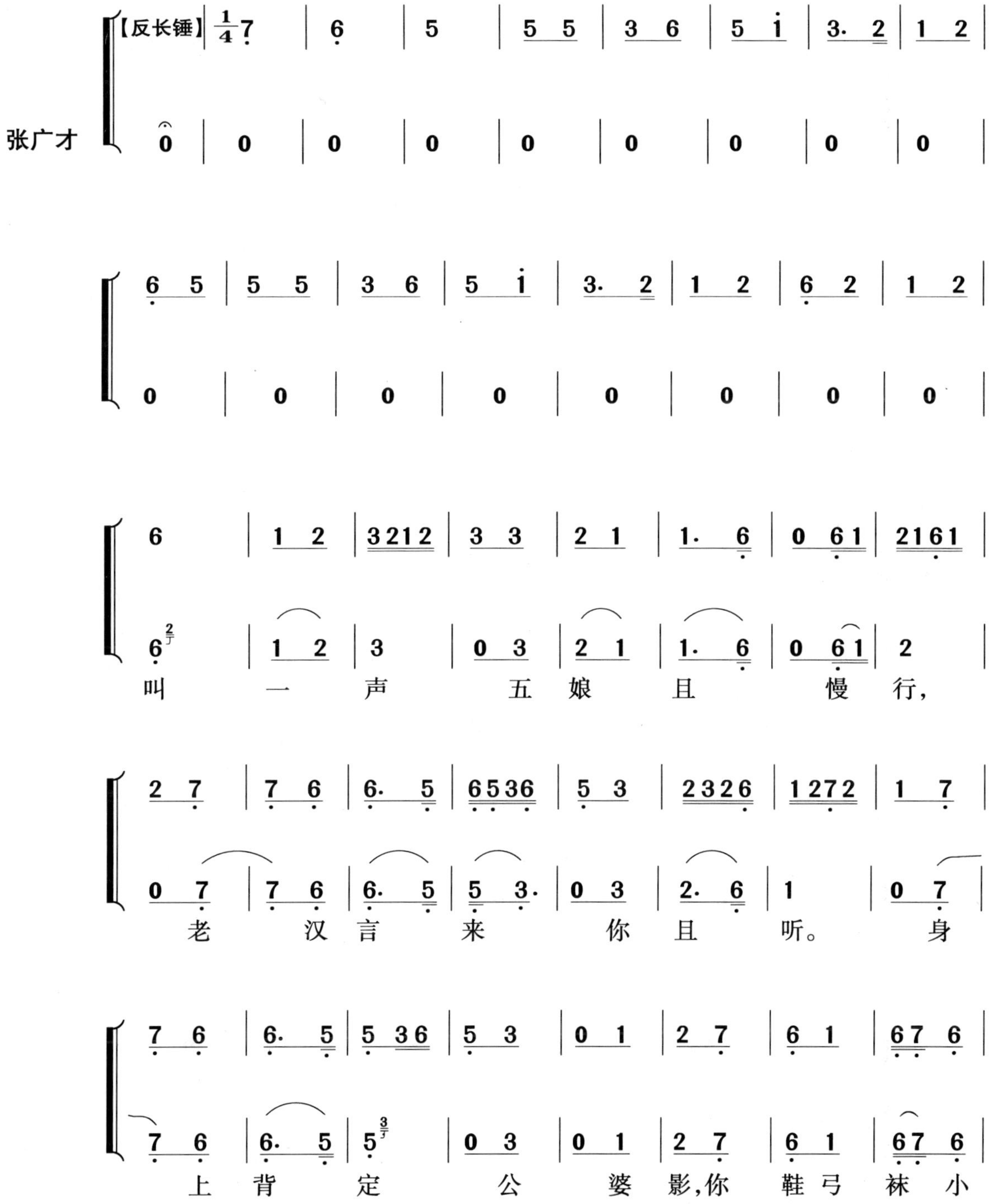

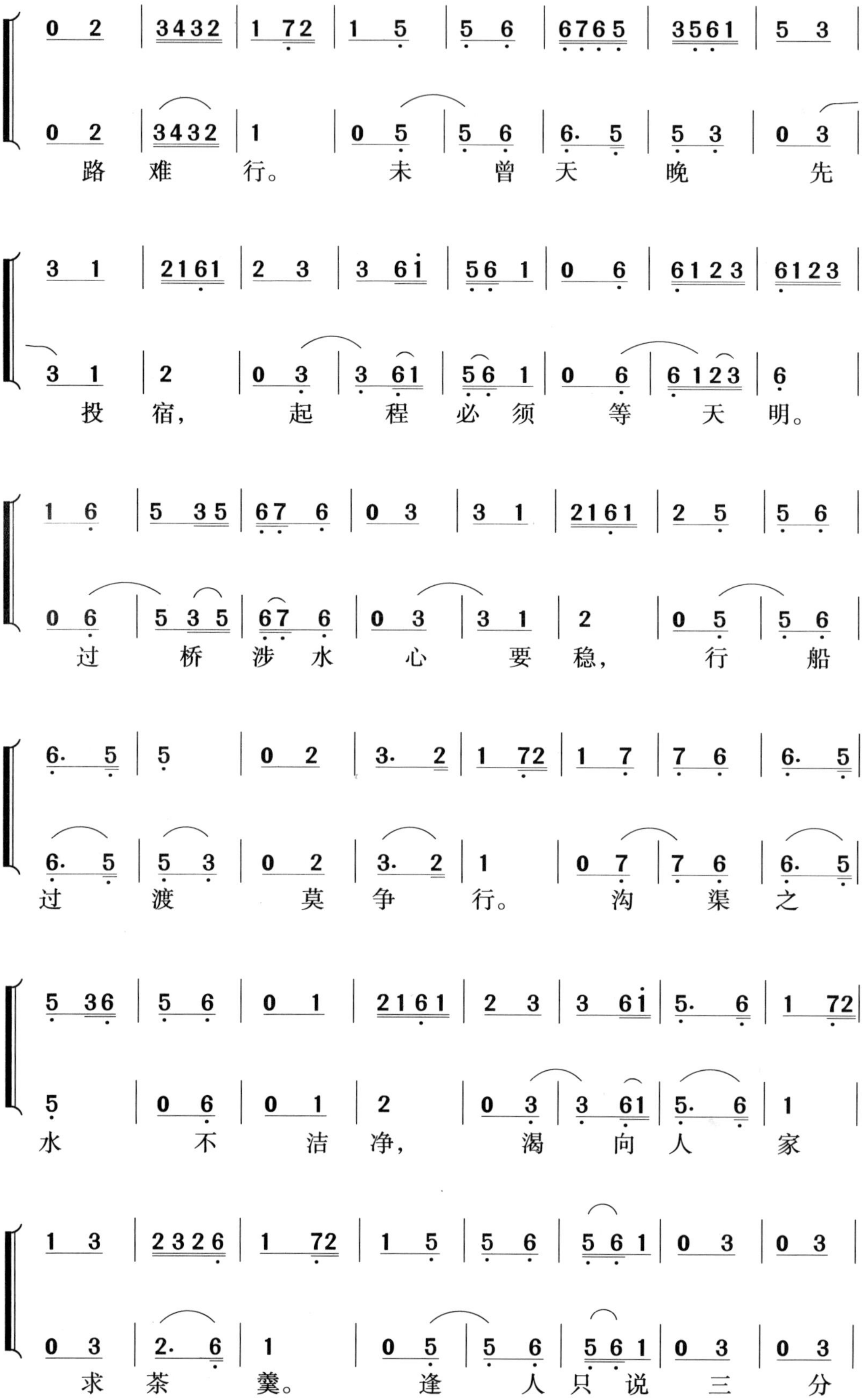
路难行。未曾天晚先
投宿，起程必须等天明。
过桥涉水心要稳，行船
过渡莫争行。沟渠之
水不洁净，渴向人家
求茶羹。逢人只说三分

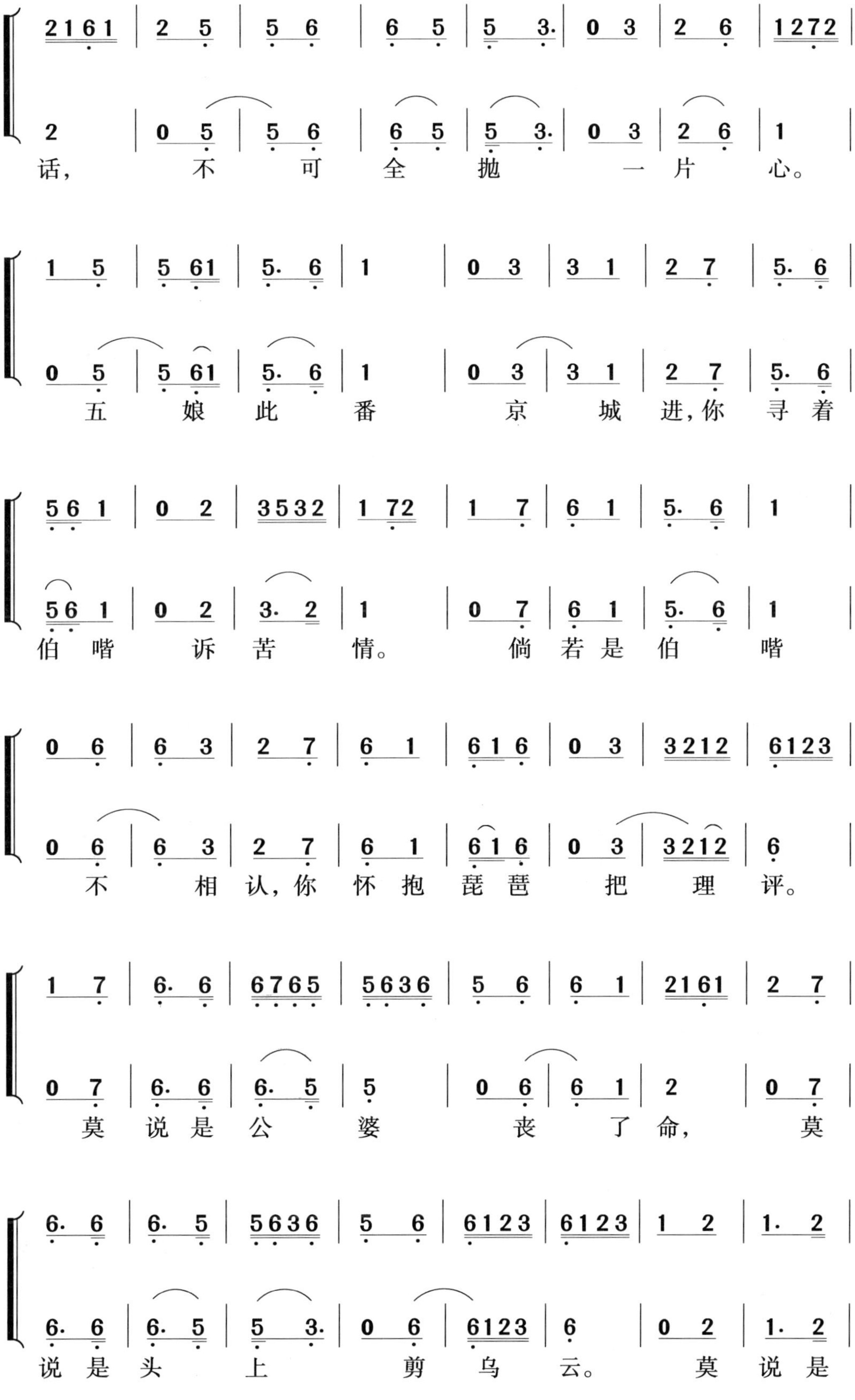
话， 不 可 全 抛 一 片 心。
五 娘 此 番 京 城 进，你 寻 着
伯 喈 诉 苦 情。 倘 若 是 伯 喈
不 相 认，你 怀 抱 琵 琶 把 理 评。
莫 说 是 公 婆 丧 了 命， 莫
说 是 头 上 剪 乌 云。 莫 说 是

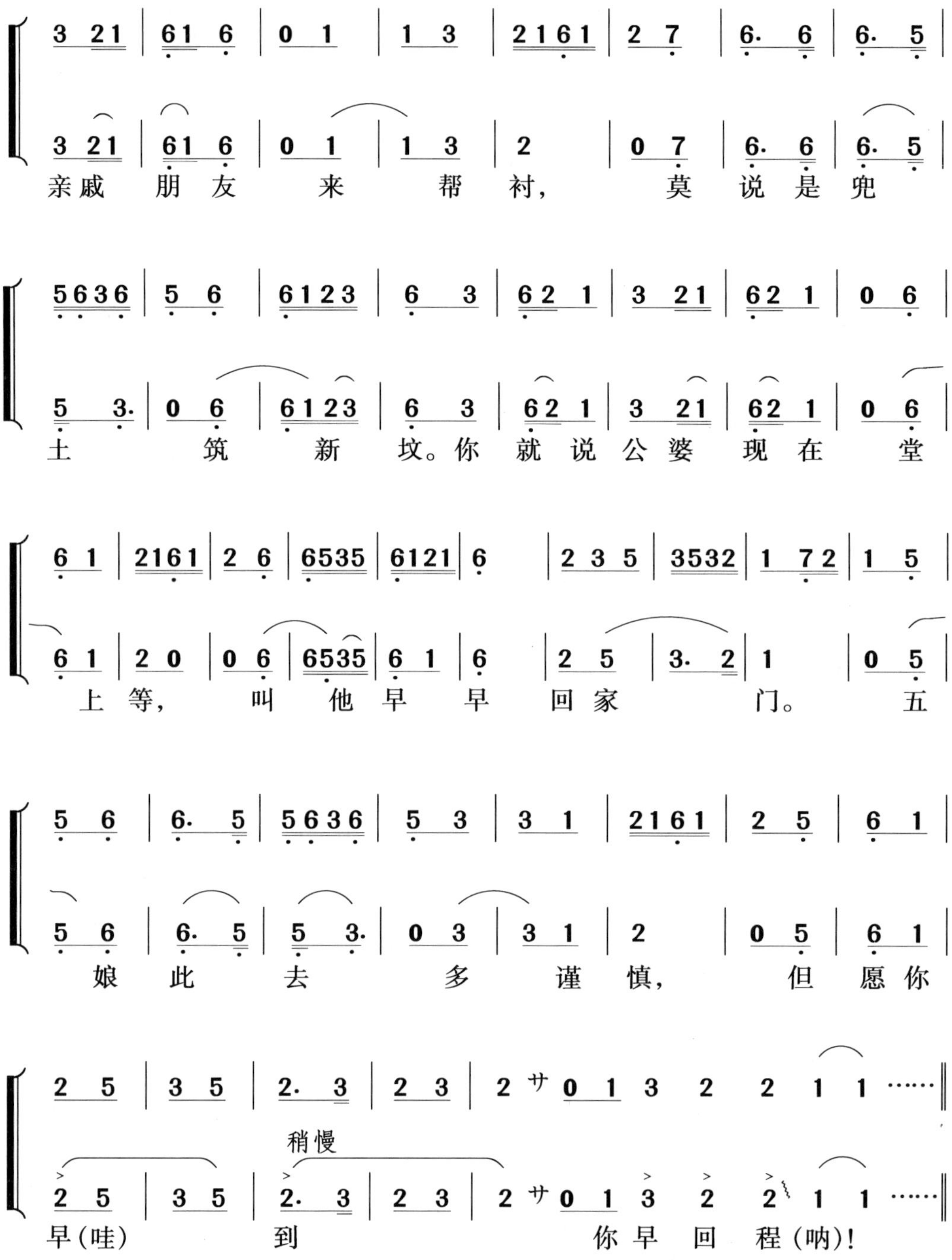
亲戚朋友来帮衬，莫说是兜
土筑新坟。你就说公婆现在堂
上等，叫他早早回家门。五
娘此去多谨慎，但愿你
稍慢
早(哇)到你早回程(呐)!

赵五娘 大公！

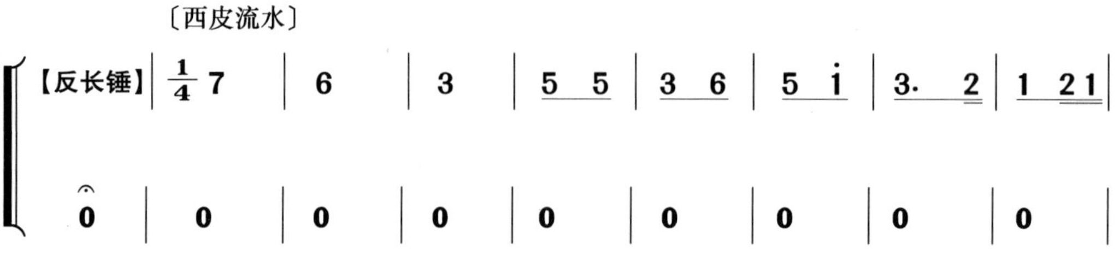
〔西皮流水〕
【反长锤】

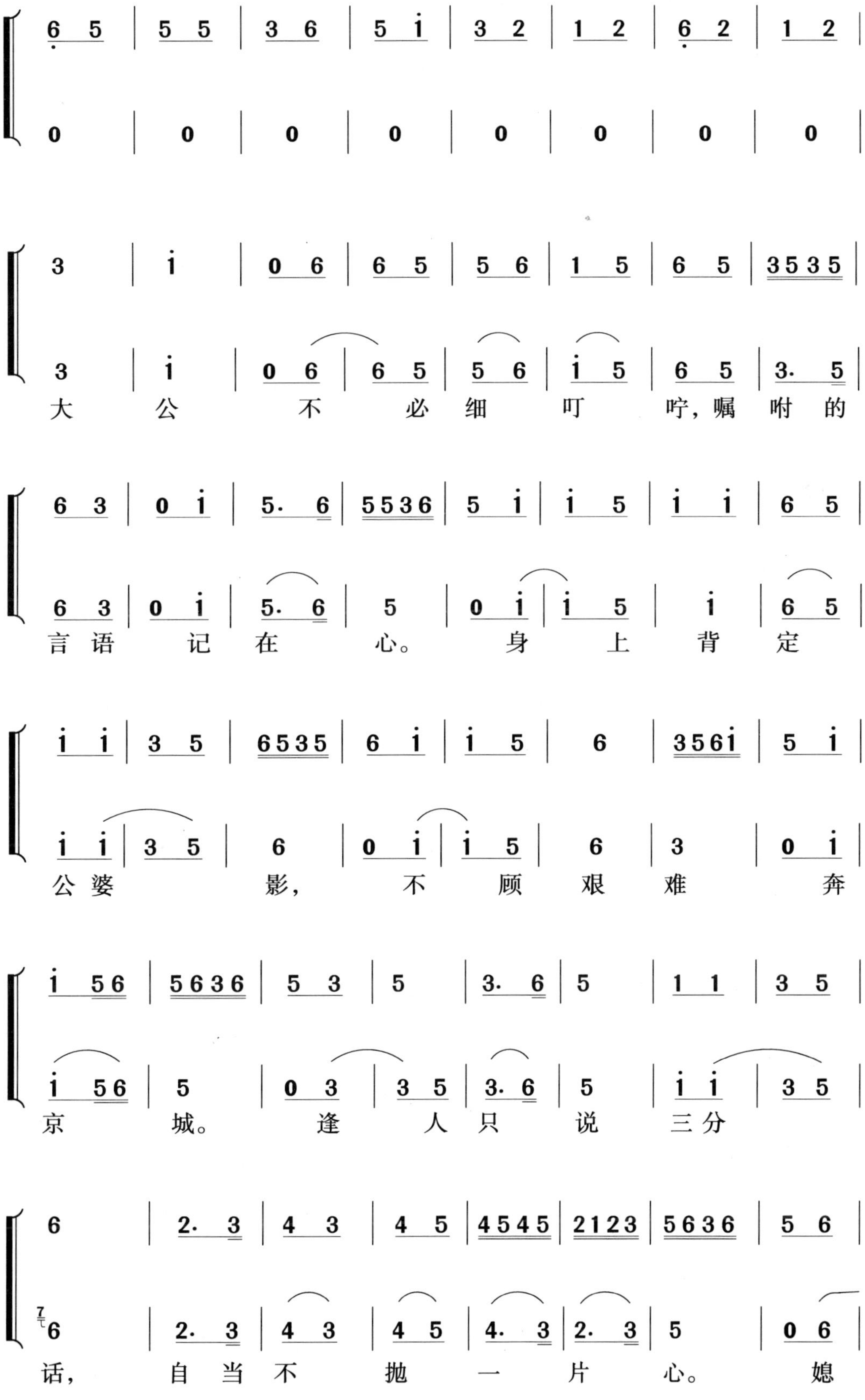
大 公 不 必 细 叮 咛，嘱 咐 的
言 语 记 在 心。身 上 背 定
公 婆 影，不 顾 艰 难 奔
京 城。逢 人 只 说 三 分
话，自 当 不 抛 一 片 心。媳

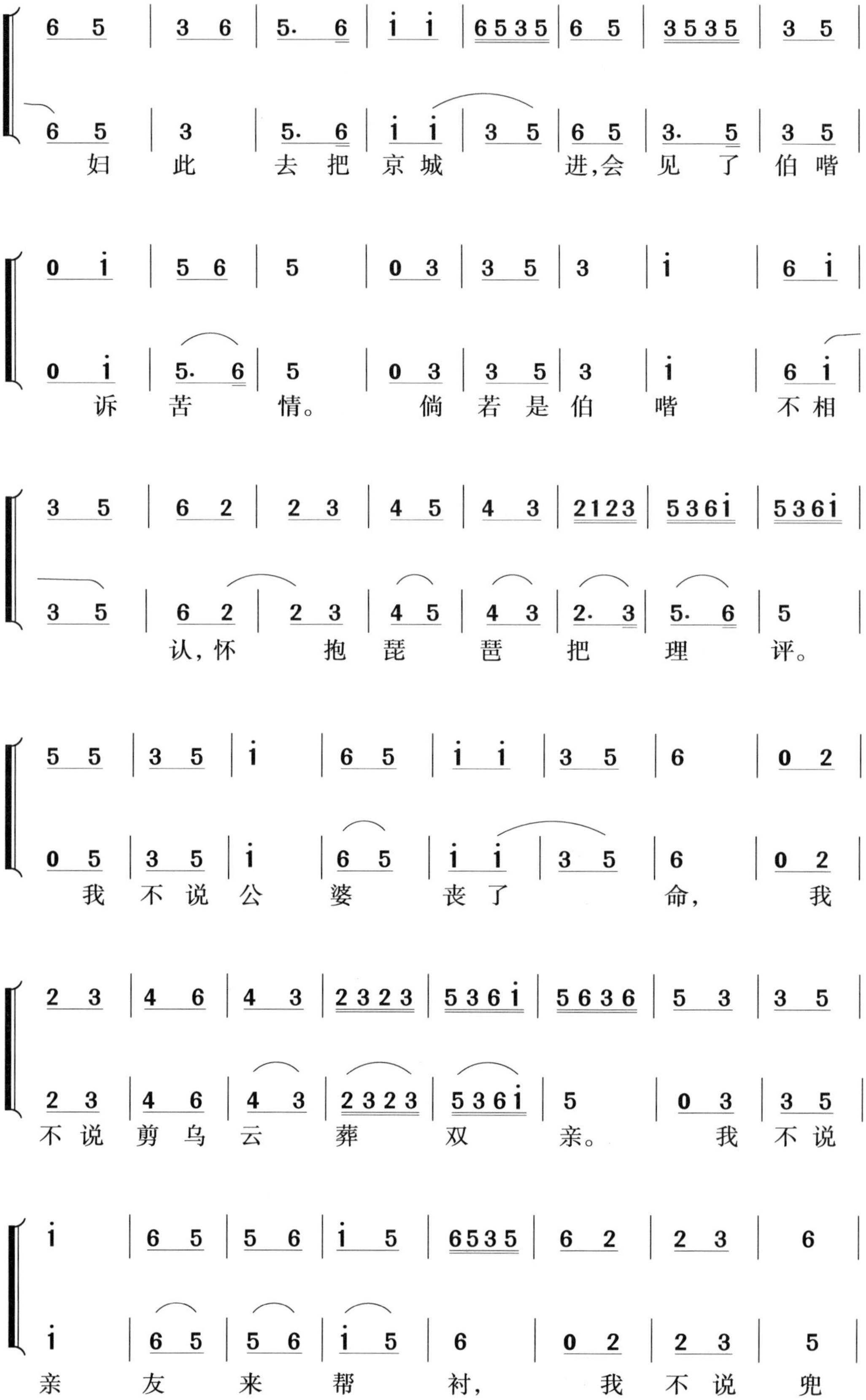
妇 此 去 把 京 城 进,会 见 了 伯 喈
诉 苦 情。 倘 若 是 伯 喈 不 相
认,怀 抱 琵 琶 把 理 评。
我 不 说 公 婆 丧 了 命, 我
不 说 剪 乌 云 葬 双 亲。 我 不 说
亲 友 来 帮 衬, 我 不 说 兜

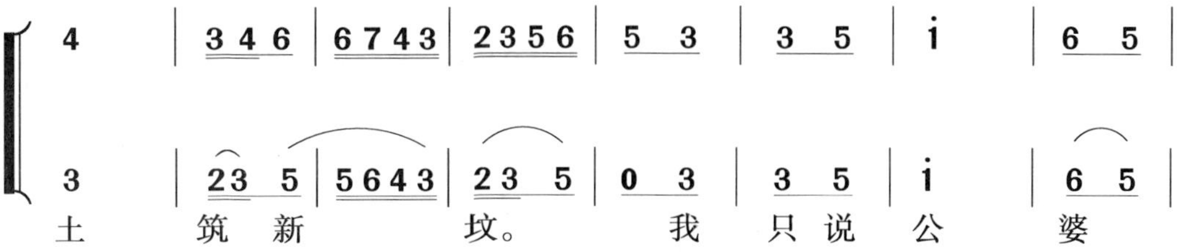

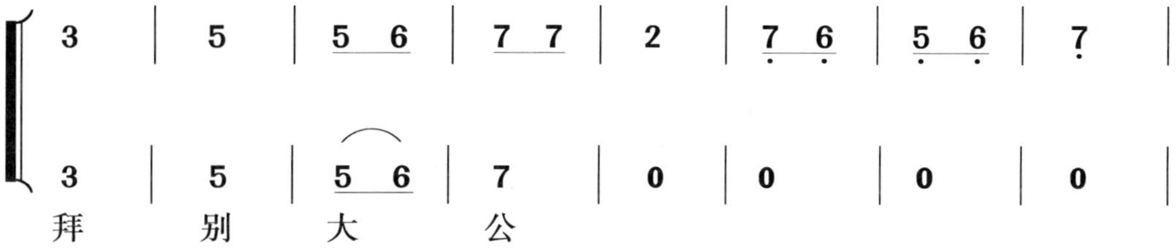

转〔摇板〕

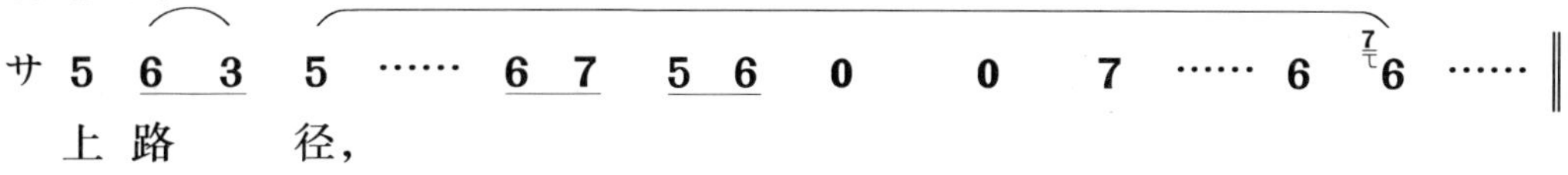

〔（大大 大大 乙 仓）转身欲走。

张广才 （念）且慢！

〔【大锣凤点头】赵五娘转身回来面对张广才。

〔西皮摇板〕

赵五娘

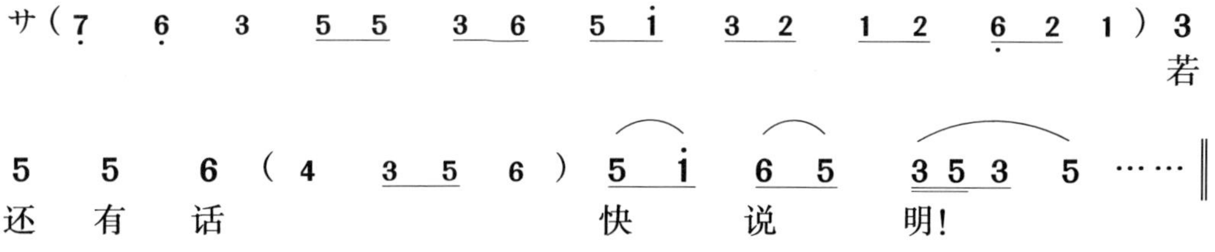

张广才 五娘！

〔西皮慢流水〕（注：但也不很慢）（过门同前）

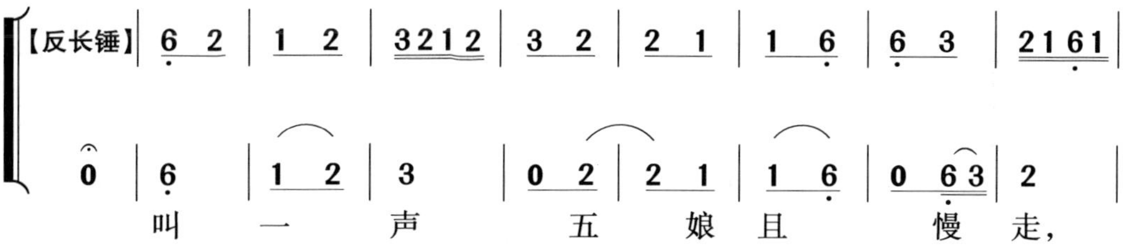

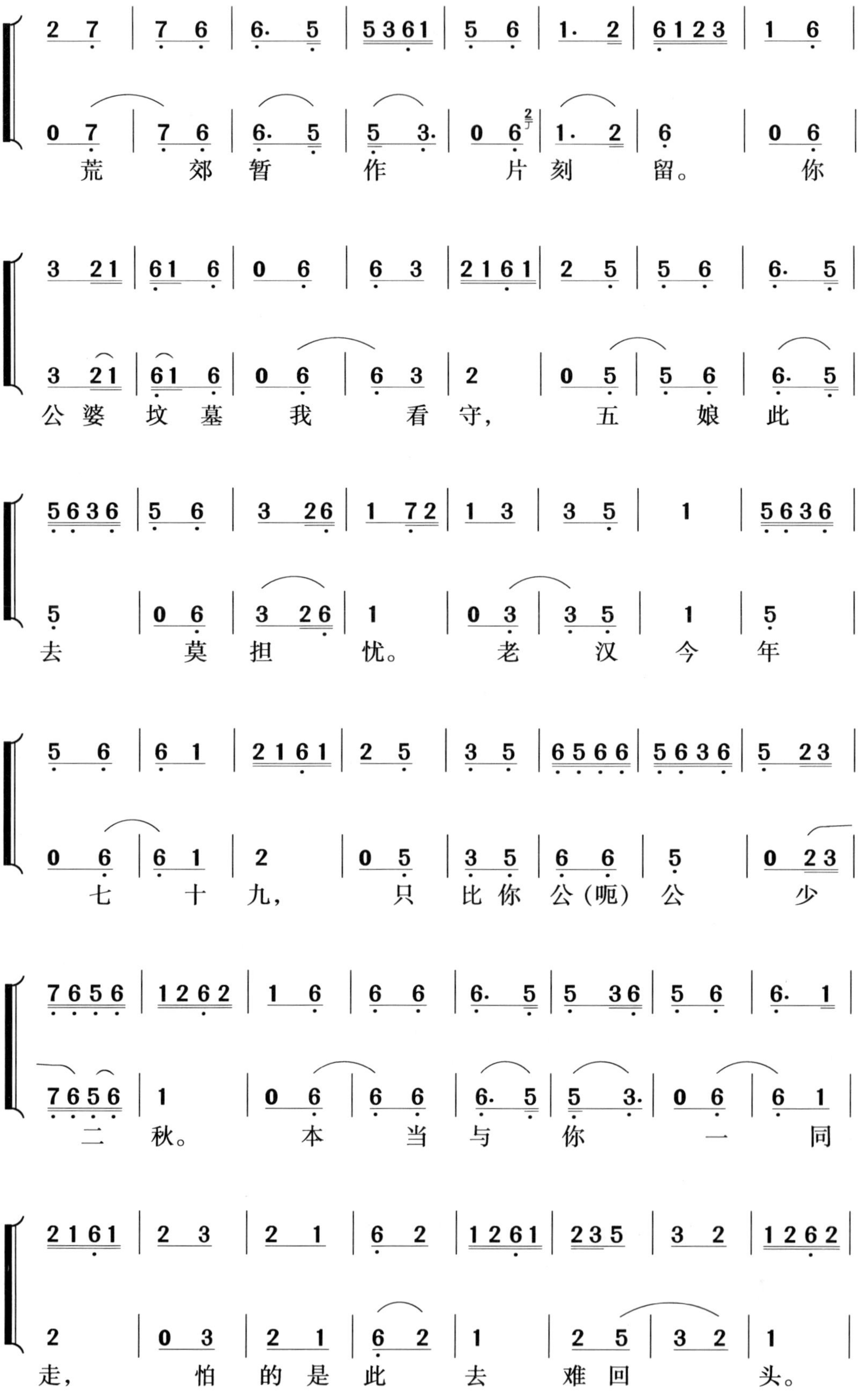
荒郊暂作片刻留。你
公婆坟墓我看守，五娘此
去莫担忧。老汉今年
七十九，只比你公（呃）公少
二秋。本当与你一同
走，怕的是此去难回头。

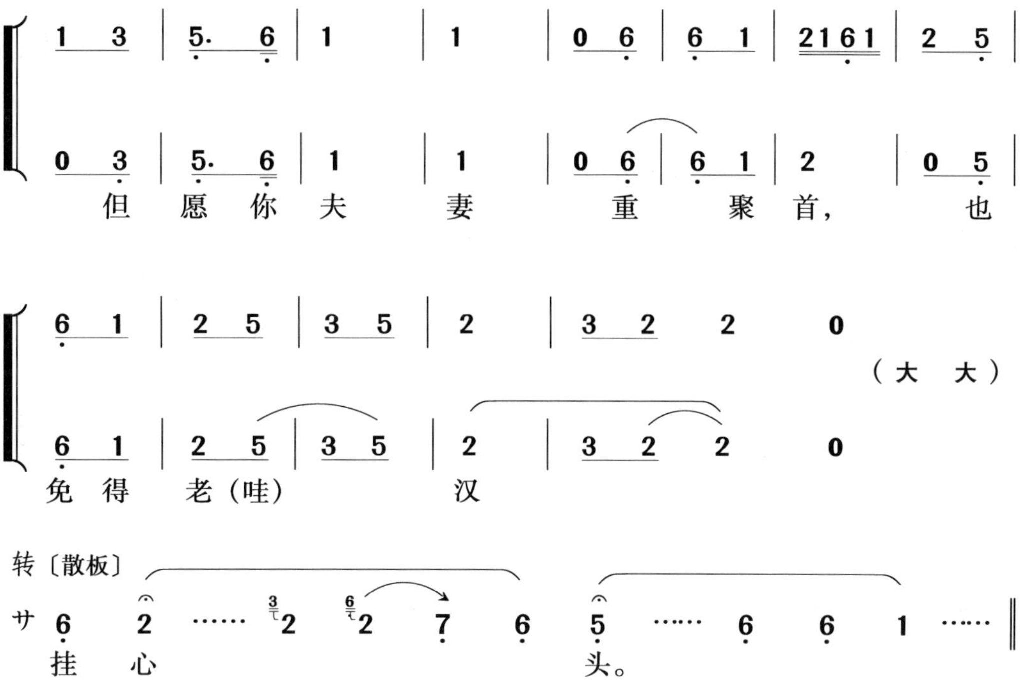

赵五娘 大公！

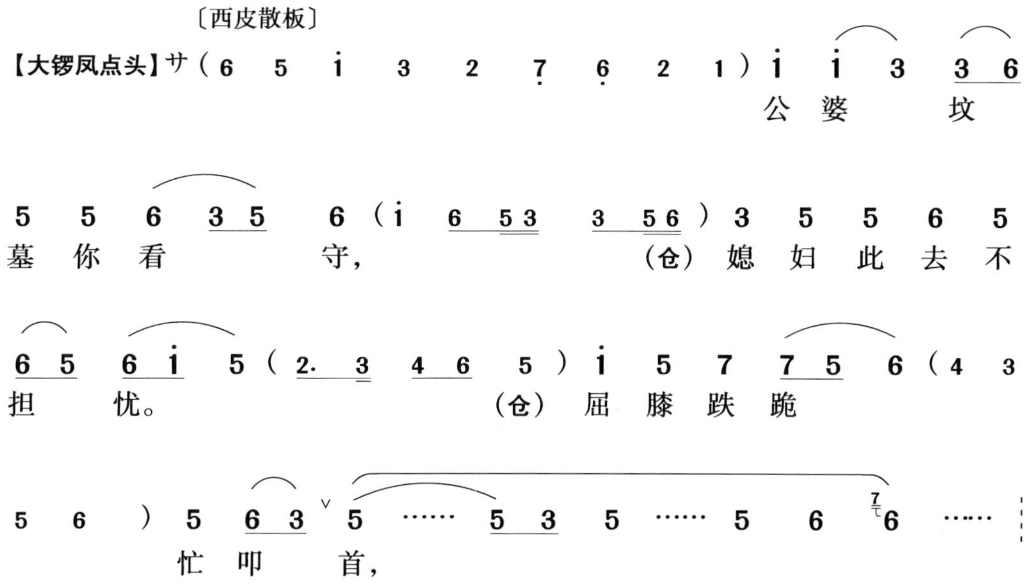

〖【纽丝】赵五娘向张广才跪拜，张广才扶起她。

〖【脆头】张广才关心地说："小心了！"

赵五娘 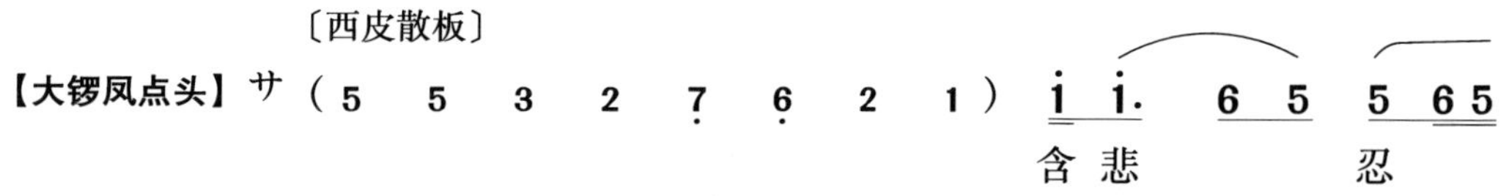

3 5　6（4　3 56）5　6 i　4 3　3 5 3 5 ‖【大锣一击】
　　泪　　　　　把　亲　　　　投。

〔赵五娘欲走又回身。（八　大大　仓）【冲头】【大锣叫头】

赵五娘　（同时）大公！亲邻！大公啊！
张广才　　　　　五娘！孤单！五娘啊！

〔【冲头】赵五娘"下场门"下。

〔【大锣凤点头】张广才望着五娘的背影，凄然回身。

〔西皮散板〕

张广才　サ（7　6　6　5 i　3 2　7　6　2　1）4　3　3
　　　　　　　　　　　　　　　　　　　　　　　　忘　恩　负

3　1　1 2　3（2　1　2　3）2　3　1　2
义　蔡　伯　喈，　　　（仓）进　京　求　名

2 5　3 2　1（2 1　7　6　2　1）3　2 3　6 2　1
不　回　　来。　　　　　（仓）倘　若　他　来　时

2 1　6 1　2（7　6　1　2）3　2　1　2 5　3 2　2
我　还　在，　　　　（仓）我　定　要　问（呐）一　问

（7　6. 1　2）7　6　2 ……　7 6　5　5. 6　1 …… ‖
　　　　　　　这　不　肖　　　　的　奴　才！

〔【回头】接【冲头】张广才黯然下场。

——剧　终

卫　明　　整理

扫松下书

周信芳演出本

《扫松下书》也是《赵五娘》中的一折。

大致剧情是：蔡伯喈得中状元，入赘牛相府，却从未寄过一封家书。其家乡陈留遭遇灾荒，父母双亡。其妻赵五娘平时吃糠度日，又剪发卖发营葬双亲。然后身背琵琶，行乞进京寻夫。拜托张广才代为看守公婆坟墓。这一天张广才正在坟前打扫松枝，遇到李旺来为蔡伯喈下家书。本剧所述即是他们二人相逢又分别的情景。

这戏原是昆曲（《琵琶记》），后来为徽班吸取，先仍唱昆曲，继之改为徽调。

海派京剧的先行者王鸿寿（三麻子）原是徽班演员，后来改唱京剧，把一些徽调剧目、曲调、表演移植到京剧，加上自己的创造，从而广为传唱。

王鸿寿还与创办“新舞台”的夏月珊、夏月润、潘月樵、冯子和等合作，编演新戏。这里顺便介绍一下新舞台。

新舞台创建于1908年。有以下几个特点：

一、创建者夏氏兄弟等选址，不选在上海繁华的租界，而是在华人地界的九亩地（今上海大境路开明里）。

二、编演反映当时现实生活的新戏如《黑籍冤魂》、《新茶花》，以及外国戏《拿破仑》等等。

三、打破了旧式的茶楼，首先创建西式的剧场与镜框式的舞台，并且采用了灯光布景。先是由日本技师设计，后来改请了中国美术家张聿光。后来发展成机关布景。

四、他们不仅演爱国戏，而且有实际行动，他们都参加了响应辛亥革命的上海攻打制造局的战斗，潘月樵还负了伤。

新舞台对周信芳有重大影响。

王鸿寿在红生（关羽戏）方面也有重大的创造，此后京剧的红生无不受其影响。

后来周信芳在表演上深受王鸿寿的影响，《徐策跑城》、《斩经堂》、《扫松下书》，以及红生戏《华容道》都经过他的发展、创造，成了麒派的经典剧目。

周信芳到了晚年，还常演《扫松下书》。有时是演全剧《赵五娘》，有时作为折子戏，则要演双出。

他扮演的张广才，其古道热肠，竭尽全力帮助别人，并且是非分明，令人感动，难以忘怀。

这次以1954年7月3日的录音为基础，并得到了周少麟的帮助。

卫 明

人物行当

张广才	生	**李　旺**	丑

服装扮相

张广才　俊扮。高方巾、黄绸子、白满，古铜褶子、白绸裙、深绿大带，黑彩裤，云头鞋。

李　旺　勾豆腐块。黑缎罗帽，黑缎箭衣、大带，薄底。

道具

扫帚	一把	**行囊**	一个
藤棍	一根	**书信**	一封

注：若用景的话，则与《描容上路》的后半场用景时相同。背景是松林，中有一坟墓。或就在后面中间置一坟墓景片。若不用景，“守旧”亦可。

〔【冲头】【撤锣】
〔张广才内白："嗯哼！"
〔【小锣上场】
〔张广才上。右手倒执扫帚，到"九龙口"交到左手，走向中间台口。

（吟〔哭相思〕）

张广才

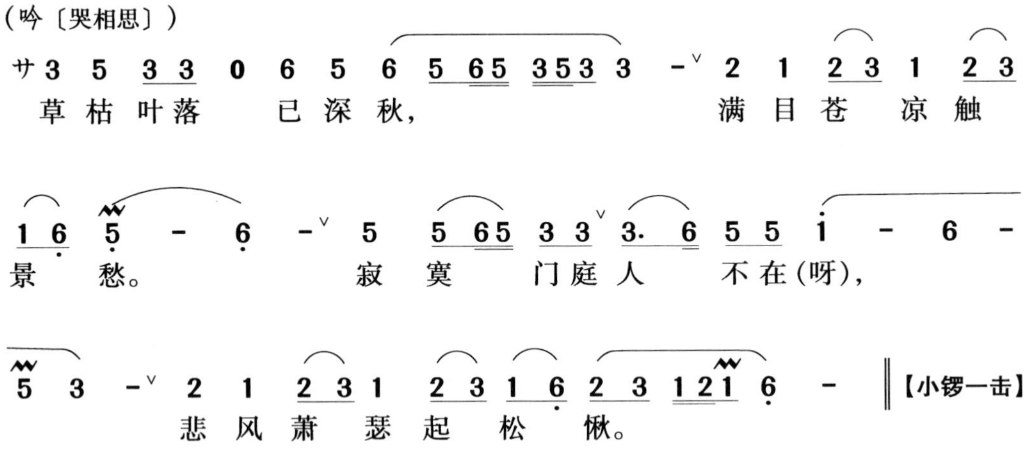

（念）老汉，张广才。曾受赵五娘之托，请我看守坟茔。不免前去祭扫一番。（看）哦！……你看，空山寂寂，悲风萧瑟，好凄凉……人……也！……
【小锣导板头】

〔清江引导板〕

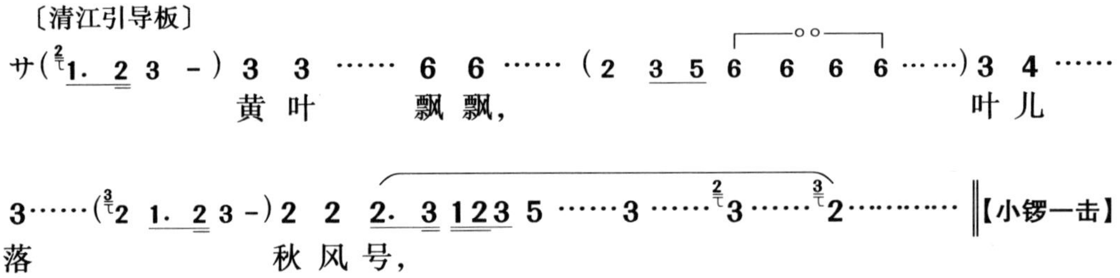

〔（鸟叫）【小锣长丝头】
〔张广才两边轰鸟。

张广才 哦……嘘嘘嘘嘘！…… （大大大大乙台）
哦……嘘嘘嘘嘘！…… （大大大大乙台）
哈哈！我道是什么？原来是寒雀在那里喧叫。当初蔡伯喈进京的时节，雀鸟喧叫，如今又在那里叫。哦呵，鸟！鸟！鸟！

〔顶板反四平原板〕

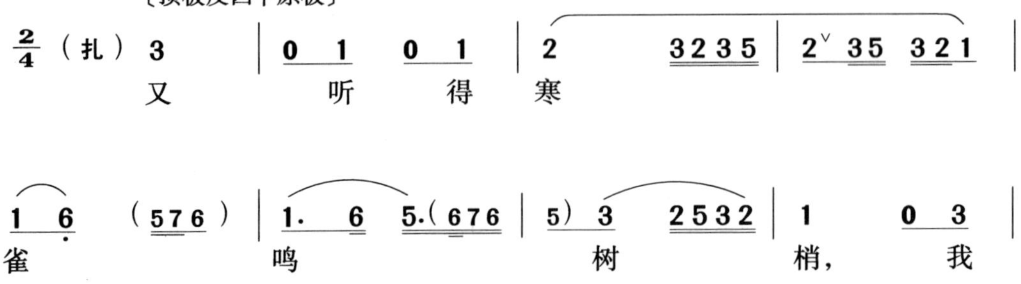

3 3 2 5 | 3̂2 2 (0 3 | 2321 6123 | 2) 2 2 |
行一 步(哇) 来至

0 3 3 2 | 3. 2 1 6̂ | (6 6) 1 2 | (唱散) サ3 ……3 2̂…… ‖
在 村 外 小 道，

(圆场，一绊)(嘟……八大仓0)(后退)(嘟……)(屁股坐子)(仓0)

哦呵呵呵！……

(多罗0 0 3 | 2/4 2 3 5 3 2 1 | 2 3 2 1 6 1 2 3 | 2) 3 |
是

0 1 0 1 | 2 3235 | 2 3532 | 6 6 (576) |
何 物 将 老汉

7. 6 5(676 | 5) 6 1 | サ2 2 | 1 …… ‖
绊 跌 一 跤？

(大大大大乙台)

(起身)

哦，我当何物，原来被偷儿偷去了树木。偷儿啊偷儿！为什么单偷这蔡家的树木？是令人可恨！

〔顶板反四平原板〕

(多罗0) 0 3 | 2/4 2 5 3 | 3 2 (0 3 | 2 3 2 1 6 1 2 3 |
我 恨 偷 儿(喏)

2) 2 2 | 0 3 3 2 | 3. 2 1 6 | 0 1 6 3 |
他 那 里 不 学 正

2 5 3 2 | 1. 2 3 | 2. 1 6121 | 1 6 (576) |
道， 偏 学 浪 子

1. 6 5(676 | 5) 1 2532 | 1 0 5 | 3 3 (3235) |
无 有 下 梢。 我 行 一

3 2 (0 3 | 2 3 2 1 6 1 2 3 | 2) 2 2 | 0 3 3 2 |
步(哇) 来 至 在

（唱散）

1　1 6 |（多多）サ 1. 2 3 ……3 5 2 ……2 ……（大大大大乙台）

蔡　家的　墓　道，　（再走小圆场）

〔垛板〕

（多罗0）1/4 6 1 | 2 | 3. 1 | 2 | 1. 1 | 616 | 1 61 | 2 | 5 3 2 |

急急　走，急急　跑，急　急　忙忙　到荒　郊。急忙

转〔原板〕

1 3 | 2/4 2 2（161 | 2）2 5 6 | 7 7 6 | 0 5 6276 |

把松　扫，　只为　当　（嗬）

5 （7656）| 1. 6 5（676 | 5）3 2 6 | 1 （7 6 |

年　旧　知　交。

5656 7656 | 1321）612 | 0 2 7 6 | 5. 6 7 2 |

啊　旧

〔行弦〕

6165 3561 | 5 （0 6 | 565 0 6 | 5. 6 i 7 |

故　交。　（轰鸟）哦……嘘嘘！……

渐慢

6765 3523 | 5 - ‖

（台）

〔张广才累了，捶腰：“哦……呵呵！……”然后用扫帚在“下场门”一侧慢慢清扫。

〔李旺内白：“走哇！”**【小锣夺头】**

〔李旺斜背行囊，手执藤棍上。

〔四平调〕

李　旺　（台 56 | 1 2 3 6 | 565 0 61 | 2 5 3276 |

5 3 2161 | 5 2 3 6 | 5 6 7656 | 1 2 3 6 |

565 5 61）| 5 3 3 | 3 2 （2 3 | 2321 6123 |

走过　了

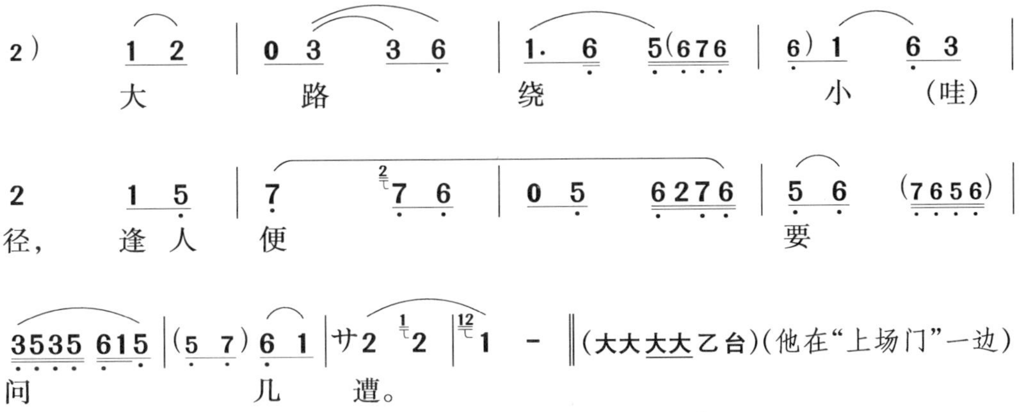

哎呀慢着！来到这旷野荒郊，也不知道这陈留郡到了没有？

张广才 哽…… （大大大大乙台）（念〔数板〕）

（多罗0）$\frac{1}{4}$ 老汉 | 把松 | 扫· 0， | 老汉 | 把松 | 扫， | 只为· | 当年 | 旧知 |
交。 | 蔡· 伯 | 喈， | 不行· | 孝， | 忍教 | 二老 | 作饿· | 殍。 | 指望 |
儿子 | 去赶· | 考， | 荣华 | 富贵 | 爵禄 | 高。 | 说什么 | 养儿 | 防备 |
老， | 数载 | 不归· | 忘劬 | 劳。 | 捧· 着 | 苦李 | 当甜 | 桃， | 看来 |
渐慢
痴昧 | 0 可 | 笑看来 | 痴昧 | 0 可 | 笑。 ‖ （大 大 大 大 大 大 乙 台）

李　旺 可巧啊，那儿有一位老丈在那里扫松，不免上前问他一问。
喂！老伯请啦！（行礼）

张广才 哦，还礼，还礼（拱手）。小哥施礼为何啊？

李　旺 请问您一声，此地可是有个陈留郡吗？

张广才 哦，你看这一带都是陈留郡哪。

李　旺 嗨哟我的妈呀！今儿个可就找到啦！老伯，陈留郡可有一个蔡家府？

张广才 嗯……没有什么蔡家府，只有蔡家庄。

李　旺 您不知道哇，只因蔡家庄有人在京里头做官了啦，故而蔡家庄改名蔡家府。

张广才 什么人在京中做了官？

李　旺 就是那蔡……

张广才 嗄？

李　旺 我不敢说。

张广才 为何不讲？

李　旺 我们状元公的官名，岂是随便叫得的？被人听见，我可吃罪不起呀！

张广才 小哥，你来看，这旷野荒郊，四处无人，就是你我，但讲何妨？

李　旺 称得的吗？

张广才 唔，讲得的。

李　旺 您附耳上来。

张广才 好，好，好。（靠近他附耳过去）

李　旺 （凑着他的耳边，含糊其辞）蔡伯喈。

张广才 （听不清）啊？

李　旺 （还是含糊其辞）蔡伯喈。

张广才 （还是听不清）啊？……你是个哑子！

李　旺 你是个聋子！

「**【小锣长丝头】**两人一个正走，一个反走，往里各走半个圆场，在里面中间碰着。

李　旺 （仍是含糊其辞）蔡伯喈。

张广才 （仍听不清）啊？……啊？

李　旺 你是个聋子！

「**【小锣长丝头】**他们再各走半个圆场返回来，在前面中间又碰在一起。

张广才 他叫什么啊？

李　旺 （大声）他叫蔡伯喈！

张广才 哈哈！（激动，向右甩胡子，李旺后撤矮身）

〔清江引小导板〕

【小锣导板头】（サ 1 2 3 3 3 －）4 3 3 3 4 3 （3 2 1 2 3
休 要 提 起（呀 呃）

3 －）3 3 4 …… 3 …… 3. 2 1 2 ……‖（台）
蔡 伯 喈，

李　旺 （站起，干唱）サ 1 2 2 2 5 3 2 3 2. 1 6 1 1 ……‖
大 惊 小 怪（呀 呃）为 何 来？

（大 大 大 大 大大 乙 台）

张广才 请问小哥，尊姓大名哪？

李　旺 在下李旺。

张广才 你到此作甚？

李　旺 我是投书的。

张广才 啊？原来我的树是你偷的？

李　旺 嗐！我是投家书的。

张广才 哎哟，你怎么还要偷我的大树啊？

李　旺 哎唷差了，差了，什么偷你的大树啊，我是下书信的。

张广才 哦！下书信的。

李　旺 嗐，不错，不错，是下书信的。我想起来了！老伯伯！我给您打听一个人哪。

张广才 哪一个啊？

李　旺 有一位张大公。

张广才 张广才。

李　旺　张大公。
张广才　张广才呀！
李　旺　张大公！
张广才　吔！张广才就是张大公，张大公就是张广才；张广才是他的名字，大公是称呼他。
李　旺　哦，哦，哦……
张广才　你为什么要问那张大公？
李　旺　哎呀您不知道啊，我们状元爷受过张大公的好处，天天思念张大公。
张广才　哦……
李　旺　吃饭的时候叫一声张大公。
张广才　哦……
李　旺　喝茶的时候叫一声张大公。
张广才　哦，哦……
李　旺　就是睡觉做梦的时候，还在叫我的张大公啊！
张广才　哦，你可认得那张大公？
李　旺　我不认识他。
张广才　喏喏喏，小老儿便是啊。
李　旺　唉哟！您老人家就是张大公啊？
张广才　便是。
李　旺　小人不知，多有得罪呀！（行礼）
张广才　小哥哥，你来的不遇时了。
李　旺　怎么不遇时了呢？
张广才　你家太老爷、太夫人下世去了。
李　旺　我们状元老爷跟我说啦，还有一位赵氏五娘呢。
张广才　她身背琵琶，到京城寻你家老爷去了。
李　旺　这么一说家里头没人啦？
张广才　正是。
李　旺　哎呀，我要回去交差呀。
张广才　慢来，难道你空来空去吗？
李　旺　噢，老人家！
张广才　啊？
李　旺　蔡家无人，老的死啦，小的走了，那么这封书信，是交给城隍，还是交给土地呢？
张广才　你讲得倒也有理。也罢，你不如在坟前祭奠祭奠，你回去也好交差。他二老在泉下也是含笑的呀。
李　旺　我不认得坟墓在哪儿呢？
张广才　喏，这松林里面就是他二老的坟墓啊。
李　旺　那烦您老人家带我一趟吧？
张广才　小哥，随我来！

〔顶板垛板〕

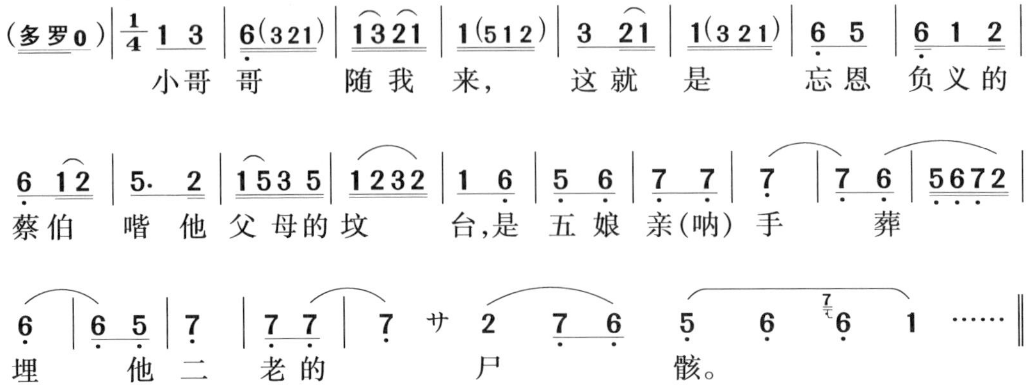

（大 大 大大 乙 台）（向他指台后中间）

李　旺　哦，这就是太老爷太夫人的坟墓？

张广才　正是。

李　旺　待我上去拜上一拜。（跪拜后起来，回身向外）

张广才　书信何在？

李　旺　在包裹里呢。

张广才　将包裹打开。

李　旺　哦，是，是，是。（放下藤棍，解下行囊，打开）打开了。

张广才　将书信取将出来。

李　旺　是是是。（取出书信）取出书信来。

张广才　顶在头上。

李　旺　顶在头上。（将信顶在头上）

张广才　跪下！

李　旺　嗯，跪下，跪下。（向外跪下）

张广才　你嘴中不提，口中顺我。（放下扫帚）

李　旺　知道了，知道了。

张广才　啊，老哥老嫂！（叫时向里，和李旺说话时向外，下同）

李　旺　（学他）啊，老哥老嫂！

张广才　吔？（意思是：你怎么这样说？）（以下要快）

李　旺　（还是学他）吔？

张广才　吔？（意思是：你怎么还是这样说？）

李　旺　（还是学他）吔？

张广才　吔？（意思是：你到底怎么了？）

李　旺　（仍是学他）吔？

张广才　嗳——！你怎么也称呼他们“老哥老嫂”啊？

李　旺　您不是叫我跟着您的口音说吗？

张广才　你要称呼他“太老爷，太夫人”。

李　旺　哦，要称呼“太老爷，太夫人”。再来！

张广才　好。啊，老哥老嫂！

李　旺　太老爷，太夫人！
张广才　对了。
李　旺　（学他）对了。
张广才　嗳！
李　旺　啊？
张广才　嗳，对了不用啊！
李　旺　哦“对了”不用？
张广才　嗐。
李　旺　再来！再来！
张广才　啊，老哥老嫂！
李　旺　太老爷，太夫人！（韵白）
张广才　嘿嘿，对了。不用！
李　旺　（轻声）不用！
张广才　老哥老嫂！你儿有书信回来，你怎么不言？怎的不语呀？
李　旺　嗐，老伯！（站起来）
张广才　嗳？……
李　旺　人死哪有会说话的道理呢？自古以来，也没这回事啊！
张广才　哦，也罢，老汉代他们说几句可使得？
李　旺　这倒使得。
张广才　好，老哥老嫂，我替你二老教训他几句：好奴才！进京求名，一去数载，杳无音信回来，我二老下世，才有书信回来，像你这样不孝之子，我恨不得吃尔之肉，喝尔之血，我就打！(用扫帚打李旺)打！打打打打打！(一个打,一个躲,二人原地推磨一圈）【小锣长丝头】哦呵呵呵……我打死你这小奴才！
李　旺　老人家，（拦住他）（台）您打的是我啊！
张广才　啊，……我打错了！（大大大大大大乙台）（再放下扫帚）
李　旺　待我收拾起来。(他站起身，把包裹包好，斜背上）老公公！您还有什么话说？我要走啦！
张广才　好，小哥你当真要走了？
李　旺　当真要走啦！
张广才　果然要走了？
李　旺　果然要走啦！
张广才　请上受我一拜！（就地下跪）
李　旺　（忙扶住）您这不是要折死我吗？
张广才　哦，我又不是拜的你呀！
李　旺　您拜的哪一个呢？
张广才　我拜的是那忘恩负义的——

〔清江引顶板二六〕

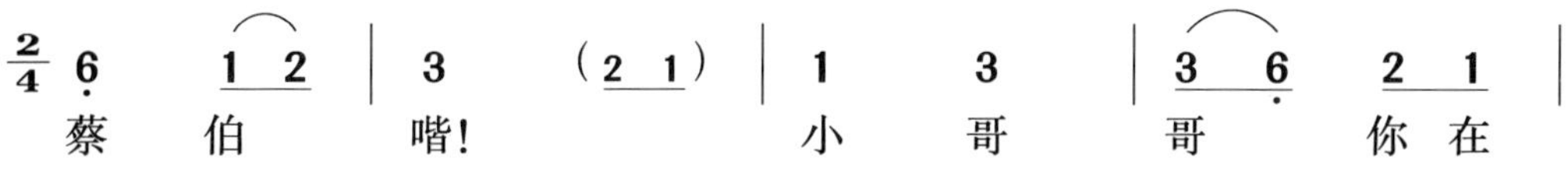

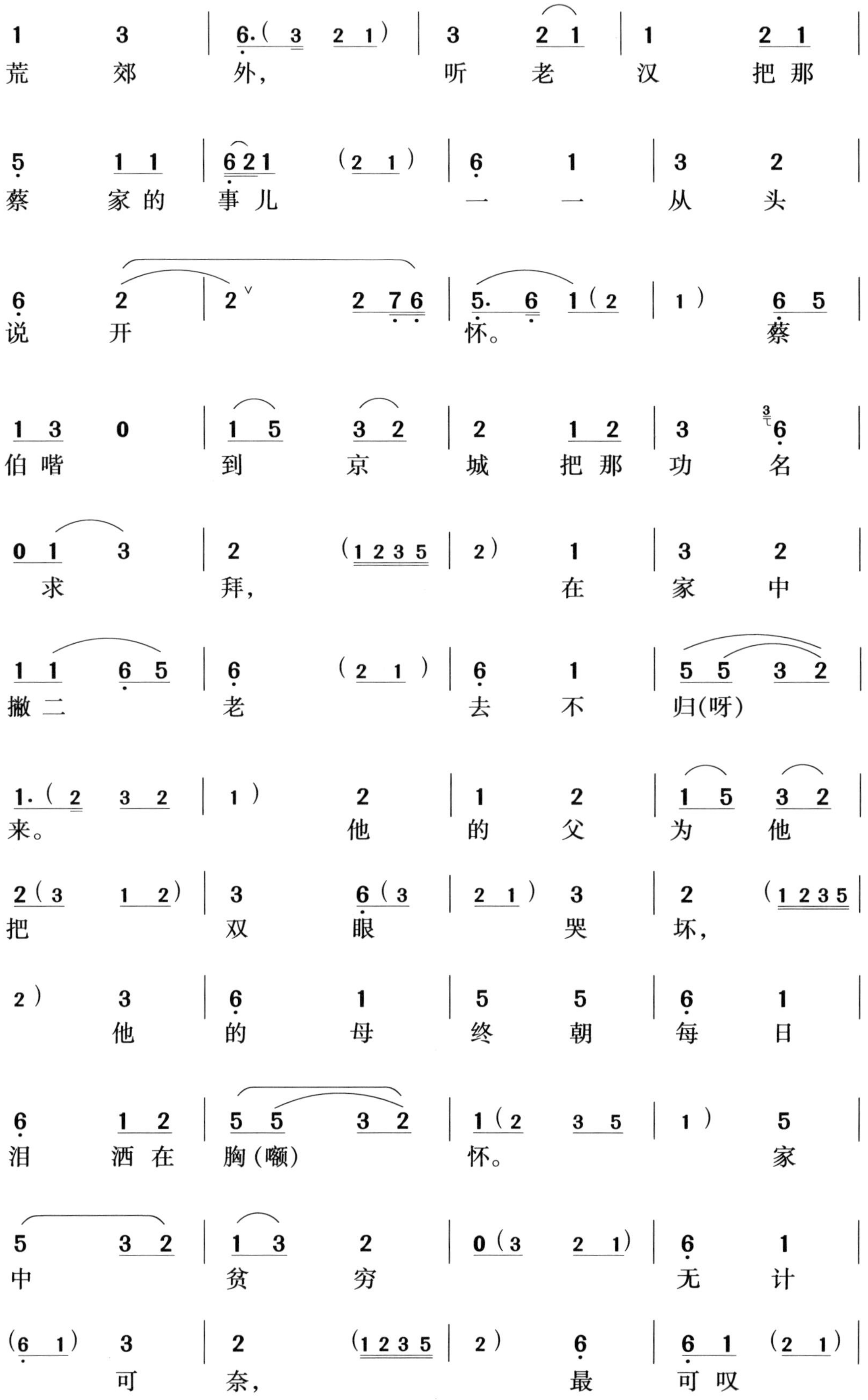
荒 郊 外， 听 老 汉 把那
蔡 家的 事儿 一 一 从 头
说 开 怀。 蔡
伯喈 到 京 城 把那 功 名
求 拜， 在 家 中
撇二 老 去 不 归(呀)
来。 他 的 父 为 他
把 双 眼 哭 坏，
他 的 母 终 朝 每 日
泪 洒在 胸(嘞) 怀。 家
中 贫 穷 无 计
可 奈， 最 可叹

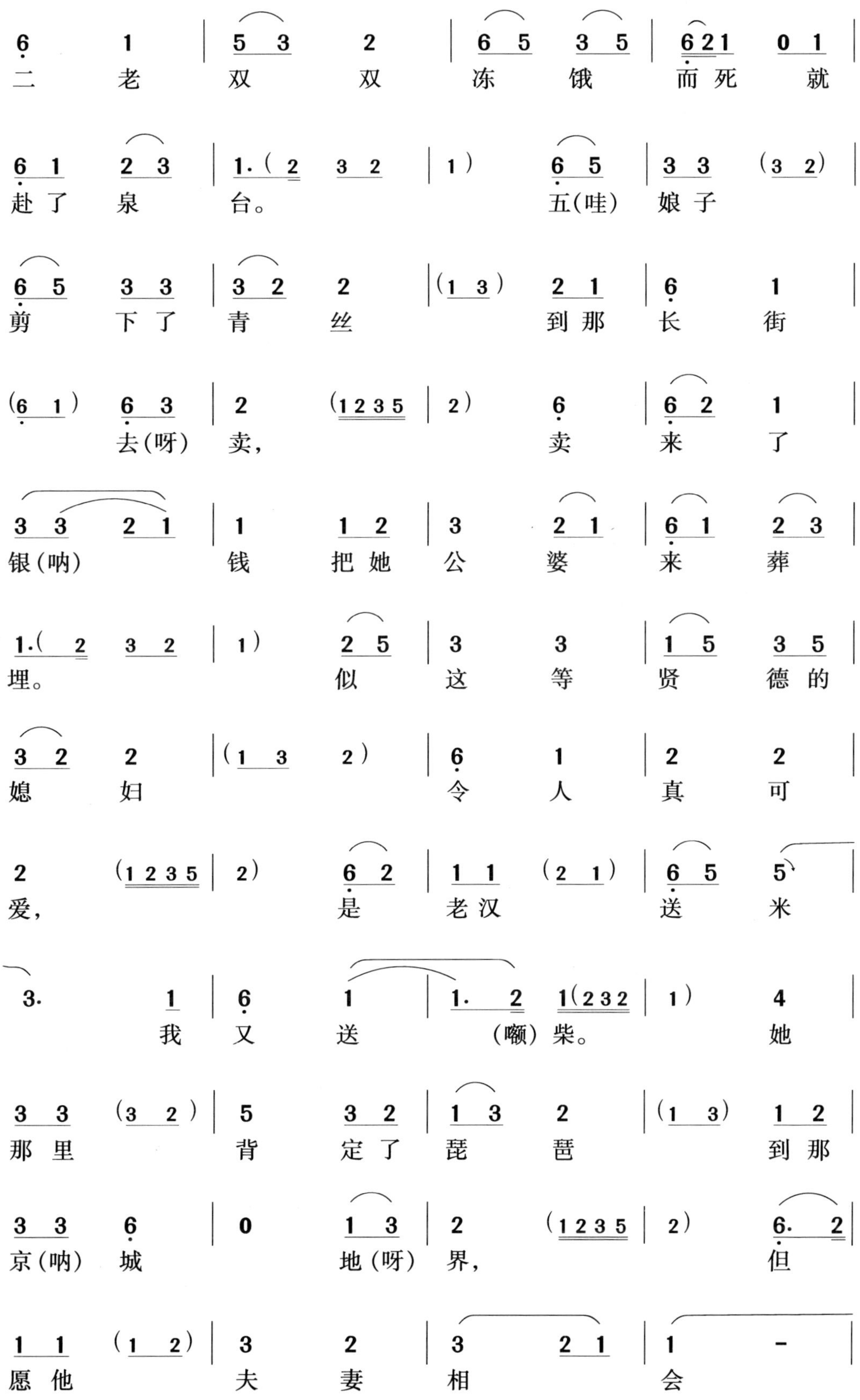
二老双双冻饿而死就
赶了泉台。五(哇)娘子
剪下了青丝到那长街
去(呀)卖，卖来了
银(呐)钱把她公婆来葬
埋。似这等贤德的
媳妇令人真可
爱，是老汉送米
我又送(嘛)柴。她
那里背定了琵琶到那
京(呐)城地(呀)界，但
愿他夫妻相会

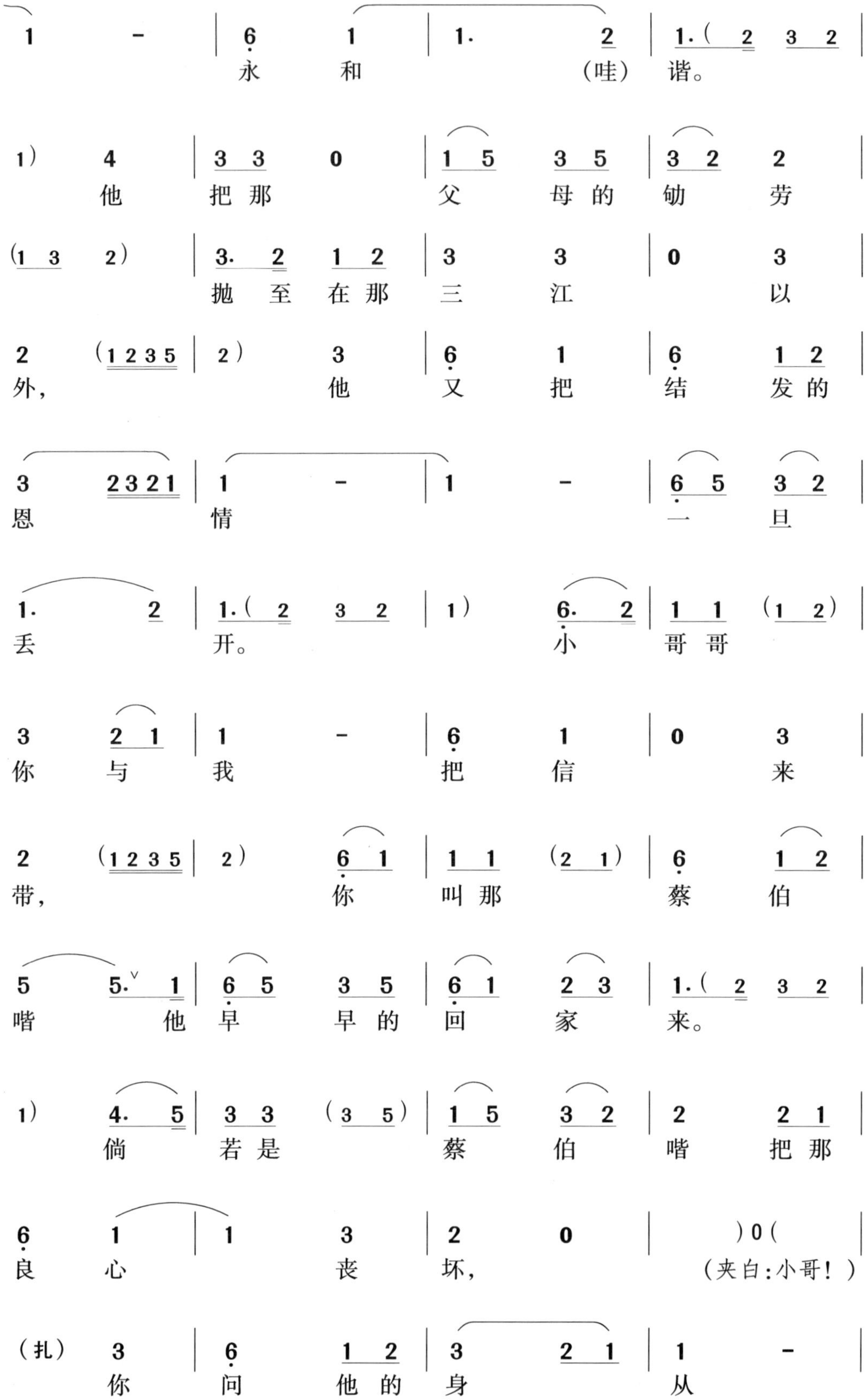
永 和 （哇） 谐。
他 把 那 父 母 的 劬 劳
抛 至 在 那 三 江 以
外， 他 又 把 结 发 的
恩 情 一 旦
丢 开。 小 哥 哥
你 与 我 把 信 来
带， 你 叫 那 蔡 伯
喈 他 早 早 的 回 家 来。
倘 若 是 蔡 伯 喈 把 那
良 心 丧 坏， （夹白：小哥！）
（扎） 你 问 他 的 身 从

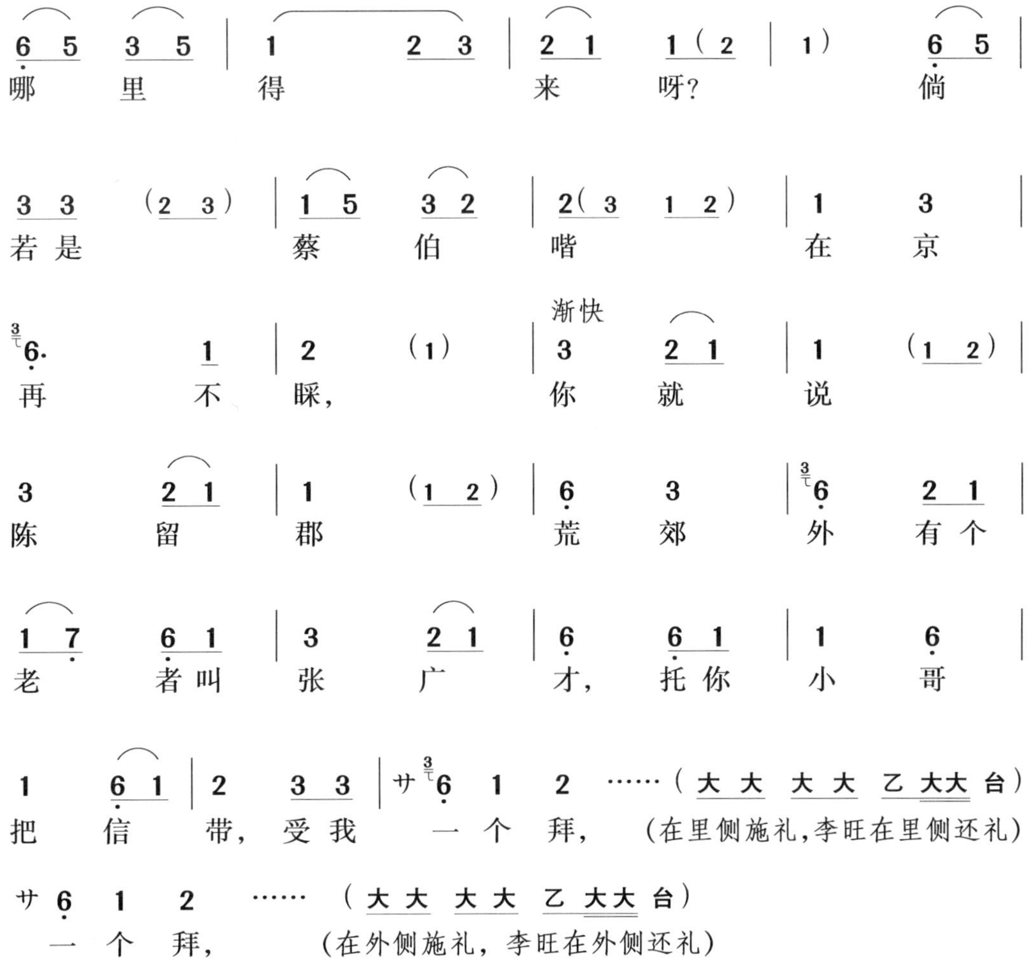

李　旺　（双手扶住他）您小心点儿啊！**【小锣五击】**

张广才　（站稳了，接唱）

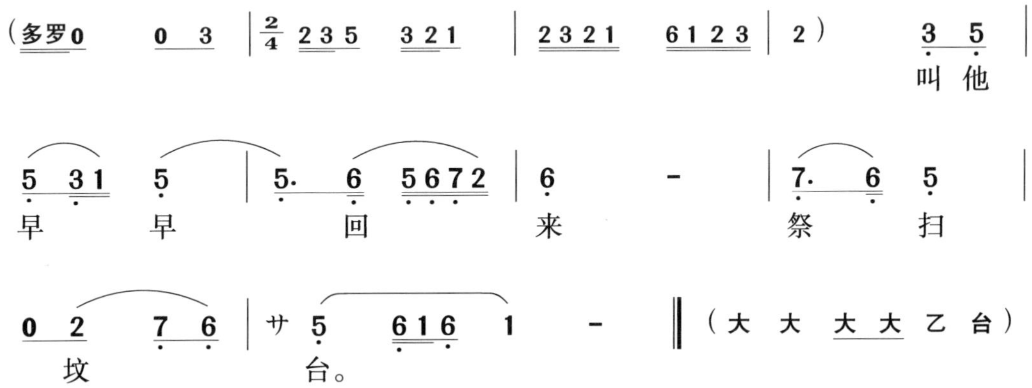

李　旺　我知道啦，告辞了！（拿起藤棍，张广才拿起扫帚）正是：（扎）

（念）双亲死了已无依，

张广才　今日回来也是迟。

李　旺　夜静水寒鱼不饵，

张广才 满船空载明月归。
李　旺 老伯我告辞啦！（行礼）
张广才 请！（还礼）
李　旺 告辞啦！
张广才 请！（两人推磨换位）**【小锣长丝头】**
李　旺 告辞啦！（切小锣行礼小亮相）
（扎扎台）
〔李旺转身“下场门”下。
〔张广才望着他远去。
〔奏唢呐曲牌<尾声·合头>。

——剧　终

卫 明 整理

徐策跑城

周信芳演出本

《徐策跑城》是《薛家将》(《薛刚反朝》)中的一折。它前面的故事是说：唐代薛仁贵的后代薛刚酒醉大闹花灯，闯了大祸，为奸臣所害，满门抄斩。薛刚逃至寒山落草，招兵屯粮，伺机报仇。老臣徐策牺牲自己的儿子，救下了薛家的后代薛蛟。薛蛟长大以后，徐策把真情告诉他，命他去寒山搬兵。本剧是说薛刚见了薛蛟，发兵来到长安城下。徐策兴冲冲上殿奏本，希望皇帝拿住残害薛家的奸臣，为薛家报仇，以免兵戎相见。“跑城”，细腻地反映了徐策在上殿路上兴奋的心情。

这戏的人物和故事都是虚构的，在历史上并无薛刚、徐策这些人。

《徐策跑城》原是徽班戏。最初由王鸿寿（艺名“三麻子”）移植成京剧。王鸿寿对该戏作了许多丰富和加工。后来周信芳又在王鸿寿演出的基础上，进行了更大幅度的加工和创造，经过几十年的舞台实践，深得观众喜爱，是麒派代表剧目。建国以后，又对剧本进行了整理，表演上更加精炼，成为麒派传世精品中的一颗耀眼的明珠。

《徐策跑城》的唱腔曲调源自徽调的〔高拨子〕。与京剧常用的〔西皮〕〔二黄〕迥然不同，别有一种高亢、苍凉的意味。这出戏唱做并重，尤其着重舞蹈。特别在“跑城”一场，台上只有徐策一个人。他既为薛家后代成长起来了感到高兴，又不希望他们的人马马上杀进京城，兴冲冲急冲冲地赶着去奏本。一边走，一边回首往事，预测后果，连唱带跑带做，由慢到快，由缓到急，袍袖翻飞，声腔动人，满台是戏，满台生辉。

20世纪60年代，我为周信芳记录、整理这出戏的表演艺术经验，他要我写上一段话：“正因为是着重舞蹈，而舞蹈又是从生活、从人物、从剧情的需要出发的，风格上近乎泼墨山水，讲究气势。要用文字记录，非常困难。”

他还说：“在记录时只能一个身段一个身段、一节一节地说，许多转身的动作也很难说清楚，在表演时就一定要连贯，特别是在身段与身段之间，节与节之间，依然要有感情，有节奏，还要和音乐相结合，要考虑到舞台画面，使之成为一个整体。这话说起来容易，做起来就要靠经常的观察、体验与锻炼了。”

还有一层，周信芳认为艺术最忌刻板化，表演不能用模子去套。演员的演出，受到当时客观环境与自己心情等等诸多方面的影响，每一次的演出，不可能完全一模一样，有时还会有所发展，正如画家作画，一幅画画好了，要求他再重画一幅，也不可能完全相同。

周信芳的演出，包括他演《徐策跑城》，自然也是如此。

此次整理主要在唱腔、胡琴伴奏和锣鼓等方面根据记忆作了新的加工。表演方面则是依据周信芳口述，由我记录整理下来的。在个别地方请教过张信忠同志，特此致谢。

基于前述的原因，演出时也不能把这整理本当作模子，不宜过于拘泥。况且很可能有疏漏、误记之处，尚盼能得到行家和爱好者的批评、指正。

卫 明

人物行当

徐　策	老生（做工老生）	**薛　葵**	净
薛　蛟	小生	**家　院**	杂
薛　刚	净	**四龙套**	杂
纪鸾英	旦		

服装扮相

徐　策　水纱网巾一套，相貂、白三、黄绸子一幅，香色绣花蟒、玉带，黑彩裤，厚底靴。

薛　蛟　孩儿发、多子头、小面排，白缎绣花箭衣、蓝缎花三尖、蓝缎花扣带、蓝缎花马褂，红彩裤，厚底靴。

薛　刚　侯帽盔、黑满，黑缎龙蟒、玉带、红彩裤，厚底靴。

纪鸾英　凤冠、线尾子，红缎绣凤女蟒、红缎云肩、玉带、湖色丝绸裙，红彩裤，彩鞋。

薛　葵　黑缎子罗帽、黑耳毛子，黑缎箭衣、大带、黑彩裤，厚底靴。

家　院　黑软罗帽、黪三、黄绸子，黑褶子、黄大带、黑彩裤，云头鞋。

四龙套　板巾，龙套衣，彩裤，薄底靴。

道具

宝剑	三口	**单枪**	三杆
锤	一对	**绿门枪旗**	一堂
单刀	四把	**城门景片**	一个
桌子	一张	**椅子**	一把
书信	一封	**马鞭**	三支
桌子	三张（丁字形搭在城景后，徐策、院子站立用）		
红桌围、椅披	一份		

〔【冲头】【撤锣】

〔【小锣出场】徐策上，左右手先后抖袖，捋髯，至台口。

徐　策　（念）蛟儿去搬兵，

　　未见转回程。

〔【小锣归位】徐策归“小座”，家院上。

家　院　禀相爷，寒山发来人马。

徐　策　哦，带马敌楼一观！

〔【反长锤】家院应声，带马。徐策站起来，走两步至中间台口。

〔高拨子摇板〕（1 － 5弦，下同）

徐　策

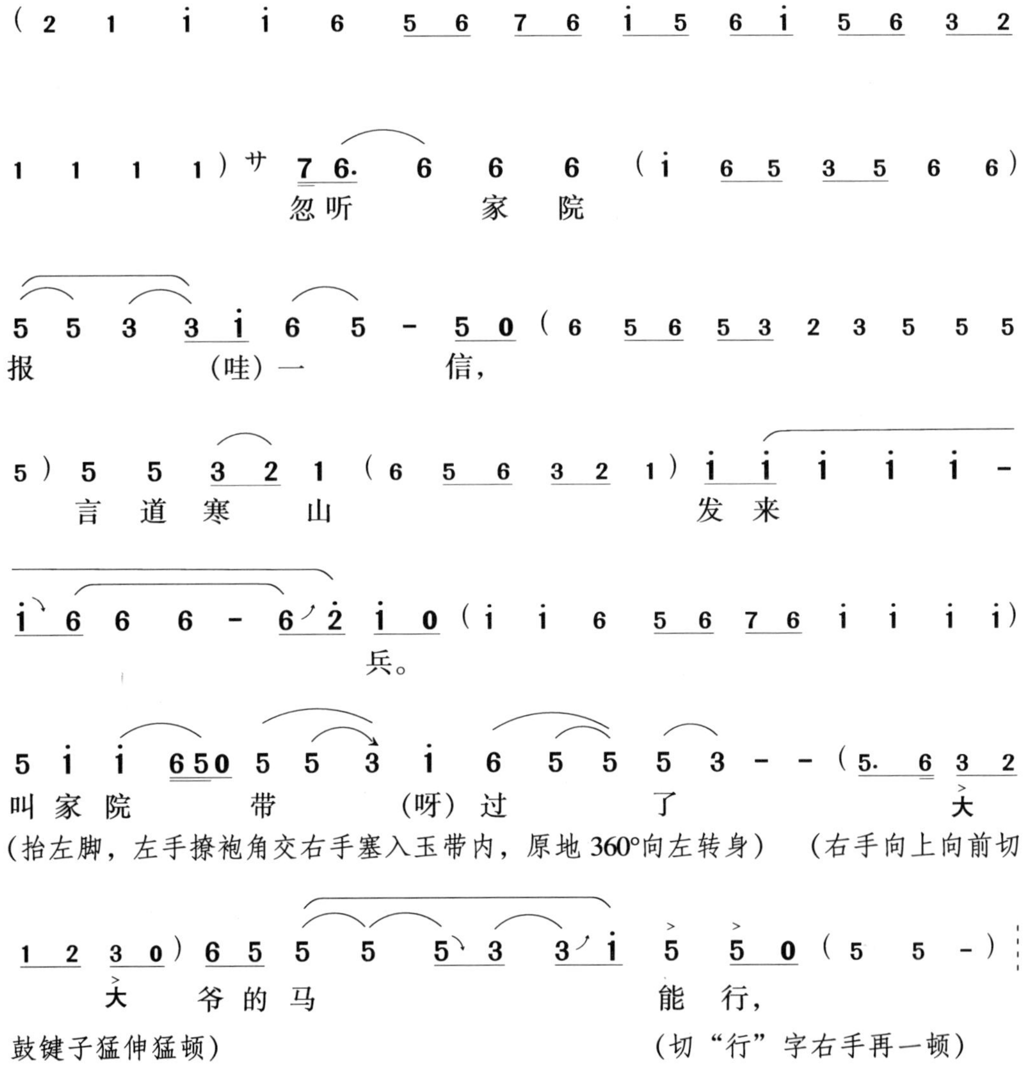

〔【快长锤】家院把马牵上来，两人一对眼色，家院表示马已备好，徐策一看家院，表示已经知道了。两个人用眼睛说话，要有交流，院子也要有戏。徐策年纪大了，上马时院子扶他一把，徐策认镫，院子一扶一架，这是院子的戏。徐策上马后，家院走小圆场，徐策打马走圆场。闭二道幕。

徐策跑城

〔撤去桌椅，换上城景。幕外，徐策下马，家院接马、拴马。徐策将袍角从玉带中放出，往城上一看，令家院先上城，然后他右手翻水袖，左脚踢袍角，切着锣鼓点子上城。锣鼓加强，渐快。

在（仓 七 台 | 仓 0）中徐策几乎绊倒，家院忙过来，双手一搀，往上一带，脚步一撤，徐策就势切锣上一步，站稳了，微微一笑，表示不要紧，没有绊倒。

〔**【快长锤】**徐策、家院同下。

〔二道幕拉开，城在“下场门”。徐策、家院已在城上。家院在徐策右侧。

〔高拨子摇板〕

徐　策　（2 1 1̇ 1̇ 6 5 6 1̇ 5 6 1̇ 5 6 3 2 1 1 1 1）

5 5 3 2 1 5 6 6 1̇6 1̇ - - - ‖
看 是 何 人 到 来 临。
（示意家院注意城下）

〔**【快长锤】**薛蛟持枪骑马上。

〔高拨子摇板〕

薛　蛟　**【单楗凤点头】**（过门同前）3 5 5 7 6 6 6 3 6 5 35 **【凤点头】**（2
来 到 城 下 忙 跪 定，
（下马） （下跪）

1 1̇ 1̇ 6 5 6 1̇ 5 6 1̇ 5 6 3 2 1 1）3 5 6 5
儿 问 爹

5 3 （5 3 2 1 2 3 0）3 5 3 2 3 5 1 - ‖
爹 可 安 宁？

家　院　小将跪城！

徐　策　哦！

〔高拨子导板〕

【大锣导板头】サ（0 2 1 1 1 1 1 1 6 5 6 1̇ 1̇ 1̇ 1̇ 1̇
（跟着**【导板头】**转身，以八分面向着台下。右手颤抖着，合着锣鼓节

1̇ 6 5 5 5 5 45 5 3. 2 1 2 2 0 6 5. 6
奏捋须，一面用眼往城下搜索，切最后一锣，手用力一顿）

7 6 1̇ 1̇ 1̇ 1̇ 0）5̇ 3̇ 3̇ 0（3212 3 3 3）3̇
忽 听 得 家

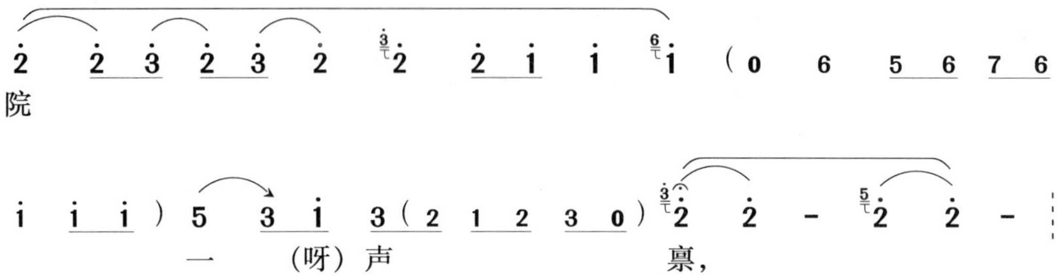

家 院 小将跪城!

徐 策 哦!

(双手托须)

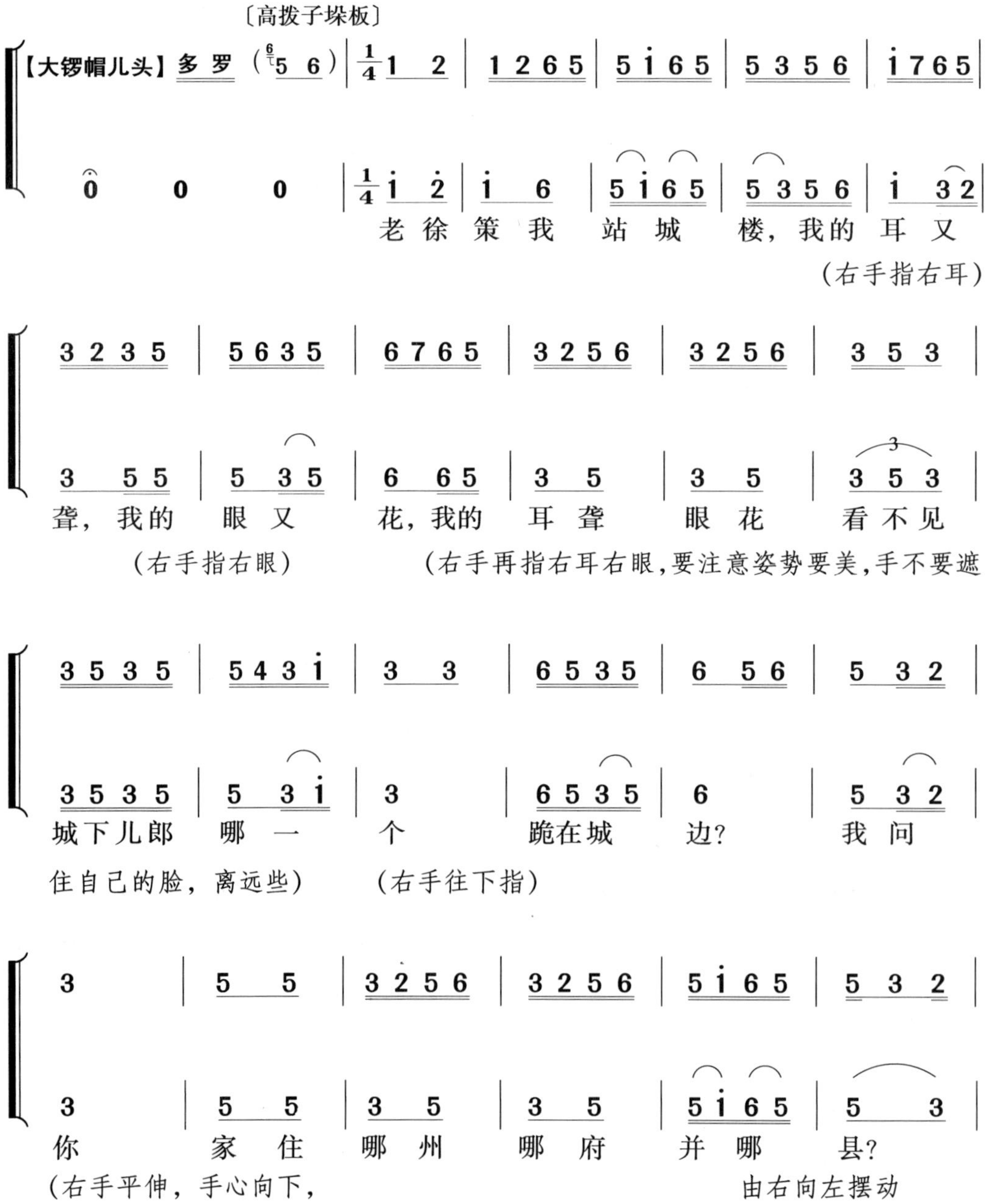

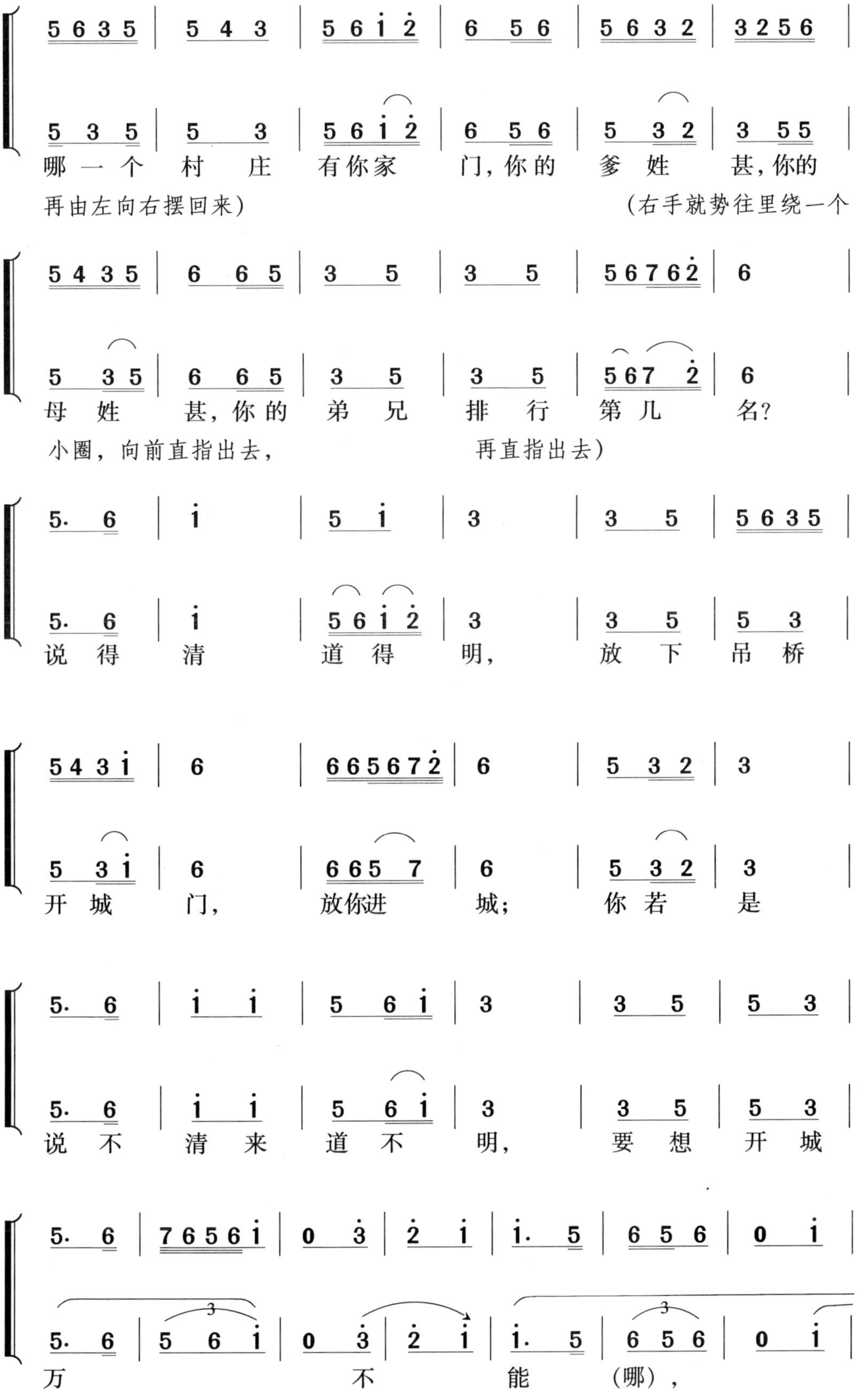

哪一个村庄有你家门，你的爹姓甚，你的
再由左向右摆回来）
（右手就势往里绕一个
母姓甚，你的弟兄排行第几名？
小圈，向前直指出去，
再直指出去）
说得清道得明，放下吊桥
开城门，放你进城；你若是
说不清来道不明，要想开城
万不能（哪），

| i̇ 6 i̇ | 5 | 6 5 6 i̇ | 5 3 5 6 i̇ | 6 5 5 3 | 5. 5 | 3 5 5 |

| i̇ 6 i̇ | 5 | 6 5 6 i̇ | 5 6 i̇ | 6 5 5 3 | 5. 5 | 3 5 5 |
你 报 上了

转〔高拨子散板〕

（八 大 仓 0）【撕边】サ i̇ 6 6 6 5 5 …… 5（仓）‖
花 名。

（双手向上弹须）（双手托须颤动，头也颤动，帽珠响声可闻。唱完，合着锣左手搁城上，稍向里，右手拍家院肩，向城下一指，令其看着。以上这段唱，徐策心情激动，老年人自然颤抖得更厉害。这里有所夸张。但手和头的颤抖要"一功范儿"，更要注意神气和心情。）

〔高拨子摇板〕

薛 蛟 【反长锤】（过门同前）i̇ i̇ 5 7 6（5 3 5）6 6 3 6 5（6 5 3
爹 爹 不 必 细 盘 问，

2 3 5）3 5 6 5 5 3 3 3 5 3 2 3 5 1 － ‖【大锣住头】
儿 是 薛 蛟 转 回 程。

家 院 少爷回来了！

「徐策一惊，忘其所以，往前一扑，家院忙一挡，徐策往后一退，也不觉失笑。

〔高拨子摇板〕

徐 策 【单键凤点头】（过门同前） i̇ 5 5 7 6 5 i̇ 6 5 5 0
家 院 与（呀）爷 城（呐）开 定，

「【快长锤】再闭二道幕，撤去城景，再拉开，徐策与家院转出来，薛蛟向徐策一跪，徐策扶起。

〔高拨子摇板〕

徐 策 （2 1 i̇ i̇ 6 5 6 i̇ 5 6 i̇ 5 6 i̇ i̇ i̇ i̇）

i̇ i̇ i̇ i̇. 3̇ 2̇ 6 i̇ （6 5. 6 7 6 i̇）
寒 山 发来 多 少 兵？

薛 蛟 i̇ 5 6 6. i̇ i̇ 5 7 6 6 6 3 6 5（6 5 3 2 3 5）
寒 山 发来 三 千 七 百 人 和 马，

5 5 5 3 2 1 3̇ 3̇ 2̇ 6 1 ‖ 0 0 5 i 6 6
青龙会还 有八百 兵。（徐策接唱）领 兵 元 帅

5 5. 3 3 i 5 5. 3 5 5 3 2 1 0 3̇ 2̇ i 6
是哪 一个？哪 一 个 做 了 这 前 站

i i i（i i i）3 i 5 6 6 6 6 5 5 ……
先 行？（薛蛟接唱）前 站 先 行 孩 儿 做，

〔行弦〕
‖:（5 23 5 i 6532 5 :‖ 5 23 5 i 6532 5 ……）‖

徐　策　儿是先行官？
薛　蛟　儿是先行官。
徐　策　（得意地向着家院）嘿嘿，有一个先行的样儿啊！
薛　蛟　【单楗凤点头】（2 1 i i 6 5 6 i 5 6 i 5 6 3 2 1）3 5
领 兵

6 5 5 3（5 3 2 1 2 3）3 5 3 3 2 3 5 1 – ‖【大锣住头】
元 帅 是 三 叔 亲。

徐　策　哪个三叔亲？
薛　蛟　就是薛刚三叔父。
徐　策　哦，这个奴才他也来了？叫他前来见我！
薛　蛟　是。（向“上场门”）有请三叔父！
「【快长锤】龙套引薛刚、纪鸾英骑马上，薛葵掖着锤骑马同上。
〔高拨子摇板〕
薛　刚　（过门同前）i 6 6 6 6 6 6 5 5（6 5 6 5 3 2 3 5）
忽 听 薛 蛟 一 声 禀，

3̇ 3̇ i i i 6 2̇ i i（6 5 6 7 6 i）3 i 5 6 6
翻 身 下 马 进 柳 林。 伯 父 台 前

6 6 3 6 5 【大锣凤点头】（i i 6 5 6 i 6 5 6 3 2
忙 跪 定，
（与纪鸾英一起向徐策下跪，薛葵也跪下）

1）3 5 6 5 5 3（5 3 2 1 2 3）5 i 6 i 6 i – ‖
问 声 伯 父 可 安 宁？

薛　蛟　三叔父来了!

徐　策　(本来是背对着“上场门”站着，听见这话，转过身来，正要责备薛刚，忽然看见跪着的还有纪鸾英，遂问)这是何人?

薛　蛟　是三婶母。

徐　策　哦，三夫人请起!

〔**【大锣五锤】**纪鸾英起来，让开。

徐　策　(上前几步，切**【大锣五锤】**最后一锣抓住薛刚)你是薛刚?

薛　刚　正是。

徐　策　(一推他)好奴才!

〔高拨子散板〕

【快纽丝】サ(0 6 5 6 7 6 i …) 2 2 2 2 i 3 2 2
一 见 薛 刚 咬 牙 根,

(薛刚、薛葵站起来)

(2 i 3 2 …) i i 3 i i i i … 6 6. 2
(仓) 骂 声 奴 才 胡 乱

i (6 5676 i …) i i 5 i 6 6 5 5 3
行。 (仓) 三 杯 黄 汤 入 了 肚, 害

4 3 2 1 i i i … 6 6. 2 i (6 5. 6
了 薛 家 一 满 门。

i …) 3 i 6 6 6 5 5 3. i 5 5 0 【乱锤】
(仓) 恨 你 不 过 下 口 咬,

(又弹须，双手颤抖着，腿也颤抖着，抢前几步，抓住薛刚的手)　(一面咬，一面转小圆场)(薛刚退缩，薛葵见有人欺负他父亲，挺身举锤就要打)

〔**【大锣凤点头】**徐策急往后撤，左转身，双手切最后一锣垂袖，表示一惊。家院上前扶住。

〔高拨子散板〕

徐　策　(过门同前)サi 5 i 5 i 6 5 5 3 3 (2 1 2 3 …) 3 3 2 i 6 6 i 0 ‖
他 薛 家 又(哇)出 了 一 个 闯 祸 的 根。

〔**【反长锤】**家院把椅子(象征马扎子)搬在近“下场门”台口后徐策坐下。

〔高拨子摇板〕

薛 刚

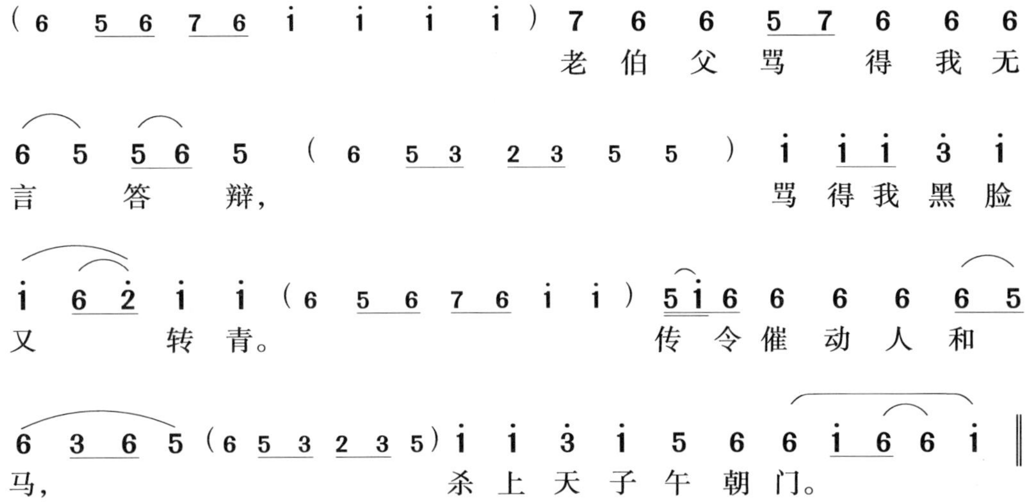

〔【急急风】薛刚、纪鸾英、薛葵上马，与众龙套同下。

〔徐策转至中场，着急，搓手。薛刚等下场后，薛蛟把枪头掉转，上马也要去。徐策抢上一步，抓住枪头，一抓一拖，薛蛟又回下马来。【急急风】切住。

徐 策 你要作甚？

薛 蛟 杀进午门与我薛家报仇！

徐 策 当初为什么不报仇？

薛 蛟 当初无有三叔父的将令。

徐 策 哦！当初无有三叔父，你不报仇；如今有了三叔父，就不听为父的言语！好，好，好！你要造反，却也不难，来，来，来！一枪，将为父刺死，然后再反！（夺枪要刺自己，夺三下，一下有一个**八大仓**，三个**八大仓**后加一**嘟仓**）

薛 蛟 （在**嘟仓**中忙将枪拉回去，但徐策并未松手）爹爹，孩儿不反了！

徐 策 不反了？

薛 蛟 不反了。

徐 策 不反了？

薛 蛟 不反了！

徐 策 不不不不反了？

薛 蛟 不反了！

徐 策 唤他们转来！

薛 蛟 是。

徐 策 唤他们转来！

薛 蛟 是！

徐 策 （扔抢）哼，大胆的奴才！

〔家院把椅子搬近“上场门”台口，徐策坐下。

薛 蛟 （向“上场门”）三叔父请转！

〔【快长锤】薛刚上。

薛 刚 伯父啊！

〔高拨子摇板〕

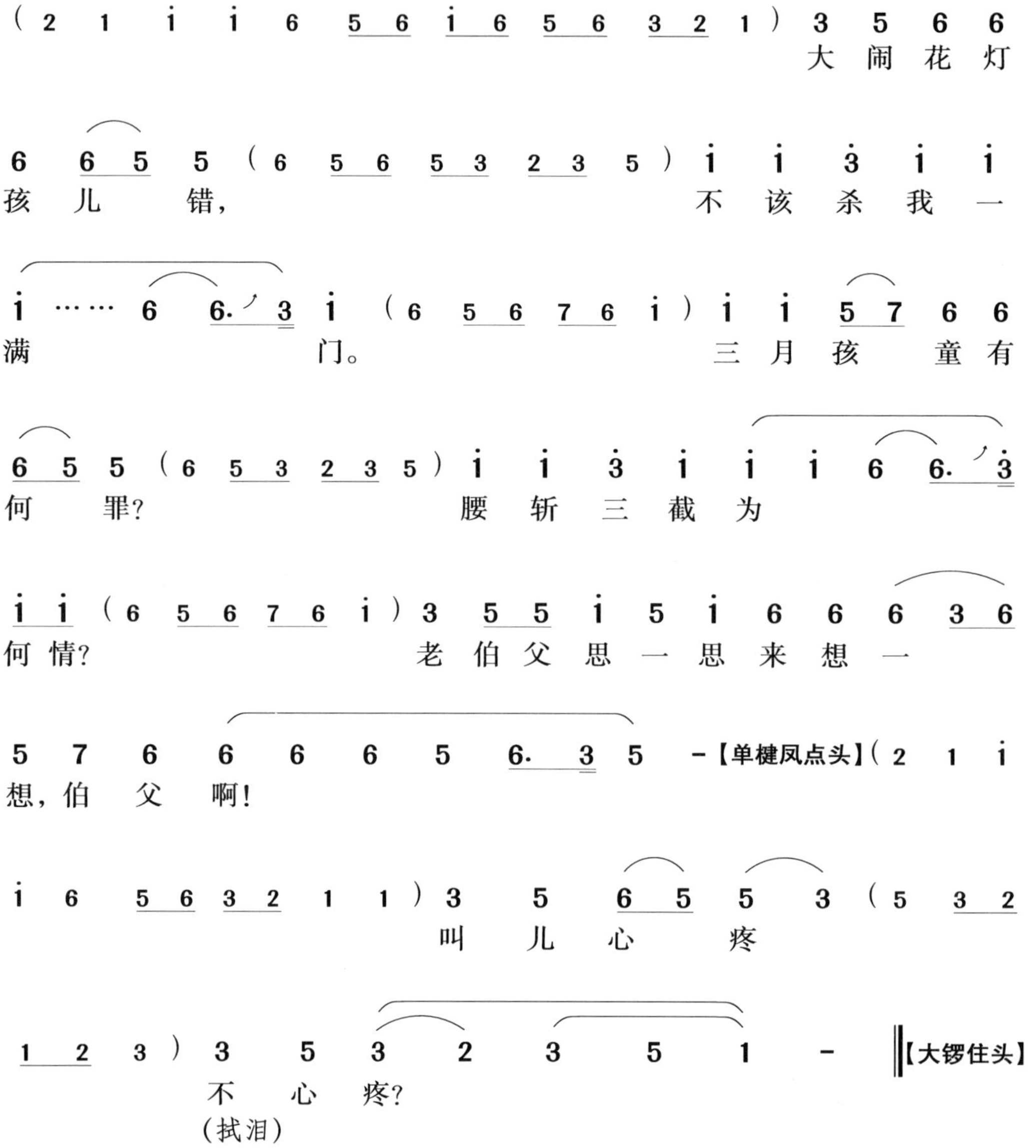

徐　策　（也拭泪）你们为江山？

薛　刚　不为江山。

徐　策　为社稷？

薛　刚　也不为社稷。

徐　策　为着何来？

薛　刚　为的是与薛家报仇。

徐　策　也罢，待老夫上殿，启奏天子。万岁准了本章，拿住奸党，与你薛家报仇。

薛　刚　若是万岁不准本章？

徐　策　倘若万岁不准本章，你们再反……不迟。

薛　刚　伯父须要言而有信！

徐　策　嘿！**【大锣一击】**岂能失信于你们！（回身转至里面中场）

薛　刚　（向里面）来呀！**【大锣一击】**将人马倒退四十里！（内应）

　　〔**【冲头】**薛刚下。

薛　蛟　爹爹，若是万岁不准本章，那时节可能反吗？

徐　策　那时节可以反了。

薛　蛟　（兴奋）哈哈！（京白）我们要报仇啦！

　　〔**【四击头】**薛蛟上马亮相下。（**嘟－仓**）

徐　策　嘿嘿！他薛家的威风，倒又来了！

　　〔**【五锤】**家院把椅子搬到台中，徐策坐下。

家　院　相爷此番上朝，还是骑马，还是坐轿？

徐　策　老夫高兴得很，要步行上朝，你准备一切，在朝房侍候。

家　院　是。（下）

　　〔徐策左抖袖，（**大 大　大大乙 台**），右手抖袖，（**大 大　大大乙 台**）再双手把水袖抖上来，再双手拉袍，（**扎**）左腿抬起搁在右腿上，（**扎**）合着最后一记小锣，双手把袍往腿上一搁，相叠一架，身上一顿，（**台**）帽翅微微颤动。

徐　策　老夫此番上殿，启奏天子，准了本章，拿住奸党，与薛家报仇。啊呀！若是万岁不准本章……（在鼓楗子（**大大大大**）声中，合着鼓楗子发愣，两眼睁大眼珠，迅速左右闪动，两手一绕一捶。**【小锣一击】**）嘿嘿！长安城有一场大热闹啊！待老夫上（嘞）——朝。**【慢长锤】**

　　〔闭二道幕，撤去椅子。最好连徐策一起闭在幕内。再拉开时，徐策在场上，表示已经走了一段路了，已经到了皇城。跑城，就是跑皇城。（在幕里时，徐策整理玉带，袍底襟，理理胡子，幕拉开后，右手抓袖，向左转身，锣鼓“长调门”）

【新凤点头】	仓 － 嘟	才台台台	仓	仓	扎 0 0
	（双抖袖）	（两水袖下垂，做波浪式摆动）	（右手猛抓袖）	（向左微转身左腿踢袍）	（左手半屈着伸出，正好接住袍角往下一绕一压）

〔高拨子原板〕（1 5 弦）

渐慢

徐　策　$\frac{2}{4}$（1.56i 56i | 0 i 6 56 | 4. 5 32123 | 2. 3 5653 |

（举步前身子先微微晃动，然后慢慢地侧着身子向“下场门”走“倒步”）

稍快

2.35i 6532 | 1 iii6 | 56i2 6532 | 5356 i35）|

（步子也渐快，然后稍转身向着“下场门”台口，抢前几步站定）

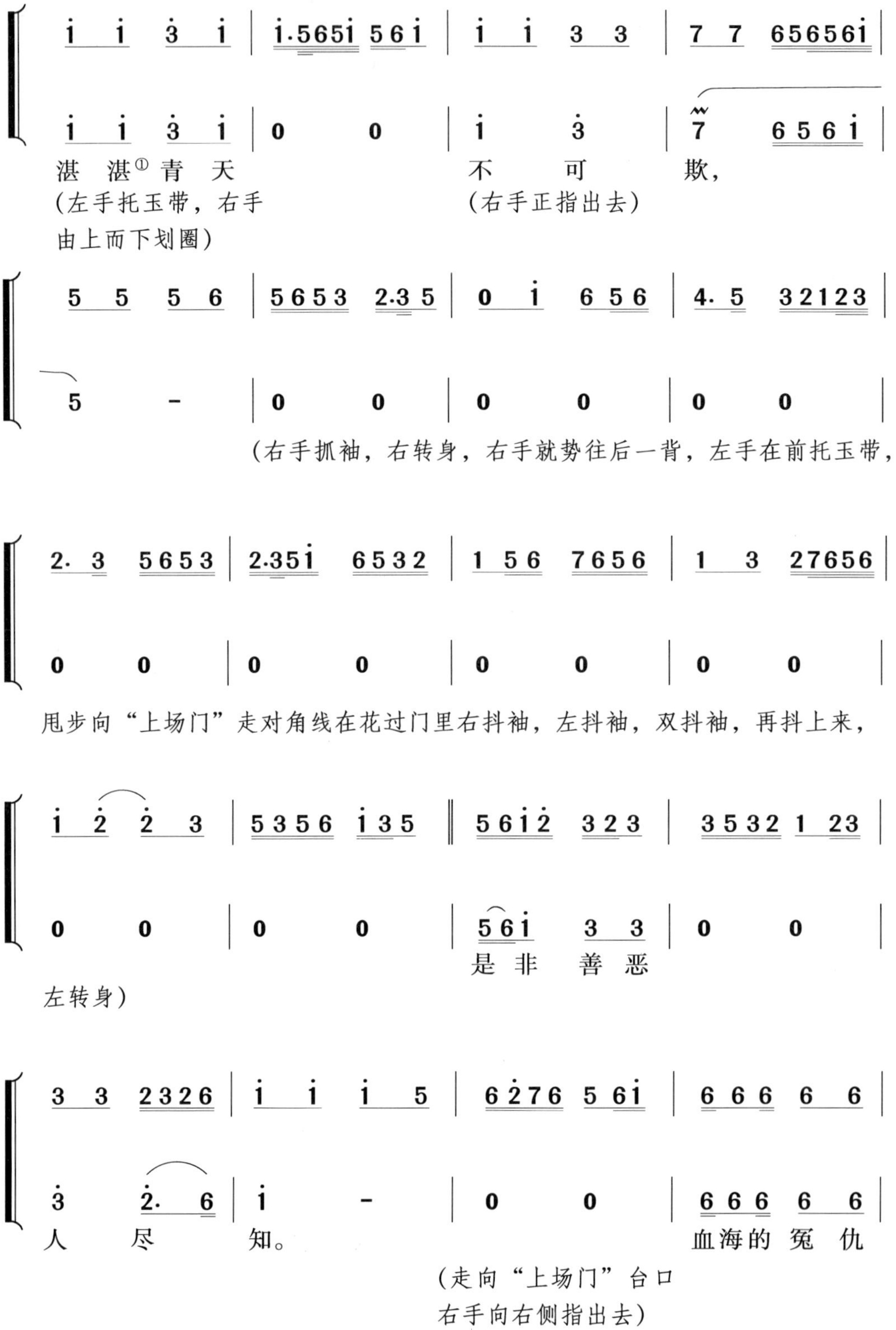

① 湛湛：清明澄澈。湛湛青天，则是说，上天公正朗明，洞察人间的是非曲直。

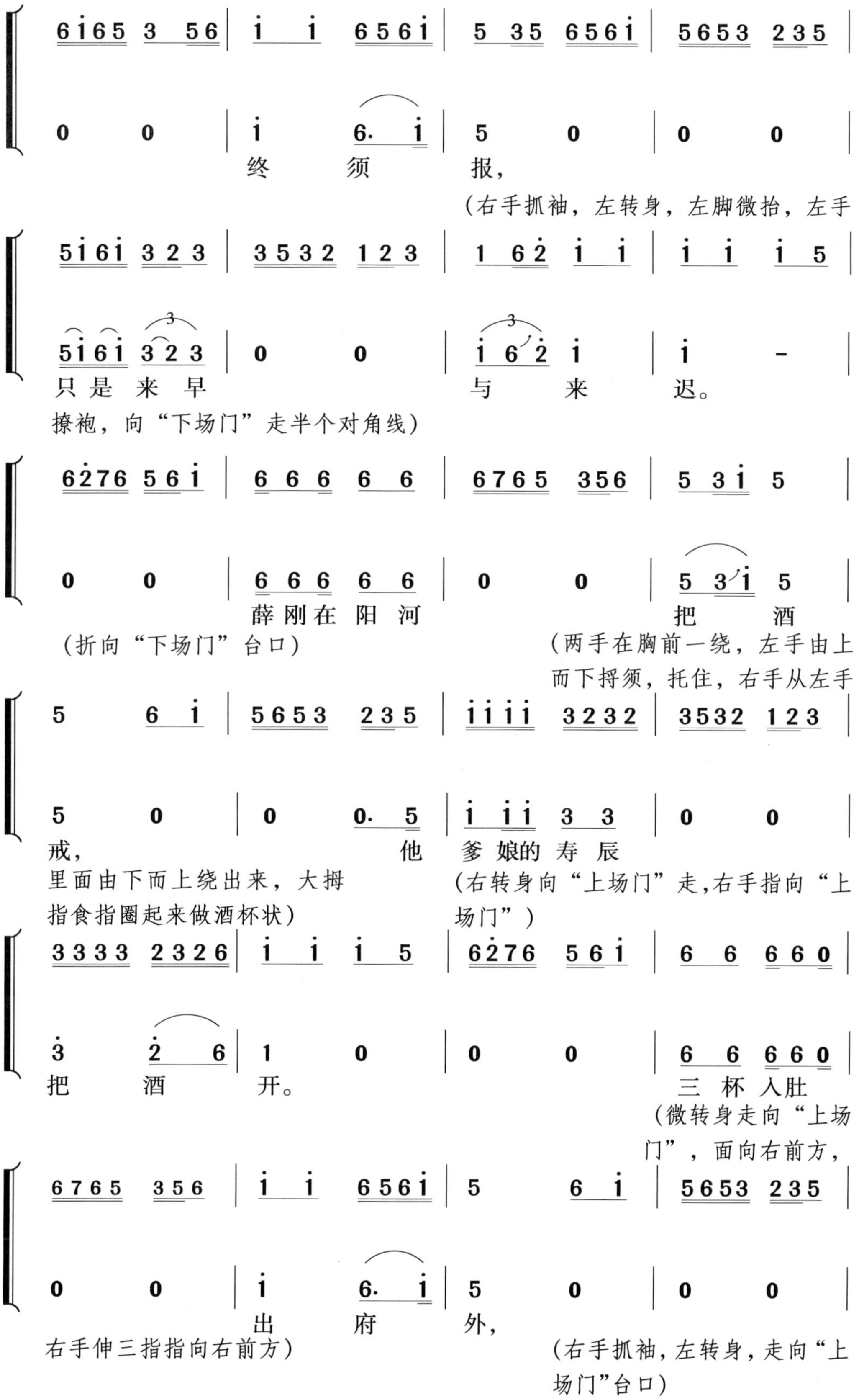
终 须 报，
（右手抓袖，左转身，左脚微抬，左手
只是来早 与 来 迟。
撩袍，向“下场门”走半个对角线）
薛刚在阳河 把 酒
（折向“下场门”台口） （两手在胸前一绕，左手由上
而下捋须，托住，右手从左手
戒， 他 爹娘的寿辰
里面由下而上绕出来，大拇
指食指圈起来做酒杯状） （右转身向“上场门”走，右手指向“上
场门”）
把 酒 开。 三 杯 入肚
（微转身走向“上场
门”，面向右前方，
出 府 外，
右手伸三指指向右前方） （右手抓袖，左转身，走向“上
场门”台口）

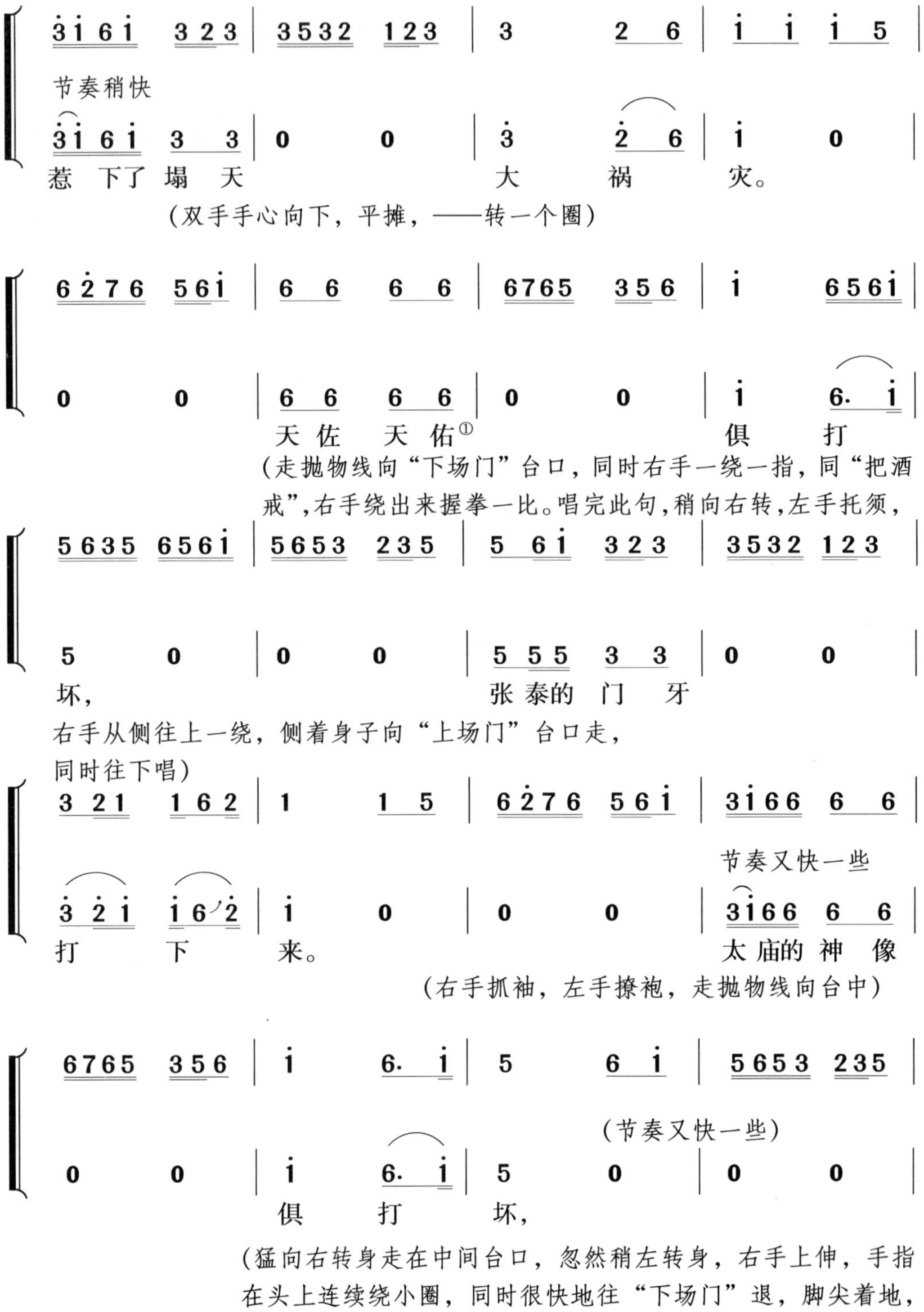

① 天佐天佑：戏曲演薛刚一门故事，题材多出自《薛家将反唐全传》。其中，薛家世代忠良，但屡遭奸党（诸如张士贵、张天佐、张天佑、张泰一门三代即是代表人物）的迫害。本剧故事即与《闹花灯》、《阳和摘印》、《法场换子》、《举鼎观画》一脉相承。当年，薛刚大闹花灯，于元宵夜痛殴张泰父子。

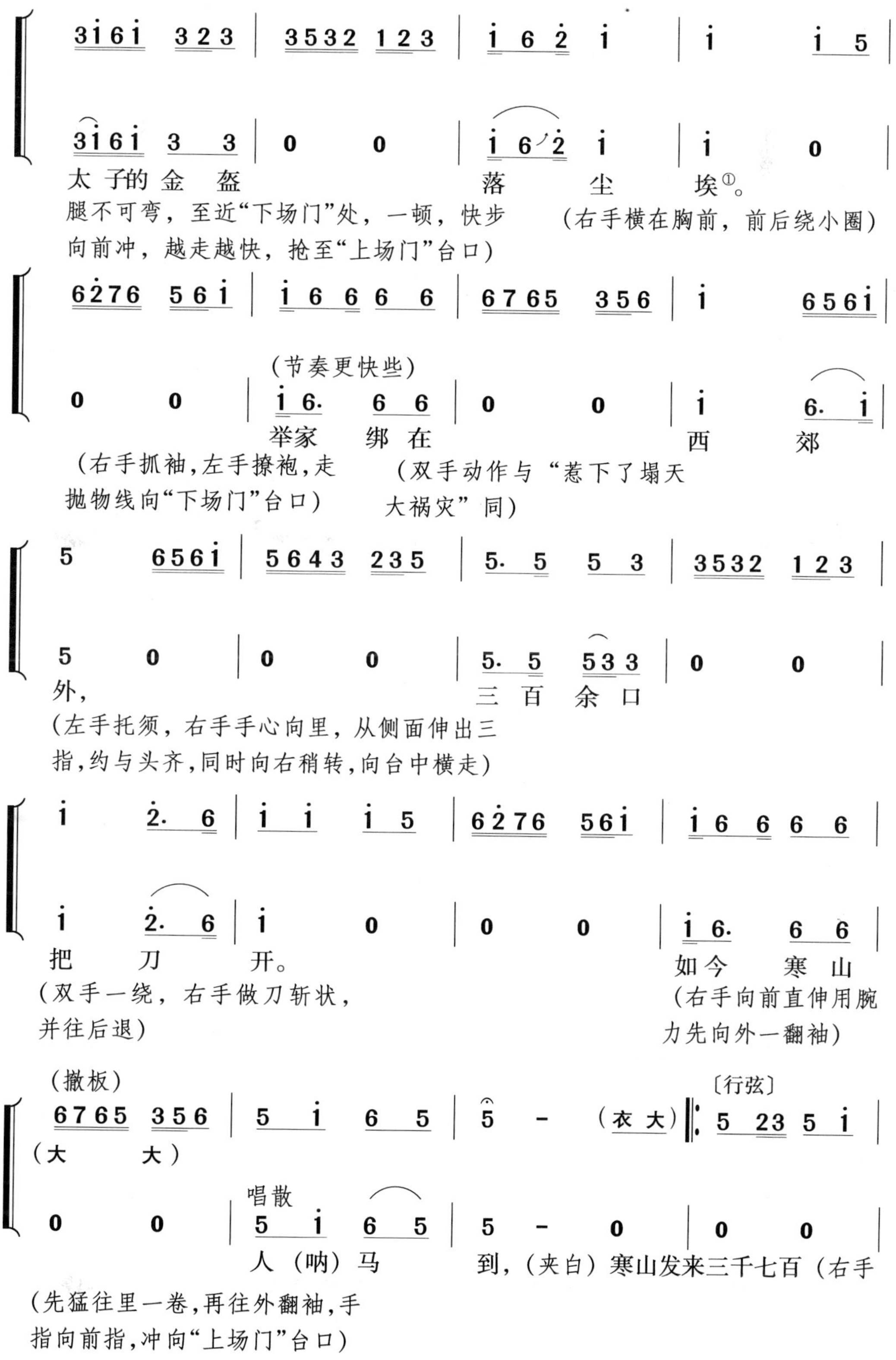

① 太子的金盔落尘埃：薛刚大闹花灯，误伤皇子致死。

〔摇板〕

6532 5 0 :‖ (大. 大 大大 衣大 大大 仓)(6 5 6 7 6 i i i i)

指比“三”、“七”)人和马（扳指算）(在台口站定)薛蛟、薛葵、薛刚!(一愣)

(颤抖着退后几步，跺脚、捶手)

i i i i i (i i i i) i - 6. 2 i i0

青 龙 会 还 有 八 百 兵。〔铙钹闷打〕

(右手指比“八”)

〔紧板〕

(6 5 6 7 6 i) 3 i 6 6 6 (6 6 6 6) 6 6 5

看 看 不 觉 天 色

X X X X X X X X X X X X X X

(急走急唱抬头看看天，右手一指，指时右手自左向右划圈向左斜指出去)

5 (6 5 3 2 3 5 6 5 3 2 3) 5 5. 5 3 3 (5 3 2 1 2

晚， 急 急 忙 忙

X X X X X X X X X X X X X X

(顿右脚，踢左脚，踢起袍角，接住，扣入玉带)

3 2 5 6 3 2 1 2 3 3 3 3) i i. i 6 6 3 i

步 进 城。

X X X X X X X X X X X X X X

(6 5 6 7 6 i i i i) 3 i 6 6 6 (i 6 5 3 5 6)

老 夫 上 殿

X X X X X X X X X X X X X X X

(右手抓袖左转身向“下场门”台口走抛物线)

5 5 3 3 i 6 5 5 (6 5 3 2 3 5 5 5 5)

奏 (哇) 一 本，

X X X X X X X X X X X X X X

i i 0 3 3 (3 3 5 3 2 1 2 3) 6 i 6 i (6

一 本 一 本 往 上 升。

X X X X X X X X X X X X X

(拱手，猛回身，右手斜指，向“上场门”走对角线)

5 6 7 6 i) 3 i 6 6 6 6 6 5 5 (6 5 3

万 岁 准 了 我 的 本，

X X X X X X X X X X X X

(在近“上场门”处左转身向外)

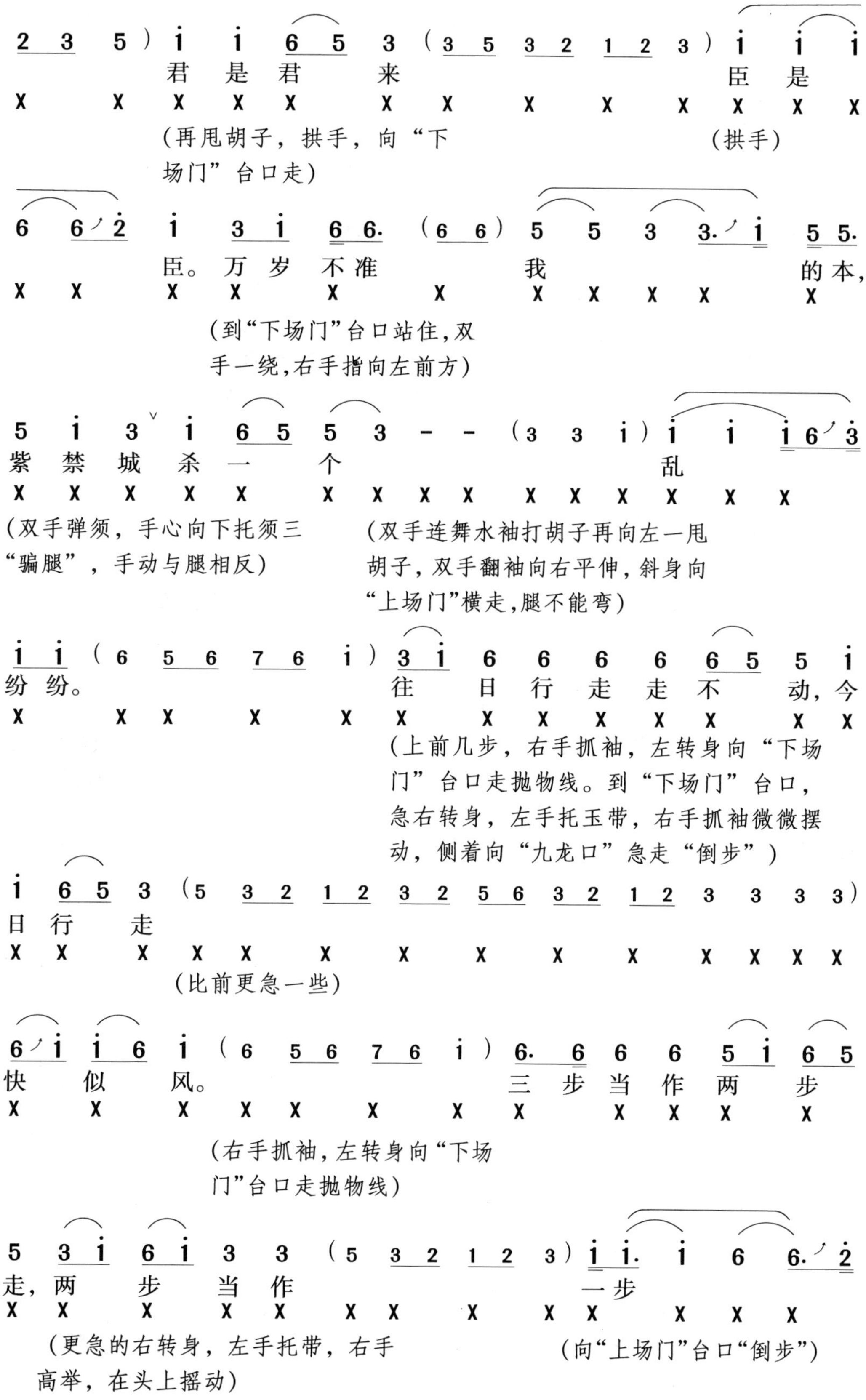
君是君来
臣是
（再甩胡子，拱手，向“下场门”台口走）
（拱手）
臣。万岁不准
我
的本，
（到“下场门”台口站住，双手一绕，右手指向左前方）
紫禁城杀一个
乱
（双手弹须，手心向下托须三“骗腿”，手动与腿相反）
（双手连舞水袖打胡子再向左一甩胡子，双手翻袖向右平伸，斜身向“上场门”横走，腿不能弯）
纷纷。
往日行走走不动，今
（上前几步，右手抓袖，左转身向“下场门”台口走抛物线。到“下场门”台口，急右转身，左手托玉带，右手抓袖微微摆动，侧着向“九龙口”急走“倒步”）
日行走
（比前更急一些）
快似风。
三步当作两步
（右手抓袖，左转身向“下场门”台口走抛物线）
走，两步当作
一步
（更急的右转身，左手托带，右手高举，在头上摇动）
（向“上场门”台口“倒步”）

i （6 5 6 7 6 i i i i） 6 6. 6 6 （7 6 5 3 5 6）
行。 急急忙忙
X X X X X X X X X X X X X X X

（到“上场门”台口，向左急转身，
右手颤抖着向前指）

由慢而快 反复 快 反复
5 i 6 5 5 0 （5 6 5653 5 6 5653 5 6 5 3）
往（呃）前 进，
X X X X X X X X X

（左手抓袖，右手抓袖，向“下场门”台口甩步子走“蹚步”，将近“下场门”台口，“绕步”一幌，表示脚步不稳，再右手向里大翻袖，往后一背，左手在前平托玉带，用带踢带跳的特殊步子向前紧走几步，头上下颤动着，跳跃向前。到“下场门”台口，急往左一转身）

（走小圆场）

渐慢
5 6 5 3 5 0 ）
X X X

【撕边】
（嘟…… …… …… …… …… 崩 登 仓 0）

（到近“上场门”处，急向左转身，脚下绊了一下，跌跌撞撞走对角线到近“下场门”台口处，身子往前一扑，右手假扶地，音乐切住）

（站起身，抬左腿，右脚向“上场门”对角线往后退）

（两手大翻袖往外一张，取得身子平衡，提气，切锣软“屁股坐子”）

〔徐策带着笑喘气：“哦，呵呵呵……”心想：还是摔倒了。【纽丝】站起来，面朝里，往左转身，先理理胡子和衣服，然后右手抓袖走向“上场门”台口。

〔高拨子散板〕
徐 策 （2 1 … i i 6 5 … $\frac{4}{}$5 3 2 … 0 6 5 6 7 6 i ……）

i i 6 5 5 3 3 －（3 2 1 2 3 0）3 3 3 2 6 6 i － ‖
老夫上 殿 把本 升。

（甩胡子左手托须，右手直指出去，指到底）

（转身向“下场门”，左手先抓袖，右手再抓袖，左转身向“下场门”走。合着锣鼓节奏动脚步，由慢渐快，越来越快）

（由慢渐快） （越来越快）
反复
（仓 － 才 | 仓 － 才 | 仓才 仓才 | 仓才 仓才 ‖
（抬左腿，跨左脚） （抬右腿，跨右脚） （左脚）（右脚） （左脚）（右脚）

仓 0 ）

（走到台中，脚步不稳，用绕步，身子一绕、右手水袖猛一翻，往后一背，左手在前托玉带，抬左腿，右脚单独往后退）

【撕边】
（嘟…………………………）

（右脚往后退，到“上场门”台口，站住，左脚并不放下，还是用右脚站着，趁着势子，微微屈腿几下。起<尾声>）

〔奏唢呐曲牌 <尾声·合头> 徐策随着 <尾声> 的节奏，左右跨步下场。跨步时，两腿像划圈子似的，撇腿跨出去，连续不断，越走越快，“蟒”的下摆因而平洒开来。

—— 剧 终

卫 明 整理

清 风 亭

周信芳演出本

《清风亭》是麒派的代表剧目之一。

原来有一出《天雷报》，从“思子”、“望子”演起，到最后“雷打张继保”为止。

周信芳小时候就向郝寿昌学过《天雷报》，几年后在北京演出时得到了残缺不全的全剧剧本。他二十多岁时，看到了新舞台夏月珊演的《赶子》。以后，就以这些为基础，整理出了全剧的本子，取名《清风亭》。经过几十年的演出实践，不断丰富加工，1954年又进行了重点整理，成为周信芳晚年常演的麒派经典剧目“七出半”（注）之一。

周信芳非常喜欢这出戏。因为它没有华丽的服装、装饰，没有曲折的情节，却有着道义的力量，在朴实无华之中，蕴含着深厚的感情，动人心魄。演员有着充分的发挥的余地。周少麟说他父亲喜欢这出戏，他也喜欢这出戏。当然，观众也很喜欢这出戏，看好这出戏。

“赶子”一场，尤有特色。这场戏的演出时间接近一小时。周信芳演的张元秀，在这场戏里情绪上有很大变化。起先，他对于周桂英的出现，并不在意，只当是一般的路人。等到周桂英认为张继保不可能是他的儿子，要他讲出实情，否则就要到前村找人评理，这时张元秀感到这个女人不好对付了：“老汉今天遇见了女光棍了！”后来她更一口咬定张继保就是她的儿子，关键就在那封血书。张元秀更加不能不认真对待了。周信芳演来，层次分明，其中还常有生活细节的穿插，使人物刻画更加生动，戏更有看头。例如当张继保向周桂英申诉：他们天天让我吃豆腐渣。这时张元秀气愤地说：“没有豆腐渣，怎能把你养得这样大呀！”周信芳演到这里，一面转过脸去，一面不以为然地带着嘲笑而又自豪的口吻轻轻重复着：“嘿嘿，豆腐渣，豆腐渣！……”

最后，儿子是人家的，已是铁板钉钉，不可挽回了。张元秀要求与儿子话别。当张继保跪在他面前时，他左手拄着拐杖，直挺挺地站着，右手抚摸着张继保的头顶，两眼直瞪瞪地漫无目的地望着前方。他诉说着，嘱咐着。最后说到：“难道说，我二老还受不起你这一拜？难道说，我二老还争儿这一拜？不是的哟！儿这一拜不值紧要，让那些无儿无女的人，也好抱人家的儿子啊！……”他说时强忍着悲痛，但忍不住轻微的抽泣，更加动人肺腑，每到这里，台下总是响起雷鸣般的掌声，有的观众还感动得流泪。

这戏的唱段不多，除了一些〔四平调〕以外，大多是〔散板〕、〔摇板〕。周信芳常说：〔散板〕、〔摇板〕往往不被人重视，其实越是〔散板〕、〔摇板〕，越要把它唱好；唱好了，更能抒发感情。在“望子”里，张元秀、贺氏一人一句〔二黄散板〕，大有“余音绕梁，三日不绝”的味道。这一场戏下场时，周信芳扮演的张元秀在锣鼓节奏中，沉闷地一个劲儿地往回走。刘斌昆扮演的贺氏跟着张元秀，却又时时回身，一时高一时低地向大树那边张望，看是不是张继保回来了，也是非常精彩的。

这戏的结尾：雷打张继保，迷信色彩较重，曾经有人改为乡亲们动了众怒，把张继保打死了。这样处理，也不见得恰当。1954年整理时，改成了现在的样子。

《天雷报》还有一个发展变化的过程。

这个戏的出处，据周信芳说：过去有一本《合钗记》，描写张继保的生父薛荣在上京赶考时，遇到了贫女周桂英。他本有妻室，但没有生育，于是纳周桂英为妾，果然生下一子，可是不容于大妇。大妇乘薛荣不在家时，逼她抛弃儿子，寄养在张老家中。后来其子金榜得中，为生母扬眉吐气。可见那完全是一个封建旧家庭矛盾的老套子。后来民间艺人从“张老”引申出去，加以创造，生发成张元秀、贺氏这一对善良而又低微、贫困的老夫妇的悲剧，对追逐利禄、忘恩负义的状元进行了鞭挞，受到观众的欢迎，流传下来。张元秀、贺氏成了主角，薛荣一家倒成了配角。至于《合钗记》，则早已不为人所知了。

这次记录、整理依据：

一、多次观看周信芳演出综合所得；

二、平时听周信芳谈及有关《清风亭》的表演经验与背景故事；

三、1960年10月周信芳演出《清风亭》实况录音；

四、1985年周少麟演出《清风亭》录像。

还参考了吕仲记录、整理的《〈清风亭〉表演艺术》。

这戏开场有一些交代情节的场子，为简约篇幅略去了，从“观灯”、“拾子”张元秀夫妇上场开始。

最后经周少麟校阅。

周少麟曾对《清风亭》的一些艺术处理，有新的看法，但那时他不敢轻易向父亲提。有一次，在周信芳准备演出《清风亭》，正在化装时，他走过去对父亲说：“思子”一场老夫妇打、闹一连两番，显得有些重复、多余。尤其是他们打闹时观众先会笑，而笑了以后又会感到辛酸。如果连来两番，辛酸的感觉就没有了。是否可改为一番？周信芳一听，觉得很有道理，立刻把演贺氏的刘斌昆，还有鼓师张鑫海等有关人员找来，当时商量修改，等一会演出时，就按改过的方案演了。

周少麟对这戏的处理和表演，也还有一些改动，有的是得到他父亲同意的，有的则来不及征求他父亲的意见了，但演出以后，效果不错。大致有以下一些：

① 张元秀、贺氏头一次出场，说起要去逛灯。这段话应该在家中说，然后再出门去看灯。而 在戏里却是两人已经出门，在街上说要不要去看灯，不合理。他演出时删去了，从狂风骤起，吹灭了灯，两人无法逛灯，只得回家，作为头一场。

② 原来这戏一律唱〔二黄〕，周少麟把薛荣的三场戏改为唱〔西皮〕，对于戏的内容似更符合，在音乐上也稍有一些变化。这次我整理此剧也采取了周少麟的演法。

③“赶子”一场，末尾周信芳是边走边回头，还在张望早已去远的张继保。周少麟觉得张元秀此时已经昏昏沉沉，倒下之后，爬不起来，就背对着观众坐在那里，他到底要坐到什么时候，让观众去想。

④“思子”一场，贺氏由于思念儿子，已经疯疯癫癫的了，整日哭哭闹闹，没完没了，张元秀不用看，不用问，就知道她那一套又来了，因此不去看她。周信芳曾说：演这场戏，“看地出戏”，意思是说：张元秀只往地上看，而不看贺氏，其实他心里更关切老伴儿，也更惦记儿子。但他知道再找到儿子是不可能的。周少麟对此更加以强调，白口更精练。

⑤“望子”一场，最后两人同起【叫头】，叫：“张继保，小姣儿！”周少麟从前一场的理解发展下来，张元秀根本不叫了，只是贺氏一人叫，张元秀强忍着，看着她喊，看着看着，自己实在忍不住了，终于放声哭喊：“儿啊！”这次整理，也吸取了这一处理。

卫 明

注：大约20世纪60年代，周信芳将要演出，工作人员问他演什么戏？他笑笑说：“还不是那‘七出半’。”那是指他晚年常演出的《四进士》、《萧何月下追韩信》、《清风亭》、《乌龙院》、《赵五娘》、《打严嵩》、《打渔杀家》，是为七出，《徐策跑城》只有二十分钟（从徐策上场起），所以算半出。当然，他也演别的戏，如《群英会》、《华容道》、《别窑》等；还不断编演新戏，如《闯王进京》、《信陵君》、《海瑞上疏》等；整理、改编旧剧，如《秦香莲》、《宝莲灯》、《生死板》、《一捧雪》等；不过这几出是最基本的。

人物行当

张元秀	老生	薛　荣	老生
贺　氏	老旦	薛　贵	生
张继保（前）	娃娃生	周小乙	丑
（后）	小生	家　院	杂
周桂英	青衣	四青袍	杂

服装扮相

张元秀　俊扮。白鬓发、白满、白毡帽、黄绸条，淡青褶子、腰巾子，黑彩裤、白布袜，福字履。后换白老斗衣，再换富贵衣，短白腰包，软罗帽（翻戴），草鞋。

贺　氏　俊扮。白发髻，花布条，紫花老斗衣、绿绸裙，腰巾子，白布袜、福字履。后换白斗衣，饭单，再换富贵老斗衣，灰色裙子，草鞑鞋。

张继保（前）　俊扮。孩儿发，绿茶衣，浅蓝色裤子，圆口鞋。

张继保（后）　俊扮。纱帽，红官衣、玉带，红彩裤，厚底。

周桂英　俊扮。梳大头，线尾子、蓝绸包头，绣花黑褶子、坎肩，白腰巾子、绣花裙子，彩裤，彩鞋。后换红帔，点翠头面。

薛　荣　俊扮。方纱、黑三，蓝帔、衬素褶子，红彩裤，厚底。后换紫帔。

薛　贵　俊扮。黑软罗帽、黄绸子、黑三，青褶子、大带，青彩裤，厚底。

周小乙　勾丑角豆腐块粉脸。蓝毡帽，蓝布箭衣、大带，青彩裤，皂隶鞋。

家　院　俊扮。青硬罗帽，青褶子、大带，青彩裤，厚底。

四青袍　俊扮。梢子帽，青袍，青彩裤，薄底。

道具

桌子	一张	拐棍（藤棍）	两根
椅子	两把	差棍	一根
木匣子	一个	包袱	一个
彩娃子	一个	雨伞	一把
金钗	一只	马鞭	一根
血书	一封	耀华旗	四面
蜡台	一个	书包	一个
石礅	一个	铜钱	一串
石桌	一张	文房四宝	一份

红、灰桌围椅披　　各一份

第　一　场

〔【冲头撤锣】【小锣打上】

〔张元秀、贺氏上。手挽手相扶着上场。

张元秀　（念）〔数板〕

五彩花灯挂满了街，
旧年一去新年来。

贺　氏　（接念）

日月如梭光阴快，
夫妻年过六十外。

张元秀　（接念）

虽然年纪迈，我们力不衰，
磨豆腐，还能打草鞋。

贺　氏　（接念）

打了草鞋长街卖，

张元秀
贺　氏　（同念）忙忙碌碌为生涯，为生涯。

张元秀　妈妈！

贺　氏　老老！

张元秀　我们这里年年有个灯山会呀。

贺　氏　是啊。

张元秀　我看今年格外的热闹哇。

贺　氏　老老！

张元秀　啊？

贺　氏　我们二老何不去逛灯？

张元秀　哎呀，我二老偌大年纪，还去凑什么热闹哇。

贺　氏　不是这样讲啊。

张元秀　呃？

贺　氏　有道是人活一世，草度一秋。我二老好比风前烛，瓦上霜，来年有你呀，还是有我？趁此光景，还是逛上一时吧！

张元秀　讲得有理，我们前去看灯哪！

贺　氏　走哇！

〔二黄摇板〕

张元秀　【小锣凤点头】（6̣ 5̣ 3 2 2 3 3 2 1 6̣ 1 5̣ 6̣ 7̣ 6̣ 5̣）サ3
夫

32 3 2（3 2 1 6̣ 1 2）3 2 5̣ 5̣ 6̣ 1 －（2 7̣ 6̣
妻　双 双 朝 前 进，

5 6 1）1 2 3 3（4 3 2 1 2 3）2 1 1 2 － ‖
大街观灯 去 散心。

〔【小锣抽头】张元秀、贺氏二人手挽手相扶着下。

第　二　场

〔二道幕外。
〔【纽丝】薛贵背匣拿着灯笼上。

〔二黄散板〕

薛　贵　（サ2 3 3 2 1 6 6 5）1 1 2 6 3 2 2 1 1 2
堂前 领 了大 娘

1（6 7 6 1）4 3 3 2 2 3 2 2 1 6 1 2 － ‖
命，（仓）荒郊丢 弃 小主 人。

【大锣叫头】且住，是我奉了大娘之命，将婴孩抛在荒郊，这样数九寒天，岂不要活活冻饿而死！（嘟－仓）有了，不免找一小户人家，请他抚养，再作道理。【快纽丝】

〔二黄散板〕
（过门同前）サ3 3 2 6 2 1 2 5 6 1 1 2 2 － 2 1 － ‖
伤天 害 理心何 忍？

〔【风声】【乱锤】狂风骤起，众游人两边逃上，逃下。薛贵乱中匣子落地，下场。
〔【小锣抽头】张元秀、贺氏相扶上。

〔二黄摇板〕

张元秀　（过门同前）サ1 3 2（3 2 1 6 1 2）3 2 2 2 1 －（2 7 6 5 6 7 6 1）
狂风 吹散灯花景，

贺　氏　2 3 1 1 2 3（4 3 2 1 2 3）2 1 6 1 6 1 2 －（2 1 6 1 2）‖
大街小巷 黑 沉 沉。

张元秀　妈妈！

贺　氏　老老！

张元秀　花灯正在热闹之际，忽然狂风四起，把灯都吹灭了。大路之上，人众拥挤，我们由周梁桥小路回去吧！

贺　氏　使得的，走哇！

张元秀　走哇！【小锣凤点头】

〔二黄摇板〕
（过门同前）サ3 3 2 1 3 2 7 6 5 6 1 －（2 3 3 2 1 6 1 5 6 7 6 5）
不走 大街 走 小 径，（二人走圆场）

贺　氏　サ2 2 3 3 2 2 1 6̣ 1 2 －（2 1 6̣ 1 2）‖
黑 夜 昏 昏 步 难 行。

〔婴儿哭声。

贺　氏　啊，老老！

张元秀　呃。【小锣一击】

贺　氏　我们要死了吧？

张元秀　这是什么话？

贺　氏　我听见鬼叫哇！

张元秀　啊？

贺　氏　鬼叫。

张元秀　（也有些怕）鬼叫？（自己壮胆，咳嗽）哽哼！（摸摸额头）

〔婴儿又哭。【小锣一击】

张元秀　（听清了）妈妈！

贺　氏　老老！

张元秀　不是鬼叫哇。

贺　氏　是什么叫哇？

张元秀　是婴儿的哭声。

贺　氏　怎么？是婴儿的哭声？

张元秀　我们顺着哭声去寻，顺着哭声去找。

〔走小圆场。婴儿多次啼哭。张元秀脚碰着匣子。【小锣一击】他摸到匣子。【小锣一击】

张元秀　妈妈！是个小匣儿！

贺　氏　我们将它背了回去呀！

张元秀　好，我们将它背了回去！

〔【水底鱼】二道幕闭，二人圆场。

〔二道幕拉开，摆一桌两椅。二人进门。张元秀把匣子放在桌上。

张元秀　取个灯亮来！

〔贺氏到“上场门”取灯来放在桌上。【小锣一击】婴儿又哭。

贺　氏　等我看上一看。（开匣，看，婴儿哭）哎呀，老老！【小锣一击】果然是个娃儿啊！

张元秀　呃，妈妈，是“大喜”啊？“小喜”呀？

贺　氏　（抱起来看）老老！还是个男娃子呢！

张元秀　哦，是个男娃子啊！好，好，好！

贺　氏　（看孩子身上）老老！

张元秀　呃？

贺　氏　这里有一支铜簪儿。

张元秀　（接过一看）铜簪儿？

贺　氏　（拿过来）我留着它换糖吃啊。（再看孩子身上）哎呀，老老！还有件腌脏东西！

张元秀　腌脏东西？（接过一看）【小锣一击】哦，妈妈，不是腌脏之物，是娃儿的血书。

贺　氏　是血书？我将它收拾好了。（收起血书）【小锣一击】（婴儿哭）

张元秀　妈妈，无有乳把他吃，如何是好哇？

贺　氏　老老，我们天天磨豆腐，就把豆腐浆与他吃啊。

张元秀　使得么？

贺　氏　使得的。老老，我们要与他取个名儿才好。

张元秀　取个名儿…… （想）呃，就叫继保如何？

贺　氏　这个名字好。

张元秀　妈妈，如今我们是有儿子的人了哇！

贺　氏　是啊！

张元秀
贺　氏　哈哈哈！

〔【回头】二人同下。二道幕闭。

第　三　场

〔【快长锤】二道幕拉开。台上摆“小座”，绣花桌围椅披。薛荣上。

〔西皮摇板〕

薛　荣　(7 6 5 55 36 5i 32 12 62 1) サ2 2 1 2 23 4 3 - ‖【反长锤】

早年离家求　功名，

(过门同前) サ 1 2 3 2 21 6 1 (3 21 62 1) 1

如今中魁受　皇恩。　十

2 2 3 32 (3 21 61 2) 6 1 3 2 - ‖

三载边关　　未得家信，

〔【反长锤】薛荣归“小座”，家院“下场门”上。

薛　荣　(过门同前) サ13 21 1 3 13 2 (3 21 61 2) 13 21 16 i - ‖【大锣住头】

倒　教　我终日　里　　常　挂　在　心。

薛　荣　想我薛荣，早年离家赴考，得中高魁。蒙圣恩封往边关。只因关山阻隔，未通家书，至今一十三载。又蒙圣恩，将我调往京师，我有意将二娘接往京中任所，不免修书一封，来，溶墨伺候！【反长锤】

家　院　是。（将椅子放至桌后，摆好文房四宝，磨墨）

薛　荣　（到“大座”坐下，提笔家信）

〔西皮流水〕

1/4 (7 | 6 | 5 | 55 | 36 | 5i | 32 | 12 | 62 | 1) |

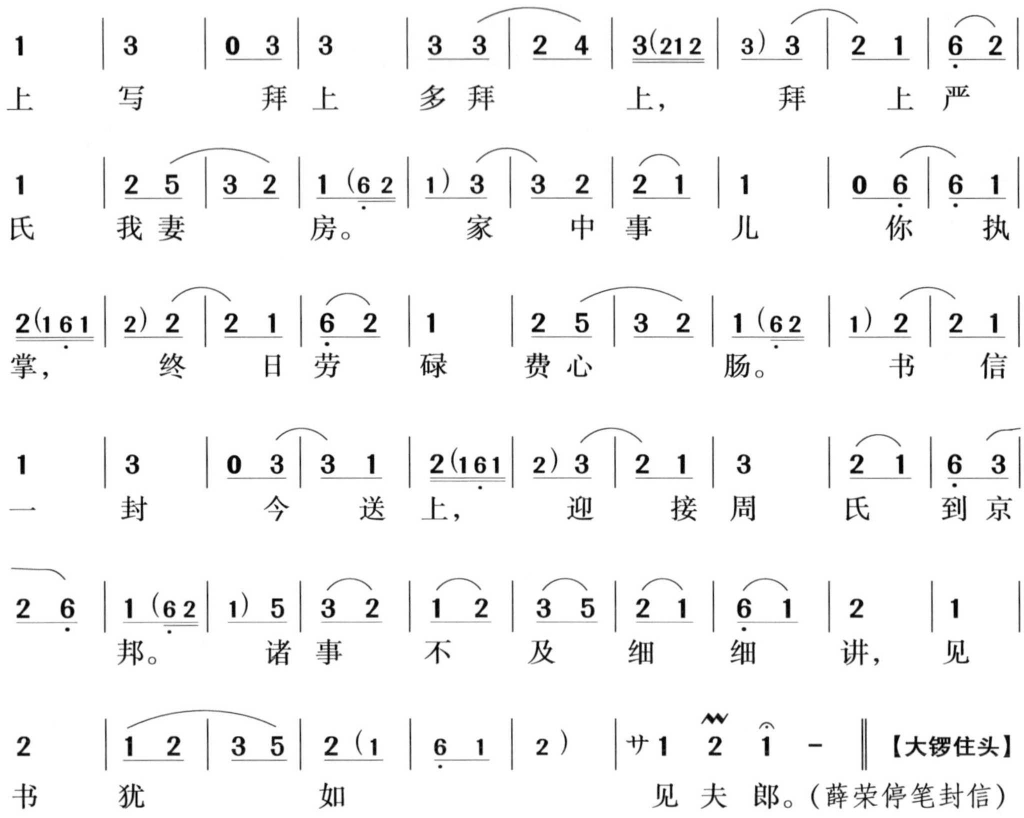

薛　荣　来，速将此信，送往汉中原郡家中！

家　院　遵命。(接信出门下)

薛　荣　正是：**【大锣住头】**今朝一书寄，
重逢会有期。

〔**【大锣回头】**薛荣下。

第　四　场

〔**【冲头、撤锣、小锣抽头】**

〔张元秀、贺氏上。过去了十三年，他们都是七十开外的人了，扮相要苍老多了。但精神仍很好，因为他们仍然在劳动，而且有了得子的欣慰。张元秀拄了拐杖。拄拐杖的手有时有些颤抖。贺氏属于“穷婆子”，还不同于一般的老旦，到后来要“蹲”一些腿，以显示衰老。这一场出来时他们相当愉快。

〔二黄摇板〕

张元秀　**贺　氏**

张元秀 妈妈！

贺　氏 老老！

张元秀 癸亥正月，在周梁桥拾来一子，屈指一算，倒有十三年了。

张元秀 呃！

贺　氏 我们的儿子已然长成了。

张元秀 是啊，我有心教他磨豆腐、打草鞋，倒是一个帮手啊。

贺　氏 哎呀老老！

张元秀 呃？

贺　氏 你呀，总是让他做些个粗笨之事，我们还是叫他读书，日后发愤出头，我二老岂不是更有靠了么？

张元秀 你快去煮饭吧。

贺　氏 待我去做饭哪！**【小锣一击】**

〔二黄摇板〕

贺　氏 （过门同前）

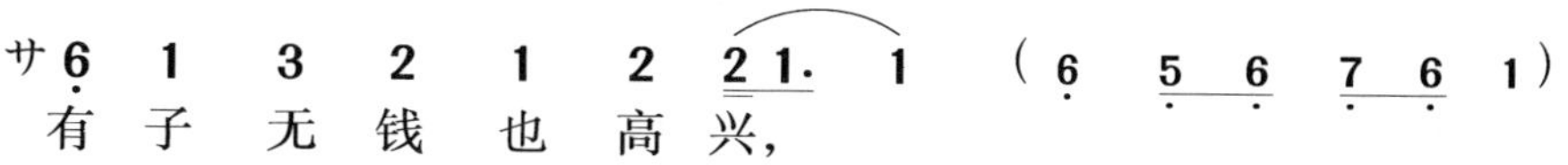

张元秀

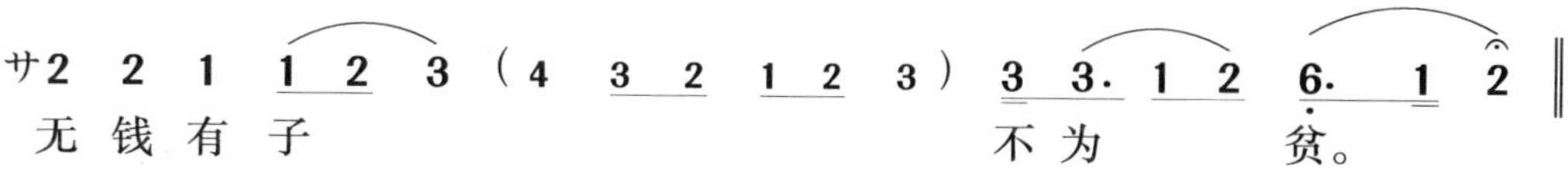

〔**【快纽丝】**张继保上。

〔二黄散板〕

张继保

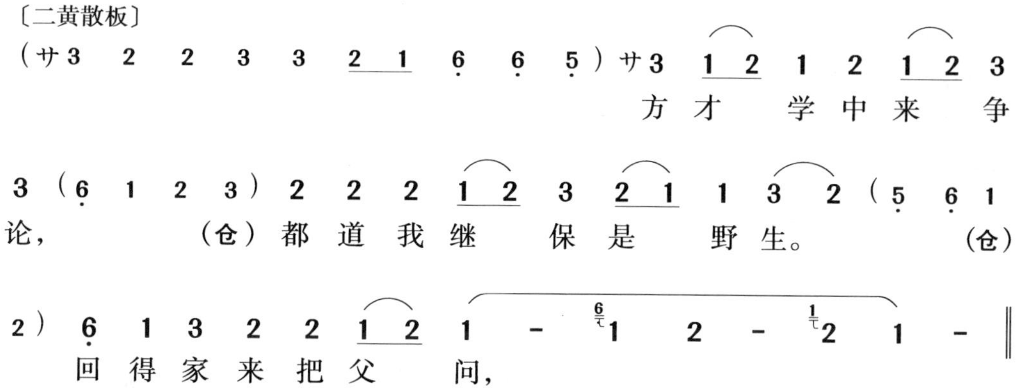

〔继保进门扔书包。（八 大大 仓）

张元秀 啊？**【大锣凤点头】**

〔二黄散板〕

（过门同前）

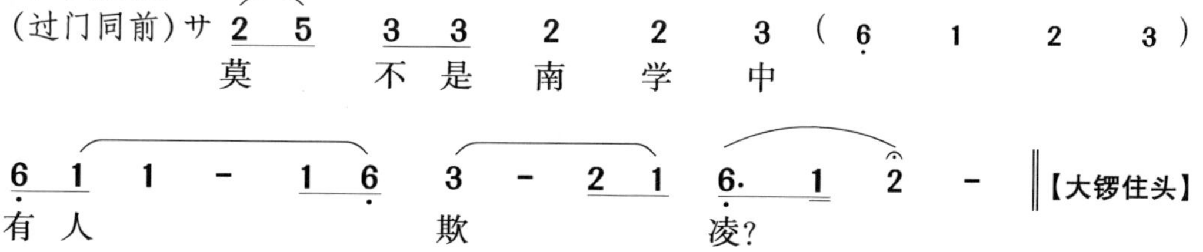

张继保 我来问你，我母亲多大岁数了？

张元秀 七十三岁了。

张继保 我呢？

张元秀 你十三岁呀。

张继保 是啊，六十岁的老妈妈，还会养孩子吗？

张元秀 （语塞）呃？（仓 0）

张继保 看来你们不是我的亲生父母！快快还我的亲父亲母便罢，如若不然，我就死在你们面前！（坐在地上撒泼、哭）唔！……

张元秀 哎呀！**【大锣凤点头】**

〔二黄散板〕

（过门同前）サ 4 3 3 3 4 3 3 （6 1 2
奴 才 一 言 出 了 唇，

3 －） 6 3 6 1 1 6 6 1 2 2 （5 6 1 2） 2
（仓） 如 今 要 他 二 双 亲。 （仓）低

7 2 3 5 5 3 6 1 2 1 － 1 2 2 － 2 1 － ‖
下 头 来 暗 思 忖，

〔**【大锣凤点头】**贺氏上。

贺 氏 （过门同前）サ 2 2 1 1 2 3 3 1 2 2 － ‖**【大锣住头】**
父 子 为 何 两 相 争？

张元秀 这个奴才，在南学之中，也不知听了哪个的话了，回来要他的亲生父母哇！

贺 氏 我来对他去讲。

张元秀 好，好。

贺 氏 哎呀儿啊！你不要听他们的胡言乱语，我二老就是儿的亲生父母哇！

张继保 你不是我的亲娘，去你的吧！（一把将贺氏推倒）（仓 0）**【快纽丝】**

〔二黄散板〕

张元秀 （过门同前）サ 4 3 3 3 3 2 3 3 （6 1 2
说 什 么 亲 生 不 亲 生，

3） 2 2 3 3 3 5 1 2 1 2 （5 6 1 2） 6 1
（仓） 一 十 三 载 养 成 人。 （仓） 人

5 7 6 2 2 6 2 1 － 1 2 2 － 1 － ‖
大 心 大 不 听 教 训，

（白）奴才！（举杖欲打）**【大锣一击】**

〔**【扫头】**张继保逃下。

贺 氏 老老，这个奴才被你吓跑了。

张元秀 啊？待我赶上前去！

贺 氏 且慢！这个奴才人大心大了，（取出血书）这是他的血书，倘若中途路上，有人盘

问于你，这血书为凭。你将他追了回来，你将他追了回来！

张元秀（胡子哆嗦着，右手颤抖着，接过血书，往怀里放，放不进去，反反复复，终于放进去了）我……我知道了！

镩【快冲头】贺氏“上场门”下。

张元秀【大锣叫头】张继保，小奴才！

你慢些走！（仓 0）为父（仓 0）赶你来了！（仓 0）赶你来了！（仓 0）赶你来了！（仓 0）

⺁【冲头】张元秀右手拄拐杖，切锣踉跄由“下场门”下。二道幕闭。

第五场

⺁【冲头】【大锣导板头】

〔二黄导板〕

周桂英

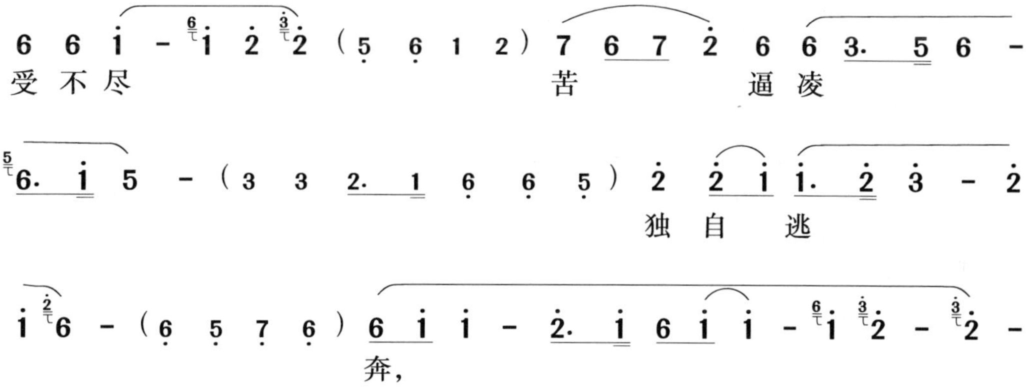

〔行弦〕

⺁【纽丝】周桂英背包裹、执雨伞上。（5 6 1 2 -）周桂英叹息。

〔二黄散板〕

周桂英【大锣凤点头】

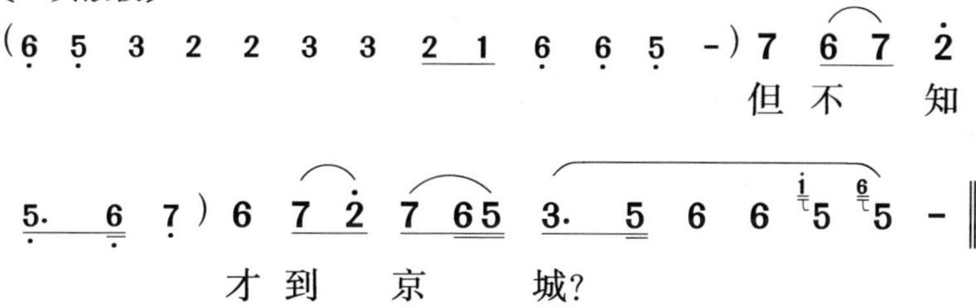

【大锣归位】

周桂英（念）哑子黄连苦自知，

鹭鸶隔水戏银鱼。【小锣二击】

望梅止渴渴还在，

画饼充饥还是饥。【大锣住头】

自从那年，生下一子，被大娘抛弃在外。屈指算来，已有一十三载。不知我儿，生死何方啊……（哭）【大锣住头】昨日我老爷自京中有书信前来，要接我去至任所。不想大娘起下毒心，要将我害死。多亏院公送信，我才连夜逃出门来。就此去往京中，寻找老爷！【纽丝】

〔二黄散板〕

周桂英 （0 3 2 3 5 5 3 2 2 3 3 2 1 6 6 6 5

5 －）i i 3 6 5 3 5 7 5 6（6 5 7 6）
可怜　　我做小星

2 2 7 6 5 6 i － i 2 － 2 2 i i － ‖【大锣凤点头】
折磨　受　尽，

（3 2 1 6 6 6 5 －）7 6 7 2 5 6 7 7（6 5. 6
到如　今好　一似

7）2 7 2 7 6 5 3. 5 6 － 6 5 5 － ‖【大锣住头】【小锣一击】
孤雁　飘　　零。

周桂英 且住，看乌云密布，只怕要下雨，这便怎么处？（看）（大 大 大大乙 台）看此处有座“清风亭”，不免就在这亭中，歇息歇息再走。（进亭，放下包袱、雨伞，坐下）

〔【冲头】【大锣叫头】张元秀内白：“张继保！小奴才！你慢些走！（仓 0）为父……（嘟 － 仓 0）赶你来了！”

〔【乱锤】（嘟 － 仓 0）张继保逃上。

〔【冲头】【大锣叫头】

张继保 （京白）且住！我在前面跑，他在后面赶，若被他赶上，岂不是一顿好打？这可怎么好？（看）（嘟 － 仓）“清风亭”！有一婆婆在那儿打睡，我不免在她身后藏躲一时便了！

〔【冲头】张继保进亭子藏在周桂英身后。

〔【叫头】张元秀内白：“张继保！小奴才！慢些走！（仓 0）为父（嘟 － 仓 0）赶你来了！”

〔【乱锤】张元秀上，手执拐杖，寻找。

〔【冲头】【大锣叫头】

张元秀 哎呀且住！这小奴才，他在前面跑，我在后面赶，赶来赶去，赶在这清风亭，怎么不不不，不见了？（看）（嘟 －）（有所发现）呃！（仓）嘿嘿！好奴才，好奴才！你快快出来！再不出来，为父要打进来了！

张继保 （推周桂英）婆婆救命哪！

〔【大锣导板头】

〔二黄小导板〕

周桂英

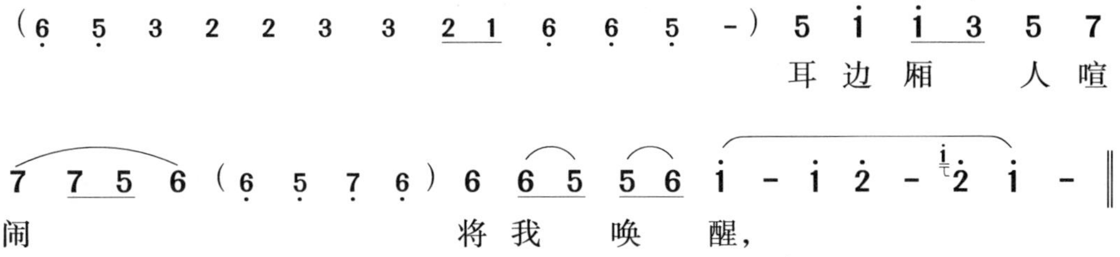

张元秀 快些出来！

〔二黄散板〕

周桂英 【纽丝】

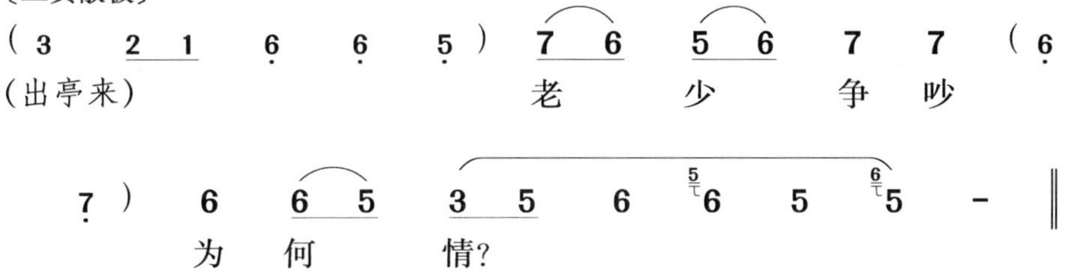

（大 大 大大乙 台）

周桂英 这一老一少，为何争吵起来？

张继保 （韵白）上告婆婆！

张元秀 呸！【小锣一击】你与人家又不认得，一见面，就向人家要馍馍！

张继保 （京白）去你的吧，我说上告婆婆，谁跟人家要馍馍？

周桂英 是啊，他说是“上告婆婆”，不是要馍馍。

张元秀 哦，上告婆婆，……

周桂英 唔。

张元秀 不是要馍馍？

周桂英 不是的。

张元秀 （对张继保）哼，我看你这小奴才，讲说什么！

周桂英 这一小学生，不用害怕，慢慢讲来！

张继保 （韵白）婆婆容（嗍）——禀！

〔四平调〕

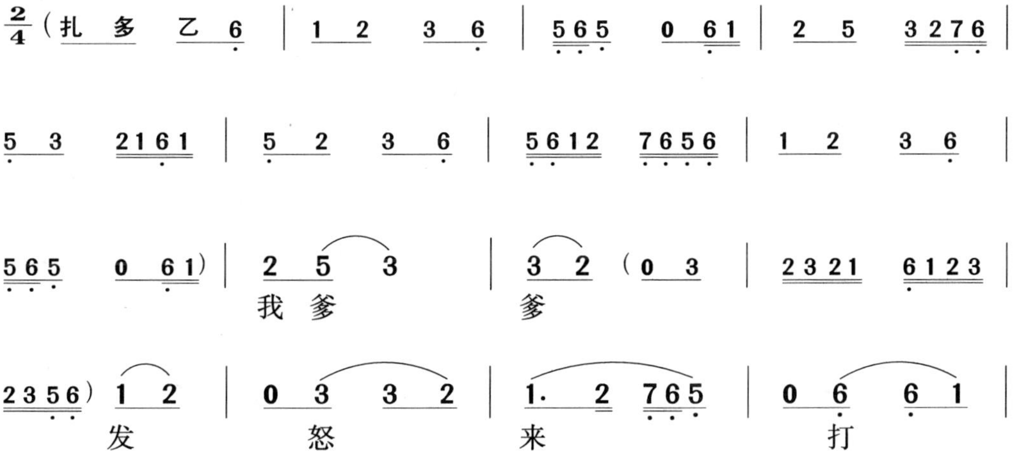

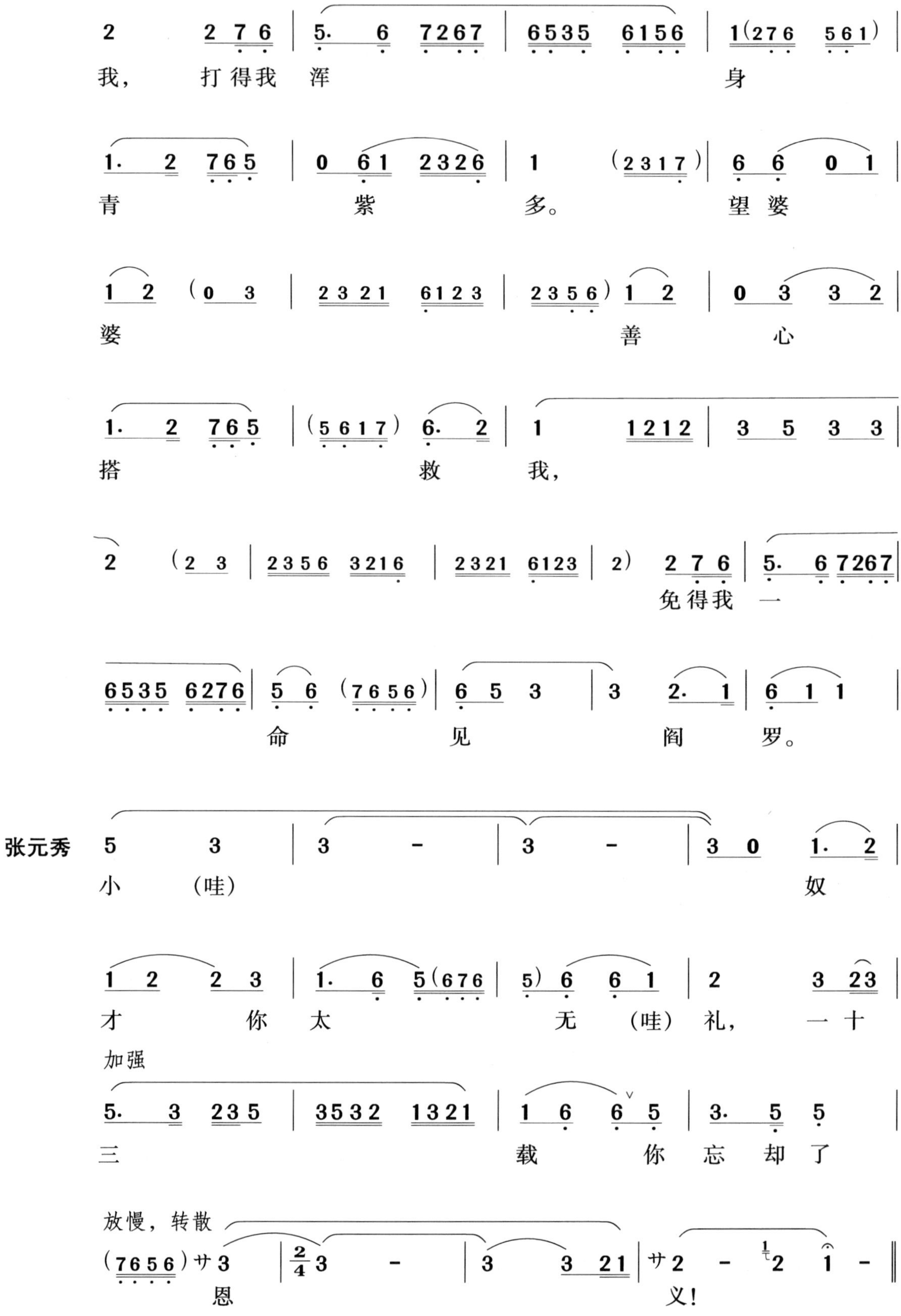
我，打得我浑身
青紫多。望婆
婆善心
搭救我，
免得我一
命见阎罗。
张元秀
小（哇）奴
才你太无（哇）礼，一十
加强
三载你忘却了
放慢，转散
恩义！

【大锣住头】（大 大 大大乙 台）

张元秀 娘行！

周桂英 公公！

张元秀 你今欲何往？

周桂英 往京中去的。

张元秀 却——又——来！

〔四平调〕

2/4（多 罗）| 6 6 | 0 1 6 3 | 2（3 2317）|
各 奔 前 （哪） 程

6 6 | 0 3 3 | 2 1 1 | 3 1 3 |
闲 事 休（哇） 管， 你 走 你 的 路，

5 6 5 61 | 5 5 35 | 3 6 5 | 0 3 2 6 |
我 管 我 的 儿， 与 你是 什 么 关

1 （2317）| 1 6 5 | 3 2（2 3 | 2321 6123 |
系？ 我 这 里

2） 2 2 | 0 3 3 2 | 放慢 1. 6 5 - |
执 拐 杖 打

（打 打） サ 6 2 1 - 1 2 - ‖
（举拐杖，双手握拐杖，顺着往下捋，将到下面杖底，双手上举） 死 你，

【大锣抽头】（渐快）张元秀要打，张继保躲，周桂英护住继保，拉张元秀。

周桂英 2/4（多 罗 0 3 | 235 321 | 2321 6123 | 2356）7 |
公

0 7 7 6 | 5. 6 762 | 6 72 765 | 5 3（7656）|
公 息 怒

1 2 765 | 0 61 2376 | 5 6 | 1 - ‖
我 有 话 提。 （台）

周桂英　啊，公公！
张元秀　呃？
周桂英　你手拿何物？
张元秀　哦，拐杖。
周桂英　可能借来一观？
张元秀　使得。（给她）
周桂英　（接过）哎呀，沉重得很哪！（还他）
张元秀　（接过）唔，沉重得很哪！
周桂英　公公！
张元秀　呃？
周桂英　这样沉重的拐杖，打在这小学生的身上，岂不要打坏了？
张元秀　呃，……我预备打死这个小畜生！（大　大　大大　乙　台）
周桂英　打死不如放生。
张元秀　什么叫做放生？
周桂英　放生不如贱卖。
张元秀　哎？你叫我卖与哪一个啊？
周桂英　喏喏喏，卖与奴家。
张元秀　嘿嘿，一见面就要买我的小娃子啊！好，你拿什么来买？
周桂英　有哇！
张元秀　取来！
周桂英　自然有哇！
张元秀　取——来！——

〔四平调〕

周桂英

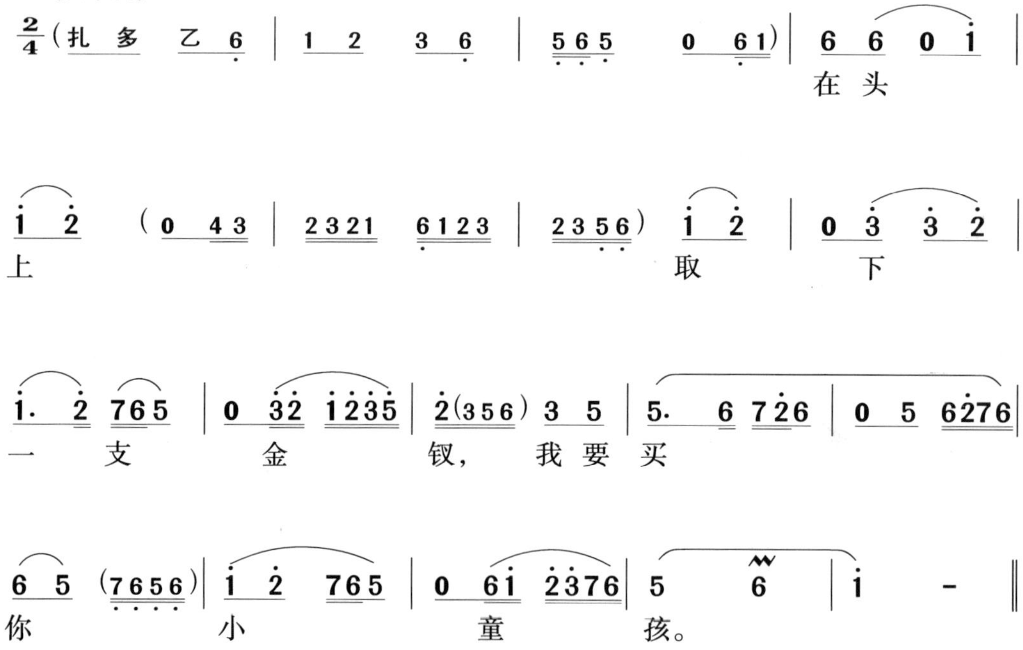

（大大大大　大大　大大　大大　大大　乙　台）（取簪给张元秀）

张元秀 （看见金钗，似有些眼熟，愣了一愣，但又放开了）嗳！我当什么稀罕之物，原来是一支铜簪儿，拿了去吧！（还她）我的儿子不卖的，你不要诩富哇！

周桂英 你——不卖？

张元秀 本来就不卖呀！

周桂英 不卖就罢。

张元秀 嘿嘿，本来就不卖呀！

周桂英 也罢！

张元秀 呃？

周桂英 待我劝他随你回去。

张元秀 嘿嘿，这便才是啊！（大 大 大大 乙 台）（自言自语）哼，买我的小娃子！

周桂英 （向张继保）啊，小学生，你爹爹不打你了，随他回去吧！

张继保 （京白）他要打我的！

张元秀 回去！打死你这小畜生！（大 大 大大 乙 台）（又要打，桂英拉）

周桂英 啊，公公，说了半日，还不曾请教公公贵姓？

张元秀 老汉姓张。

周桂英 大号？

张继保 他叫张元秀。

张元秀 呸，张元秀也是你这奴才叫的？好没有家教的东西！

周桂英 啊，公公！

张元秀 哎？

周桂英 你作何生意？

张元秀 我啊？嘿嘿，“马上弹琴”。

周桂英 什么叫“马上弹琴”？

张继保 他是打草鞋的！

张元秀 打草鞋，难道说就不算做生意？丢你娘的丑啊！……打草鞋！……

周桂英 啊，公公！

张元秀 哎？

周桂英 你可有婆婆？

张元秀 我有个老伴儿。

周桂英 婆婆做些什么？

张元秀 嘿嘿，她是“推转乾坤”。

周桂英 什么叫“推转乾坤”？

张继保 她是磨豆腐的！天天给我豆腐渣吃！

张元秀 嘿嘿，你要晓得，莫有豆腐渣，怎能养得你这样大呀！（一边回身过去，一面自言自语，又是气，又是不以为然，又颇自负）豆腐渣！……嘿嘿，豆腐渣！……豆腐渣！……（台）

周桂英 啊，公公！

张元秀 呃？

周桂英 你今年高寿？

张元秀 小呢，七十三了。

周桂英 婆婆呢?
张元秀 与我同庚。
周桂英 这个小学生呢?
张元秀 他也七十三了。
张继保 去你的吧!我今年才十三岁!
张元秀 嗯,十三岁,我被这个娃儿气糊涂了哇!
周桂英 (思索)他十三岁了?(**大　大　大大　乙　台**)
张元秀 十三岁,也不是什么小孩子了!
周桂英 如此说来,
张元秀 呃?
周桂英 他不是你养的。
张元秀 嘿嘿,不是我养的,是你养的?(**大台**)
周桂英 有道是:"男子七十九,到老终须有。"女子四十九,天葵已绝,哪有六十岁的妈妈,还有养儿子的道理?
张元秀 哎……
周桂英 啊?
张元秀 哎……
周桂英 啊?
张元秀 吔!"枯竹林中生嫩笋,老牛临危产麒麟。"只要她要养,漫说是七十三岁,就是一百三十岁,她也要养啊!
周桂英 我看你,
张元秀 啊?
周桂英 用这样沉重的拐杖,
张元秀 哦,
周桂英 打这小学生,定不是你亲身所养,
张元秀 哦,
周桂英 说了实话便罢,如若不然,拉你去至前村,请来三老四少,与你辩理!
张继保 (来劲了,拉张元秀)拉着走!拉着走!
张元秀 嗳!(甩开)(**大台**)嘿嘿,老汉今天,遇见了女光棍了哇!(向周桂英)哦,娘行,我实对你讲了吧!
周桂英 是啊,实说的好。
张元秀 我们这里,年年有个灯山会呀。
周桂英 处处皆同。
张元秀 啊?你们那里也有啊?
周桂英 有的。
张元秀 唔,那一年格外的热闹。我的老伴儿说:老老,我们何不去看看灯?我对她讲:如今偌大年纪,何必去凑什么热闹!我这老伴儿说:人活一世,草过一秋。如今好比风前烛,瓦上霜,不知来年有你呀,还是有我。嘿嘿,我听她讲得倒也有理,我二人前去看灯。正在热闹中间,忽然狂风四起,把灯都吹灭了。大街之上,人潮拥挤。我和我的老伴儿,由周梁桥小路而回。旁边一声叫,我的妈妈说:老老,我们

该死了！我说：怎见得？她说：耳旁听得鬼叫。是我仔细一听——，不是鬼叫。

周桂英 什么叫？

张元秀 婴儿的声音。那——时节，我左一摸，右一摸，……

周桂英 摸着什么？

张元秀 一个匣儿。

周桂英 匣里呢？

张元秀 嘿嘿，就是这个小奴才！（台）

周桂英 就是他？

张元秀 哎！

周桂英 可有金钗一支？

张元秀 金钗……嘿嘿，金钗倒没有，有一支铜簪儿，被我的妈妈，换了糖吃了。

周桂英 可惜！还有血书一封。

张元秀 血……血……血……嘿嘿，血书倒没有，有一块白布，上面写的红字啊！

周桂英 怎么？白布写的红字？

张元秀 是啊。（大 大 大大 乙 台）

周桂英 如此说来，他是我的儿子，（对张继保哭）喂呀！儿啊……（大 大 大大 乙 台）

张元秀 嗳！老汉与你说了一席话，怎么？我的儿子变成了你的儿子！老汉再与你说几句话，老汉，也变了你的汉子了哇！（台）

周桂英 他本来是我的儿子。

张元秀 好，他是你的儿子？

周桂英 他是我的儿子。

张元秀 也罢！我的老伴儿对我说：这个奴才，人大心大了，恐怕一路之上，有人盘问与你，你将血书带去。喏喏喏，血书在此（从怀中取出血书），若是你的儿子，将这血书里面，念得一字不差，就是你的儿子，嘿嘿，只管领去。若有半句差错，喏喏喏，老汉的拐杖，也要拐你几拐！（大 台 0）

周桂英 是我自己写的，

张元秀 呃？

周桂英 怎会不记得。

张元秀 好，原要你记得。念！念！

周秀英 苦哇！……

张元秀 嗳！（大 大 大大 大大 乙 台）

张元秀 这——不是你的儿子！（招呼张继保）走走走！

周桂英 怎么不是我的儿子？

张元秀 这头一句，不是什么"苦哇"！

周桂英 嗳，这是我们母子分别之苦，不在血书上面。

张元秀 哦呵呵，分别之苦？

周桂英 分别之苦。

张元秀 不在血书上面？

周桂英 不在血书上面。

张元秀 好！念——来！

周桂英 听——了！——

张元秀 念！

〔四平调〕

周桂英

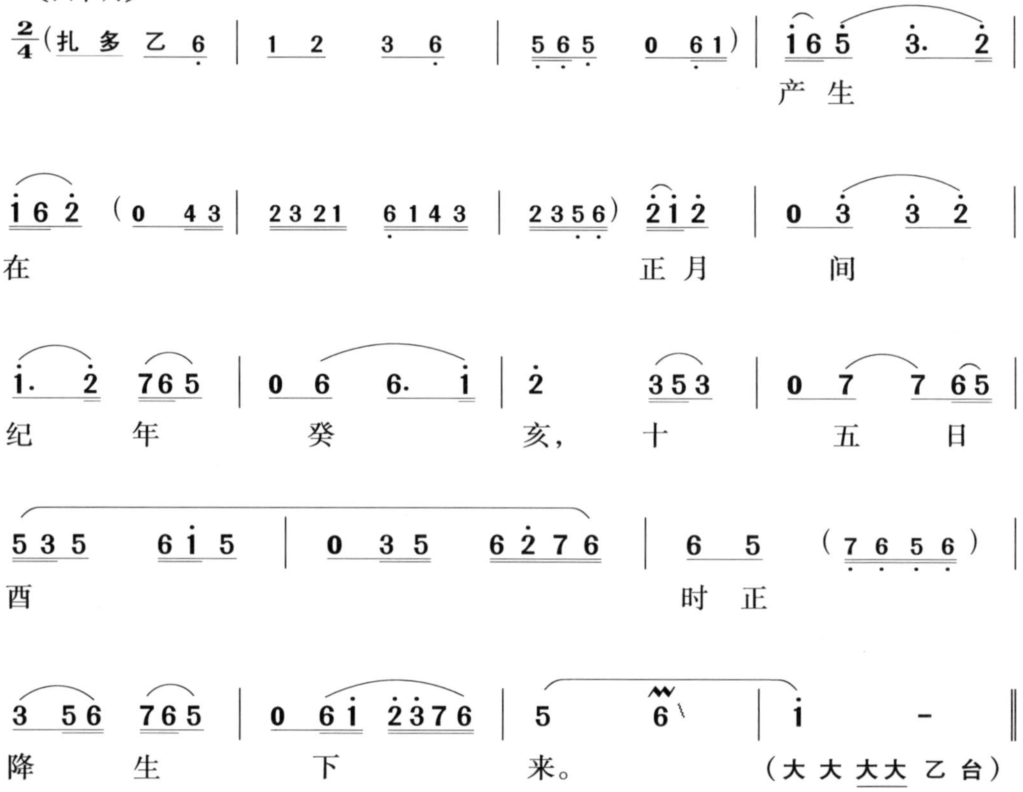

张元秀 （发现张继保偷看并向她打招呼，骂他）好奴才！（向周桂英）呃！……这不能算数！这个奴才，我叫他念了几年书，识得几个字，在后头看了去，对你言讲，这——不能算数哇！

周桂英 儿啊，为娘我句句记得，公公听——了！——

张元秀 哦，念！

〔四平调〕

周桂英

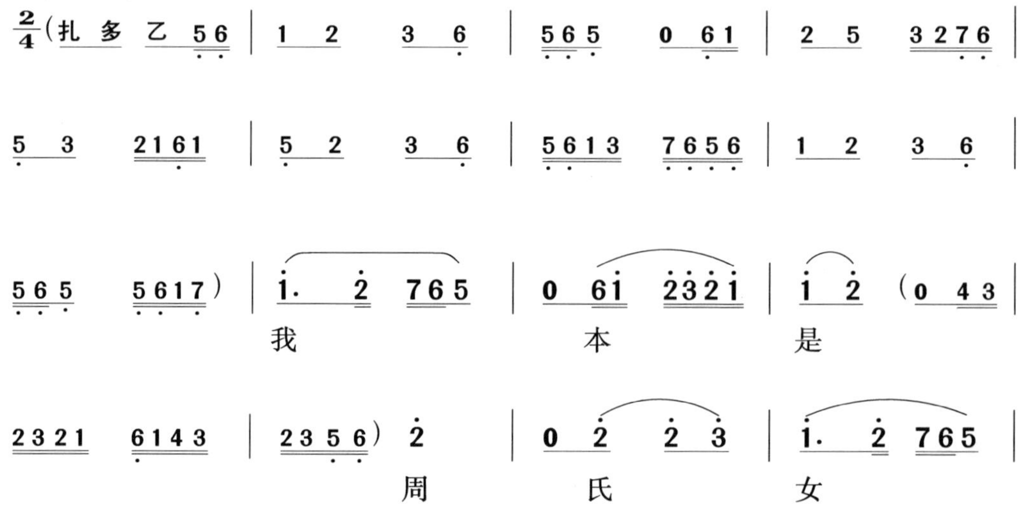

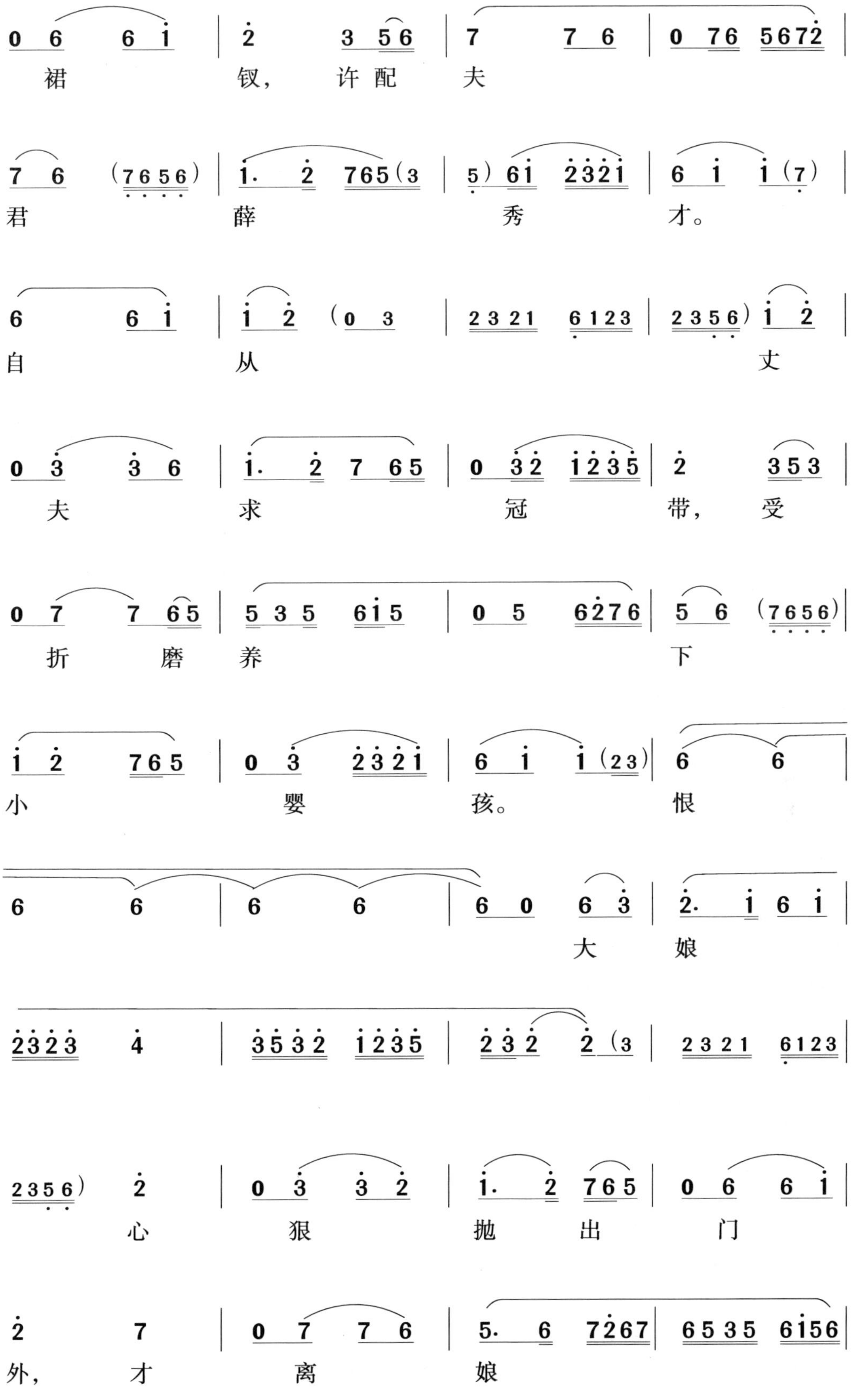
裙钗，许配夫
君薛秀才。
自从丈
夫求冠带，受
折磨养下
小婴孩。恨
大娘
心狠抛出门
外，才离娘

1(276 561) | 3535 615 | 0 61 2321 | 6 1 (2317) |
胎 又 离 娘 怀。

1 1 5 6 | 2376 5672 | 6 5 6 | 2 3235 | 2 3532 |
施恩 抚养 心 感 戴， 火内生

1 6 (7656) | 1 2 765 | (5617) 6 1 | 3 2 3 | 1 - ‖
莲 花 再 开。

张继保 （夺过血书）拿过来吧！

张元秀 （周桂英在背血书时，他一边打量他二人面貌可有相像，一面看血书，两手已经有些颤抖，因为和血书上是相符的，这时，他更有些木然）

周桂英 公公，可有一字差错？（仓 0）

张元秀 呃…………并无一字差错。

周桂英 他是我的儿子！

张元秀 嘿嘿，是你的儿子。

周桂英 是我的儿子，我要带着走！

张元秀 且慢！（仓）怎么？你就要带着走啊？

周桂英 是啊，是我的儿子，自然要带着走啊！

张元秀 也罢！我们来个“凭天断”。

周桂英 什么叫做“凭天断”？

张元秀 叫他站在中间，你我二人两厢唤来，他跟着哪个走，便是谁的儿子。

周桂英 就依公公。

张元秀 好。

周桂英 儿啊，你站在中间。

张元秀 嘿嘿，站在中间。

张继保 不！他要打我的！

张元秀 不打你了，站在中间。不打你了。

周桂英 站在中间。

〔张元秀在台前近“九龙口”处，周桂英在近“下场门”台口，张继保站在中间。

张元秀 我先叫。

周桂英 我先叫。

张元秀 （发急）我先叫！（仓）

周桂英 好，就让你先叫。

张元秀 儿啊！她不是你的母亲，她是个女拐子，你母亲在家中做熟了饭了，等你吃饭，啊，回去，哈哈，回去，儿啊！回去！

〔张继保两边观望，不动。【叫头】

周桂英 儿啊！你爹爹在京中做了官了，快随为娘前去享荣华，受富贵，儿啊，来呀！

〔张继保投向周桂英。

〔张元秀“僵尸”倒地①。

〔**【快冲头】**周桂英、张继保奔过来。

〔**【乱锤】**周桂英、张继保扶起张元秀。周桂英毕竟有愧于心，也不忍于心，张继保对张元秀也不是一无感情，何况他是跟着周桂英做。

〔二黄导板〕

张元秀 **【大锣导板头】**サ（6 5 3 2 2 3 3 2 1 6 6 5 －）

4 3 3 3 3 3 4 3 3 3 3 － 2 3 －

霎 时 间 不 由 得 昏 迷 一 阵，

【乱锤】

〔行弦〕6 1 2 3 －（张元秀站起来，看看他们，悲伤难忍）**【大锣凤点头】**

〔二黄散板〕

张元秀 （6 5 3 2 1 6 6 5）6 1 3

冷 水 浇

6 （5 7 6） 3 － 2 1 1 2 ‖ **【大锣住头】**

头 怀 抱 冰。

周桂英 公公不必悲泪，以后自有相逢之日。（给他一点安慰）

张元秀 娘行，你当真要领着他走了？

周桂英 我要领着他走了。

张元秀 （最后的要求）可容我父子分别分别？

周桂英 （胜券在握，满不在乎）那个自然。（向张继保）儿啊，上前拜谢你义父养育之恩。（说完回身去亭中取包袱、雨伞，暂不出来，腾出场子）

张继保 是。

〔张继保走到张元秀面前跪下。张元秀在近“上场门”台口，面对观众，张继保背对观众跪下。

【冲头】【大锣叫头】

张继保 （京白）爹爹！回家对母亲言讲，就说孩儿认了亲了…… （哭）

---

① 观众此时往往注意周桂英与张继保，而张元秀的“僵尸”又是突如其来，没有准备动作，要吸引观众注意，先把拐杖抱在怀中，此时突然用一只手把拐杖向外一摆，吸引观众注意，然后猛一个“僵尸”。

张元秀（八 大 仓 0）【撕边】【大锣慢叫头】（八 大 台 顷 | 仓 才 |: 才 才 :|
（甩胡子）（右手摸继保头顶） 儿啊！

八大 乙 | 仓 仓 | 顷 仓 | ）【大锣住头】
儿！

你认了亲了？

张继保 儿认了亲了？

张元秀（带着哭音）不回去了？

张继保 不回去了。

张元秀 也罢，我儿不愿意回去，为父也不来勉强我儿，（依然保持“特写镜头”，左手执拐杖，右手摸着张继保的头，两眼呆瞪瞪望前面，不知望着哪里，一面带着抽泣，深情地说着）你跟随你的母亲，去到京中，见了你那做官的父亲，将我二老一十三载养育之情，对他言讲。儿啊，儿必须好好读书。长大成人，若能得一官半职，你回来——看看我二老，倘若我二老无福，下世去了，儿啊！你买儿陌纸钱，在我二老坟前，烧化烧化。儿啊，你拜我二老几拜，难道说，我二老受不起儿这一拜？（下带哭音）难道说，我二老就争儿这一拜？不是的哟！（抽泣）你这儿拜不值紧要，叫那些无儿无女的人，也好抱人家的儿子啊！（泣不成声）……

【纽丝】（周桂英拿包袱、雨伞出亭来，看看他们，也不免拭泪）

〔二黄散板〕

张元秀（サ2 3 3 2 1 6 6 5 －）6 5 3 2 2
舍 不 得

（5 6 1 2）2 2 － 2 7 6 0 5. 6 7 6
分 离 苦（哇）

5（3 2 1 6 6 5）4 3 0 1 2 － 2 3 － ‖
珠 泪 难 忍，

〔行弦〕

（6 1 2 3 －）

「【大锣慢叫头】张元秀白：“继保！我儿！【大锣住头】儿啊！”（哭）

〔二黄散板〕

【大锣凤点头】（サ3 3 2 1 6 6 5 －）6 1 3 5 61 6 2 1 1
教 人 难 舍 又 难

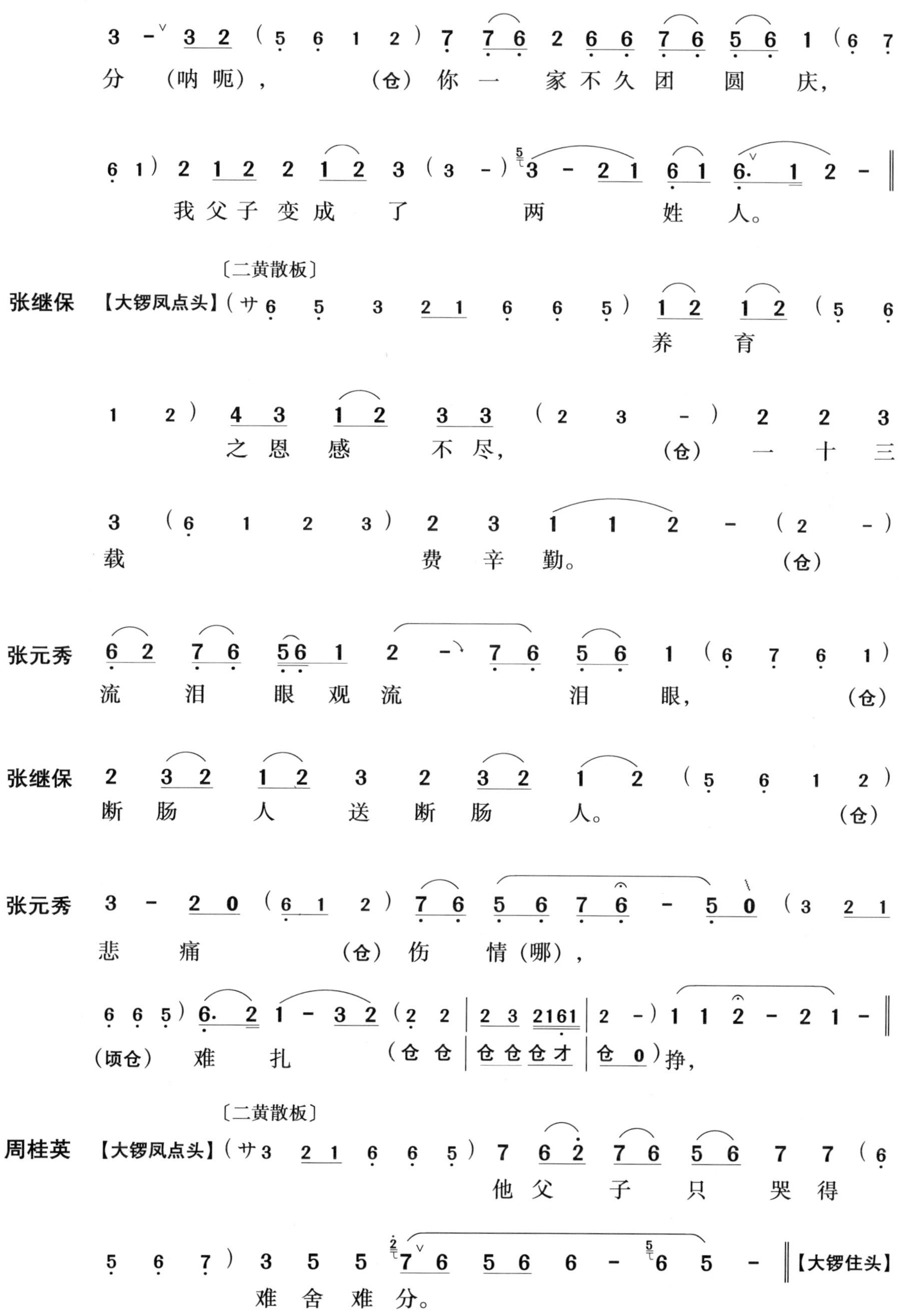
分（呐 呃），（仓）你一家不久团圆庆，
我父子变成了两姓人。
〔二黄散板〕
张继保 【大锣凤点头】
养育
之恩感不尽，（仓）一十三
载费辛勤。（仓）
张元秀 流泪眼观流泪眼，（仓）
张继保 断肠人送断肠人。（仓）
张元秀 悲痛（仓）伤情（哪），
（顷仓）难扎（仓 仓 仓仓仓才 仓 0）挣，
〔二黄散板〕
周桂英 【大锣凤点头】
他父子只哭得
难舍难分。
【大锣住头】

周桂英 （独白）他二人难舍难分，这便怎么处？（思索）（**大 大 大大 乙 台**）（有了主意）待我哄他一哄。（向张元秀）啊，公公！

张元秀 啊？

周桂英 不要悲伤，

张元秀 （声音颤抖，轻轻地）好。

周桂英 日后自有相会之日。

张元秀 好吧。

周桂英 （往“上场门”指）那旁有个老妈妈来了。（乘他转身，连忙带张继保“下场门”下）

张元秀 老妈妈？……哦，想是你母亲追你来了！（台）我叫她前来与你分别分别啊！（回身向“上场门”里）呃，妈妈！妈妈！妈妈！（<轻击>仓）（看不见人，用力）妈妈！（**仓 0**）没有啊？！（**仓 0**）（再回过来）娘行！（**仓 0**）姣儿！（**仓 0**）（周桂英、张继保也不见了，一急，向前扑倒）（**嘟 - 八 大 仓 0**）

【乱锤】

〔二黄导板〕

【大锣导板头】（サ 3 - 2 1 6 6 5） 3 3 4
霎 时 姣

3 3 3 4 - 4 3 - ‖ **【乱锤】**
儿 影 无 踪，

（张元秀挣扎着起来）

（八 打 仓 0 嘟 -）〔行弦〕（サ 6 1 2 3 -）

张元秀 （哭）儿啊！

〔二黄散板〕

【大锣凤点头】（サ 3 2 1 6 6 5） 6 1 3 3 （3 -）
万 把 钢 刀

2 1 1 3 3 2 0 （5 6 1 2） 3 2 2 1 1 6
刺 前 胸（嗬 呃） （仓） 只 说 养 儿

2 1 6 2 1 （0 6 5 6 7 6 1 -） 3 3. 1. 2
防 备 老， （仓） 事 到 头

1. 2 3 （2 1. 2 3 -） 3 2 - 2 6 1 2 - ‖
来 一 场 空！

【大锣回头】慢速渐快

(张元秀伤心地一步三回头从“上场门”下)

第 六 场

〔【快长锤】二道幕拉开。一桌两椅，绣花桌围椅披。薛荣上。

〔西皮摇板〕

薛　荣　(过门同前) サ 1 3 2 1 6 2 1 1 3 2 (3 2 1

已 然 命 人 送 书 信，

6 1 2) 6 1 1 2 3 5 2 1 i − ‖【大锣住头】

但 愿 二 娘 早 来 临。

〔家院上。

家　院　启禀老爷，夫人到。

薛　荣　有请！

家　院　有请夫人！(家院下)

〔【纽丝】周桂英、张继保上。

〔西皮散板〕

周桂英　(过门同前) サ i i 3 6 5 7 6 3 5 6 (i 6. 5 3

途 中 遇 儿 多 欢 庆，

3. 5 6) 3 5 6 6 5 6 5 3 5 3 5 − ‖【大锣原场】

(仓) 母 子 双 双 到 京 城。

〔薛荣出门。

薛　荣　夫人！

周桂英　老爷！

〔二人进门，张继保跟着周桂英进门。

薛　荣　夫人请坐。

周桂英　有坐。

〔薛荣坐“大边”，周桂英坐“小边”，张继保站在周桂英身边。

周桂英　儿啊，拜见你家爹爹。

张继保　(上前行礼) 拜见爹爹！

薛　荣　罢了。(张继保回到原地)

薛　荣　夫人，这是何人？

周桂英　他是你我的儿子。

薛　荣　如今多大了？

周桂英　一十三岁。

薛　荣　且喜我薛家有后，夫人，你多受辛苦！

周桂英　提起我儿，一言难尽哪！**【单楗凤点头】**

〔西皮流水〕

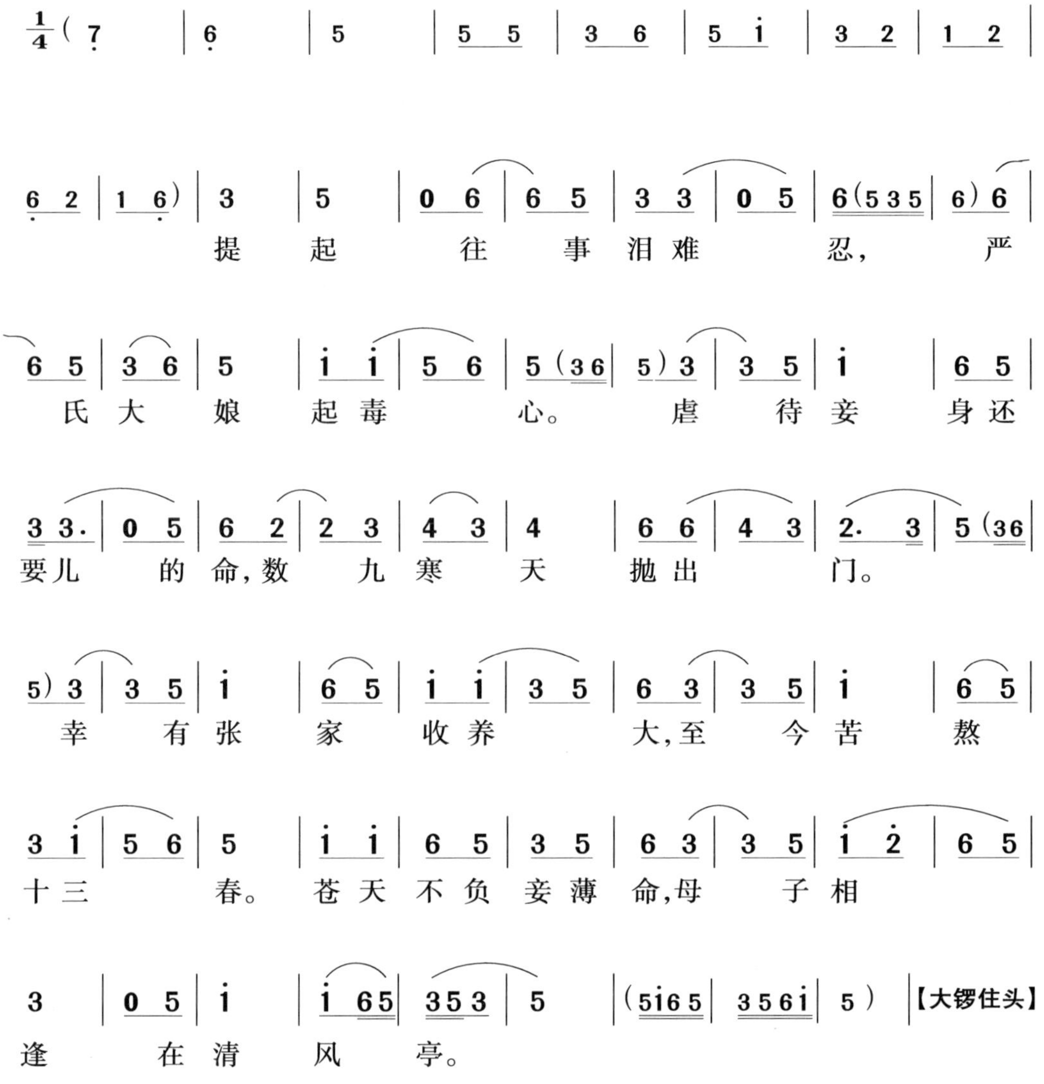

〔家院“下场门”上。

薛　荣　夫人，真个难为你了！

周桂英　与他取个名字吧。

薛　荣　他还无有名字么？

周桂英　在张家他叫继保。

薛　荣　就取名薛藻。

周桂英　（对继保）儿要记下了！

张继保　是。

薛　荣　来！

家　院　有。
薛　荣　打开祖先堂，我要祭奠祖先。
家　院　是。（下）
薛　荣　正是：（念）
　　　　今日喜相逢，
周桂英　　不是在梦中。
张继保　　用功勤发奋，
薛　荣　　耀祖又光宗。
〔【大锣回头】三人同下。二道幕闭。

第七场

〔【冲头、撤锣】二道幕拉开。台上摆一桌两椅、素桌围椅披。【小锣打上】贺氏上。身穿富贵老斗衣，旧裙子，腰带子，草鞋。要注意“蹲腿”（穷婆子的特征）。她上来时颤颤巍巍。

〔哭相思〕

贺　氏　サ6 5 3 5ˇ 3 5 6 i 5 - 5 3 3 - ˇ6 1
　　　　姣 儿 一 去 无 音 信，　　　　倒 教

2 3 1ˇ 2 3 1 6 2 3 1 2 1 - 1 6 6 -
为　娘 痛　在　心。

〔【小锣五击】坐“小座”。

贺　氏　（念）有子无钱终有靠，
　　　　有钱无子枉徒劳。
　　　　抱来一子防备老，
　　　　费尽心血一旦抛。（哭）【小锣二击】

那年，在周梁桥拾得一子，夫妻恩养一十三载，不想被这个老天杀的，今日打，明日骂，将我那继保孩儿赶奔在外。是我朝思暮想，害了一场大病。【小锣二击】这几日我觉得身体好了一些，不免将这个老天杀的，唤将出来，要痛骂一场，出出我胸中的恶气。（向“上场门”）老老！老老！老天杀的与我走了出来！

〔张元秀内白：“来了！”【小锣打上】

〔张元秀上。富贵衣、腰裙、软罗帽（翻戴）、草鞋。拄着拐杖的手也微微颤抖着。

〔哭相思〕

张元秀　サ3 5 6 5ˇ 3 5 6 5 4 ⁵3 - 2 3 1 2 3 1ˇ 2 3 1 6 5 6 -
　　　　年 纪 迈 来 血 气 衰，　恩 养一 子接 后 代。

贺　氏　老天杀的快与我走了出来！【小锣一击】

张元秀 6 5 6 5ˇ 6 5 6 53 2 - 3 - -ˇ 6 11
忽 听 妈 妈 一 声 放 悲 哀， 莫 不 是

23 11 2 11 23 1· 6 23 12 1 6 - ‖
为 继 保 失 落 我 夫 妻 的 恩 爱。

贺 氏 （没好气地学着他的尾音）
1 6 - ‖
嗳！

〔【小锣五击】张元秀坐“大边”，贺氏坐“小边”。

张元秀 妈妈！
贺 氏 唉！
张元秀 妈妈，这儿日你好了些吗？
贺 氏 这儿日病体好了些。
张元秀 好了就好。
贺 氏 老老！
张元秀 妈妈！
贺 氏 你可晓得，我这个病是从何而起啊？
张元秀 还不是为继保儿身上所起。
贺 氏 是啊，我好端端一个儿子，被你今日打，明日骂，将我那继保孩儿赶奔在外，是我朝思暮想，才有这场大病哪！
张元秀 又来了！

〔四平调〕

贺 氏 2/4 扎 多 乙（6 | 12 36 | 565 0 61 | 25 3276 |

53 2161 | 52 36 | 5613 7656 | 12 36 |

565 0 61） | 66 61 | 12 2（43 | 2321 6123 |
提 起 来

2356） 12 | 0 3 36 | 1· 6 5 | 0 32 1235 |
不 由 我 怒 满 胸

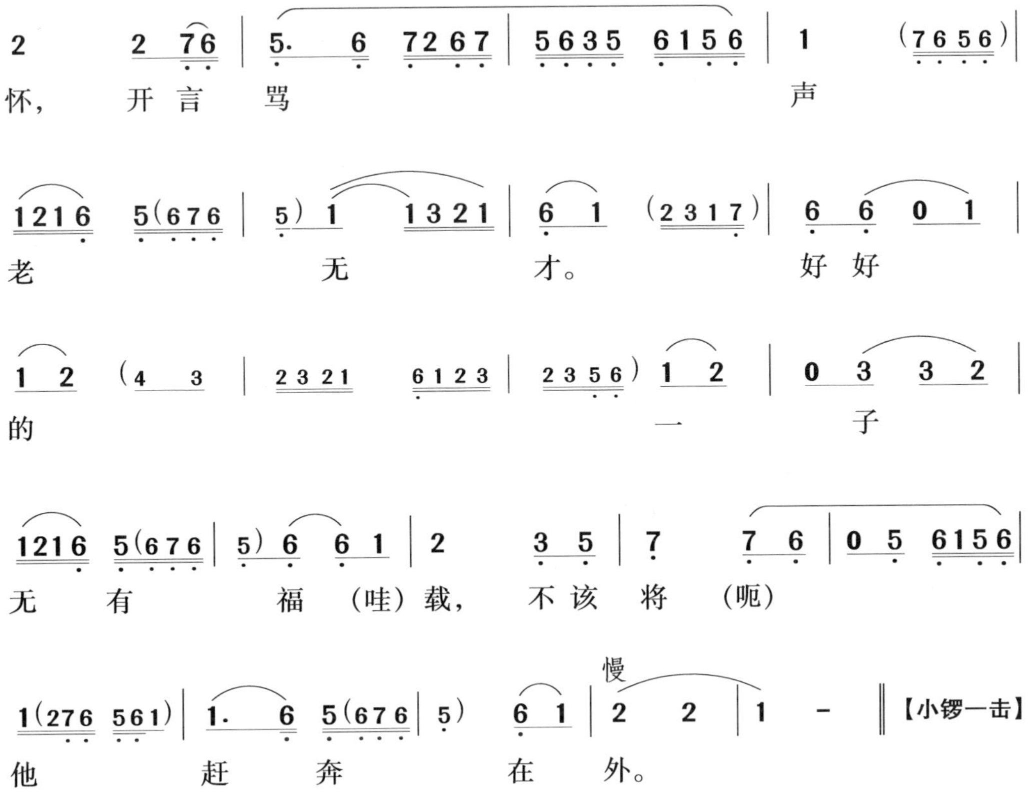

张元秀 那日赶至在清风亭，遇见了他的亲娘，将血书念得一字不差，若有一字差错，我焉能叫她领去呀！

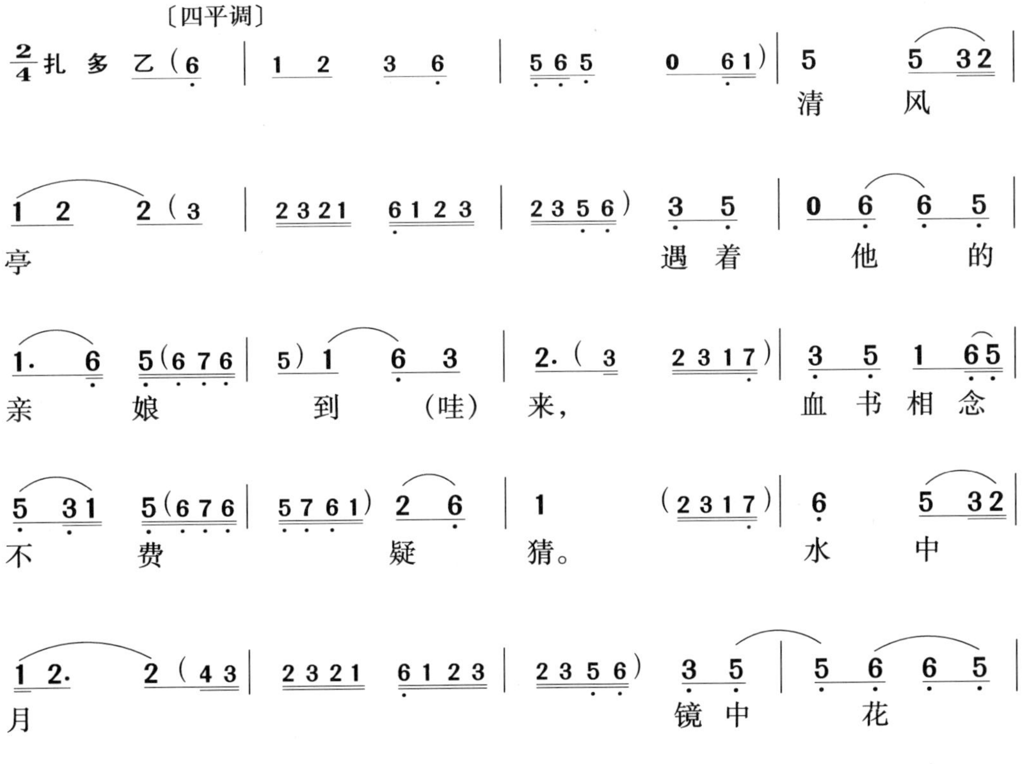

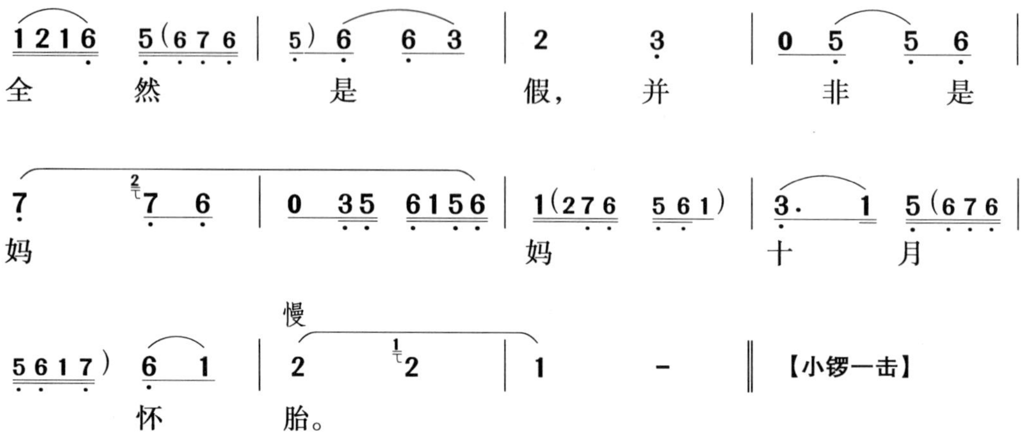

贺　氏　你说他不是我十月怀胎，嗨嗨，我来对你讲，这一十三载，慢说是一个人儿，这就是一块顽石，被我今日磨，明日磨，我也将他磨光了！

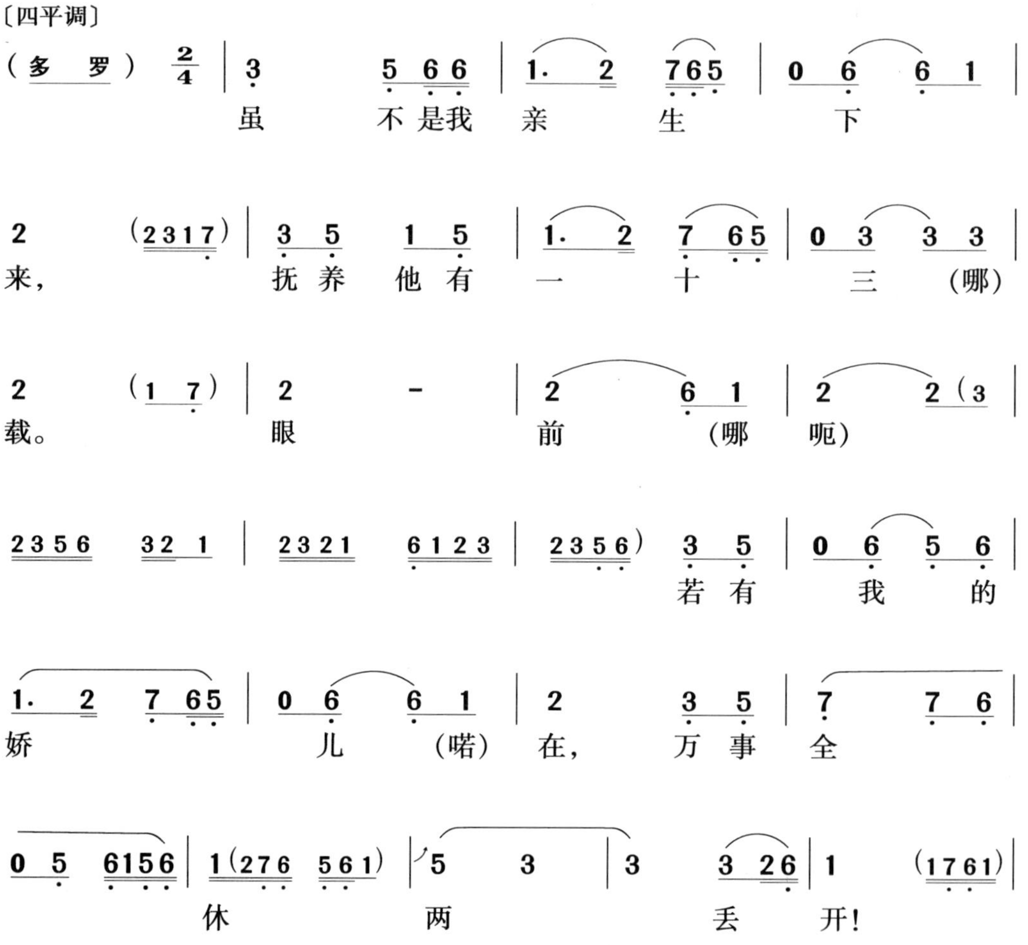

张元秀

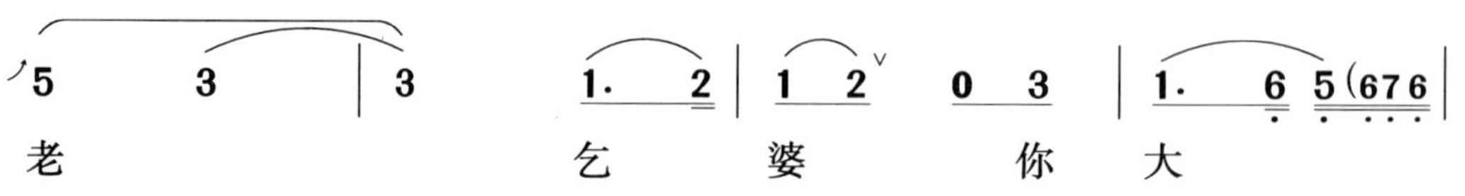

5）6 6· 1 | 2 3 23 | 5· 3 234 | 3532 1 | 1 6 （6 5）|
不 （哇）该， 活 活 逼 我

3· 5615 | 0 2 7 6 | サ5 6 0 6 0 1 – ‖【小锣一击】
上 泉 台！（拐杖合着唱腔点地三下）

贺　氏　啊？动不动就上泉台，难道说我这条老命，还拼你不过吗？

张元秀　我偌大年纪，拼你不过吗？

贺　氏　好，我们来拼哪！

张元秀　我们来死啊！

贺　氏　我们来死啊！

张元秀　拼啊！

贺　氏　拼啊！

〔【乱锤】张元秀、贺氏同时站起。两人举拐杖。举杖时用手从杖头向下抹，再举起来。两人对打，交叉过去，换边，一同扑倒在地上。（八 大大 仓 0）【乱锤】两人同挣扎着起来，各自向后退步，背对背撞着了，又同时扑倒在地上。（八 大 大 仓 0）【乱锤】二人再挣扎起来，张元秀到“大边”，贺氏到“小边”。【乱锤】【大锣住头】贺氏用头撞张元秀，连撞三下。（嘟－仓，嘟－仓，嘟－仓）张元秀昏倒在椅子上。（八 大 仓 0）（嘟－仓）

贺　氏　（发现他昏倒，急了）老老！

张元秀　（渐渐醒过来，先闭眼喘气，再无力地睁开眼睛，看着贺氏，渐渐眼珠转动，不再喘气）妈妈！

贺　氏　老老！

张元秀　妈妈！

贺　氏　老老！

张元秀
贺　氏　唉！【小锣一击】

张元秀　这个小奴才，再也不回来了，不要为了他伤了我们的和气呀。歇息歇息吧。

贺　氏　我们到外面去走动走动。

张元秀　哎呀，外面的风大呀。

贺　氏　你又来呕我！

张元秀　（只好依她）哦，走，走，走。

〔张元秀扶着贺氏走近门，伸右手拉开右面一扇门，再用右手推开左面一扇门。（场面上起【风声】）贺氏侧身避风。张元秀急将拐杖交到右手，左手举袖为她挡风。

张元秀　怎么样？

贺　氏　不妨事。

张元秀　（还不放心）不妨事？

贺　氏　不妨事。

张元秀　不妨事，随我来！

〔张元秀把拐杖交到左手，右肘夹着贺氏的手，两人同时抬右腿。**【大锣三击】**两人“双倒步”——第一锣两人同时往左迈一步，第二锣向右迈一步，第三锣两人同时站住。（**八大仓，嘟……仓**）贺氏手抖，牙齿打颤，张元秀抖髯口亮相。

张元秀 怎么样？

贺　氏 不妨事。

张元秀 不妨事？

贺　氏 走，走！

〔两人走圆场，贺氏边走边问。（二道幕闭，撤去桌椅，再拉开）

贺　氏 （明知故问）老老，这条道路是往哪里去的？

张元秀 （她怎么问，他就怎么答）这条道路是往四川去的啊。

贺　氏 哦，往四川去的。

张元秀 是啊。

贺　氏 （还是边走边问）这条道路呢？

张元秀 往湖广去的。

贺　氏 哦，往湖广去的。老老，中间这条道路呢？　（**仓　0**）

张元秀 （怕她问什么，她偏问什么）中……间……？　（**嘟 -**）

贺　氏 啊？（**仓**）

张元秀 这是往清风亭去的道路啊！

贺　氏 哦！……（**嘟 -仓**）这这这是往清风亭去的道路？

张元秀 正是。

贺　氏 我们的儿子由此道而去吗？

张元秀 是啊。

贺　氏 我们来叫哇。

张元秀 叫哇。

贺　氏 叫……哇！……

（**【大锣叫头】**）

八大 顷	仓 才	‖: 才 才 :‖	八 大八	仓 仓	顷 仓

张元秀：（轻声发叫起来）“张继保！”　　贺氏：“小姣儿！”

0 大台	仓 才	仓	‖

张元秀 儿经由此路而走，（**台、打台**）

贺　氏 不从此路而回。（**台、另台**）

张元秀 为父这里想你啊！

贺　氏 为娘这里盼你。

嘟 … 八大 顷	仓 才	‖: 才 才 :‖	八 大八	仓 仓	顷 仓

张元秀：“张继保！”　　贺氏：“小姣儿！”

0 大台	仓 才	仓	‖

张元秀
贺　氏　唉！……儿……啊！……　（二人同哭）【纽丝】

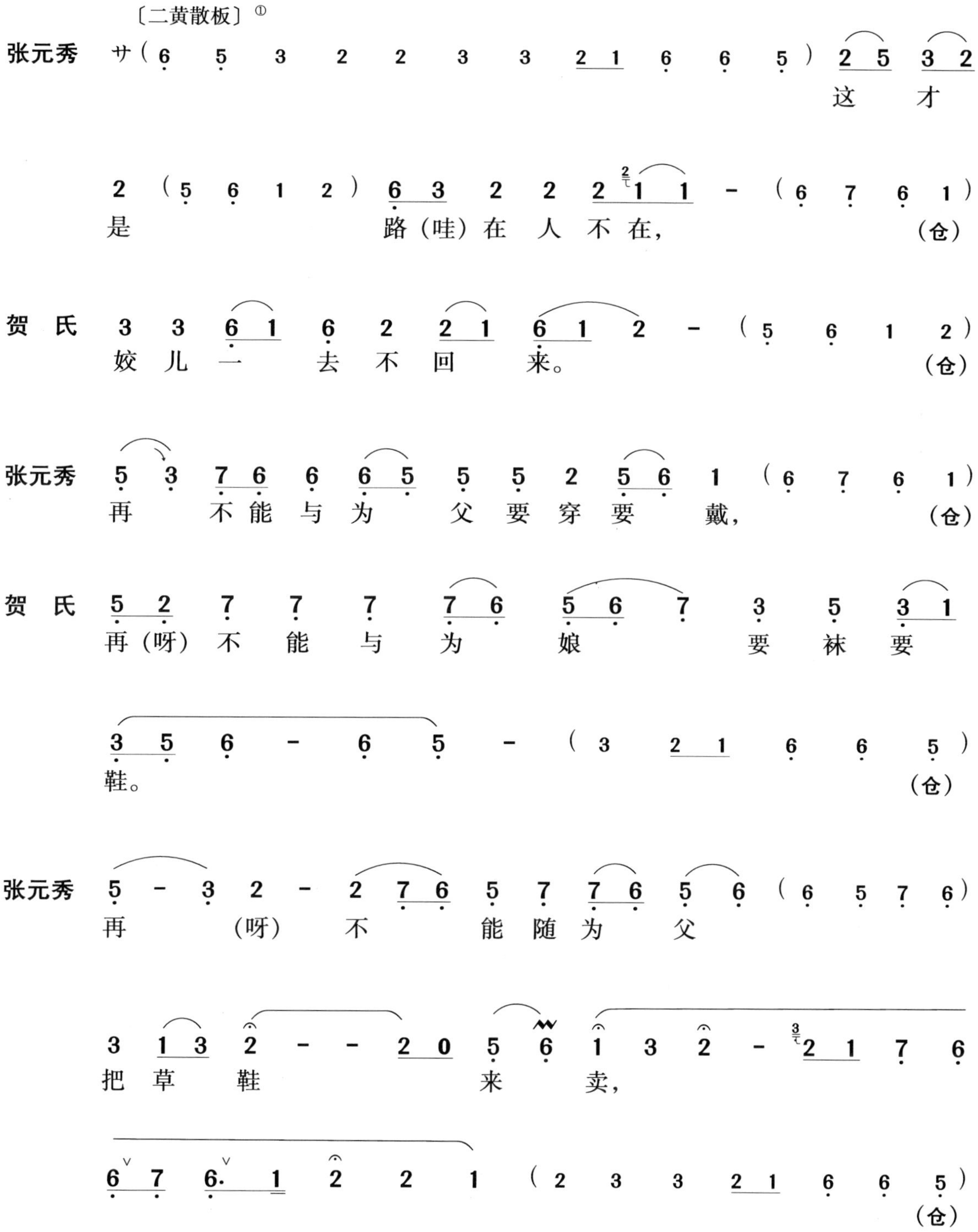

① 唱时“推磨”，唱时面对观众，不唱时转向后面，唱下一句时再转过来。二人不要交流。

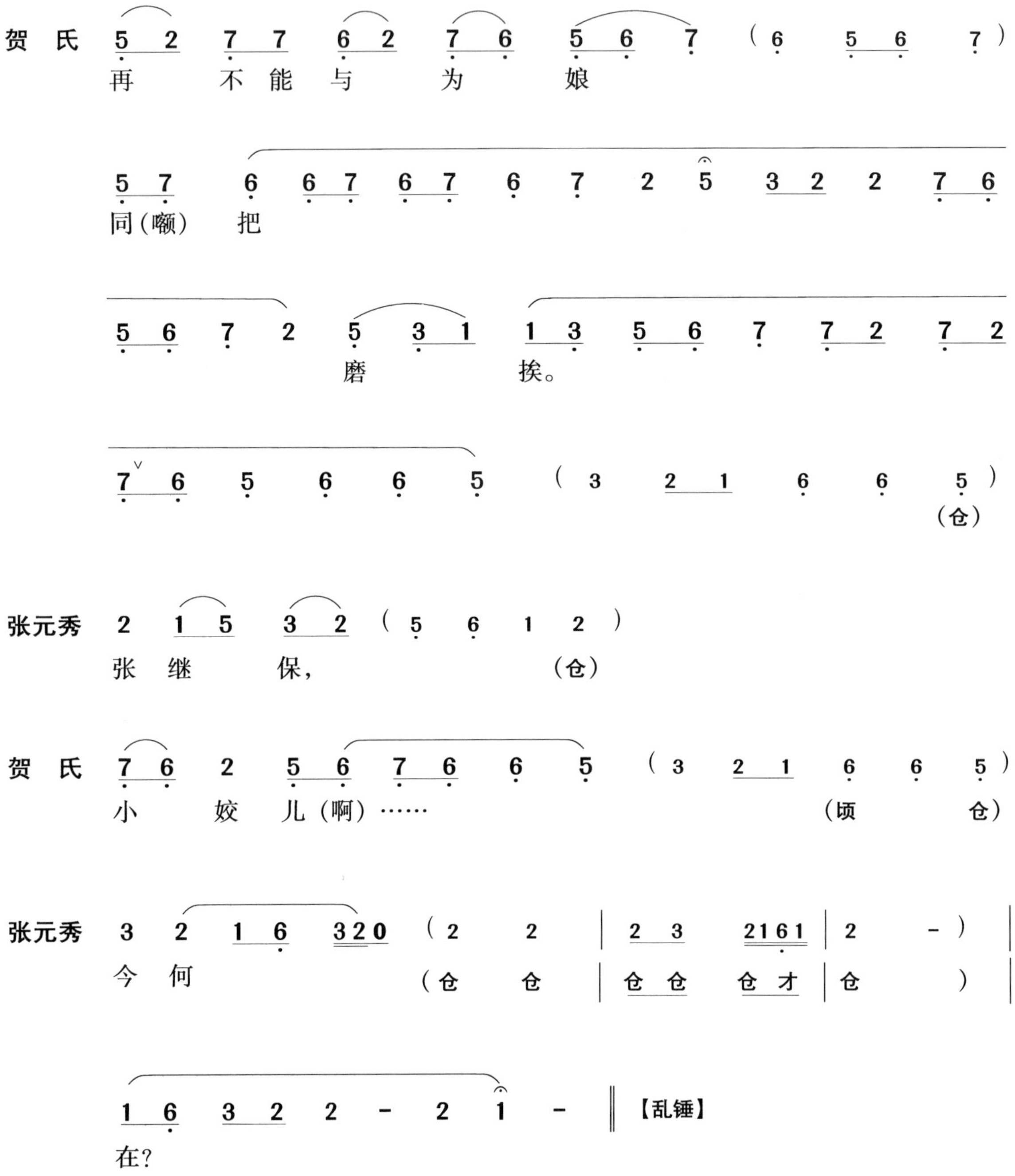

〔贺氏体力不支，昏倒了，张元秀忙扶她，右腿伸前稍弯，贺氏倚坐在他右腿上，紧靠着他的身子。

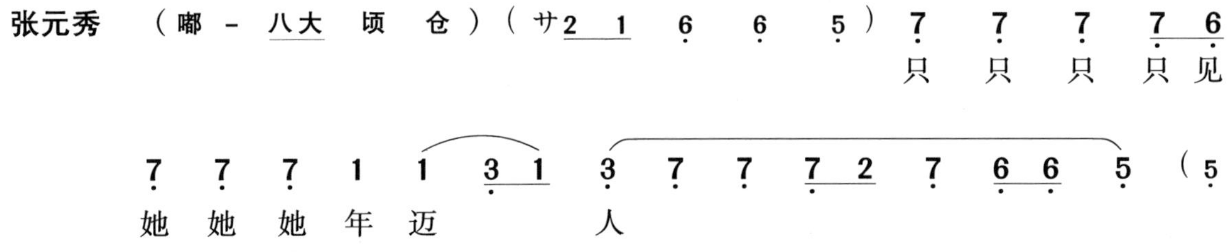

6̣ 1 2) 2 2͟3͟ 5 2 7̣͟6̣͟ 5̣ 6̣͟7̣͟ 6̣͟7̣͟ 6̣ 1̇ (仓)‖
倒 在 胸 怀。

张元秀 妈妈！

贺　氏 （渐渐醒来）老老！

张元秀 妈妈！

贺　氏 老老！【小锣一击】

张元秀 妈妈！

贺　氏 老老！

张元秀 这个奴才，他再也不回来了。（没有指望了）

贺　氏 他不回来了。

张元秀 不要想他了。

贺　氏 不想他了。

张元秀 我们回去吧。

贺　氏 回去吧！

张元秀 正是：（扎）（两人再边念边走圆场）
周梁桥下一婴孩，

贺　氏 夫妻恩养十三载。

张元秀 早知奴才不行孝哇，

贺　氏 老老！

张元秀 唉！

贺　氏 当初不该捡回来！

张元秀 错在当初，

贺　氏 悔在今朝。

张元秀 错了！

贺　氏 悔了！（两人继续走圆场）（大 大 大大 乙 台）（两人走到近“下场门”台口，贺氏突然往回一坐）

贺　氏 老老，我们的儿子回来了！喏喏喏，（指“九龙口”那边）在大树底下。（大大 大大 乙台）

张元秀 嗳，妈妈，那……不是我们的儿子啊。那是放牛的牧童！

贺　氏 我们的儿子呢？

张元秀 我们的儿子……【冲头】

贺　氏 张继保，小姣儿！

〔【冲头】“双进门”，张元秀左手倒手拿拐杖，右手夹贺氏手。（八大 仓 仓 仓）二人同走“双倒步”，张元秀抖髯口，“洒头”。【撕边】

张元秀 （终于忍不住）儿……啊！……

〔【大锣回头】贺氏仍向大树那边看，张元秀随着她。她看的时候长着身子，张元秀蹲腿；然后她蹲腿，张元秀长身子，交替着。两人对对眼光，摇摇头，同时转身往“下场门”走。【大撤锣】张元秀低头只顾往前走，贺氏仍不时回头往大树那边看。二人下场。二道幕闭。

第 八 场

〖二道幕拉开。一桌两椅。

【慢长锤】薛荣、周桂英上。

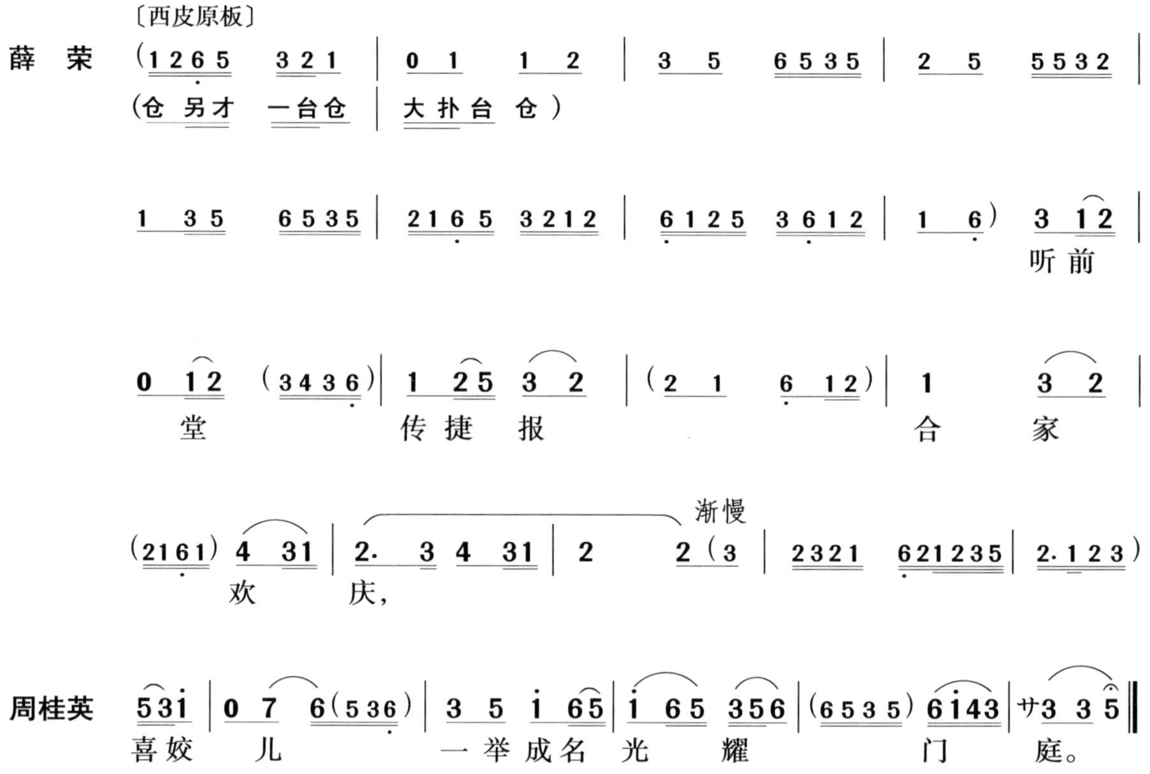

〖**【冲头】**二人归座，薛荣坐“大边”，周桂英坐“小边”。家院上。

家　院　启禀老爷夫人，少老爷得中回府。

周桂英　有请！

家　院　有请！

〖奏唢呐曲牌<小傍妆台>牌子声中，四青袍执旗、门子引张继保骑马上。张继保到“九龙口”，向大门望望，转身下马，青袍接马鞭，与门子“上场门”下。张继保进门，牌子收住。

张继保　爹娘请上，受孩儿一拜。

〖奏唢呐曲牌<小傍妆台>牌子声中，张继保至台中，向薛荣、周桂英跪拜。家院搬椅子，张继保坐“大边”，薛荣坐“小边”，周桂英坐薛荣身侧。家院下，曲牌止。

薛　荣　儿啊，你得中了？

张继保　孩儿得中了。蒙圣恩，钦赐荣归祭祖。

薛　荣　为父辛苦半生，十余年来，未曾回乡祭扫先灵，我儿代父一祭，也好了我宿愿也。

周桂英　儿啊，还有一事，为娘常挂在心：想那张老夫妇，抚养我儿一十三载，我儿此番回乡祭祖，倘若他二老还在，将他们接到此处，同享荣华，又恐他们年迈龙钟，不肯相认，我儿将为娘血书带在身旁，他二老一见血书，便可相认。

张继保 啊母亲，堂上现有父和母，怎认他人作爹娘！

周桂英 哽！（台）若不是张老夫妇，将我儿抱回，我儿焉有今日？出此不义之言，非我儿也！

张继保 孩儿遵命就是。

薛　荣 正是：【大锣住头】（念）

我儿荣归祭先灵，

周桂英 若非张老不复生。【小锣二击】

张继保 今日堂前谢父母，

周桂英 儿啊？莫作亏心负义人！

〔薛荣、周桂英同下。

张继保 【冲头】【叫头】且住！想我世代书香门第又得中高魁，若是认下张老夫妇，岂不被他人耻笑！若是不认，母亲又要见罪，这这这便怎么处？（仓）我自有道理。

〔【冲头】门子上。

门　子 老爷，人马齐备。

张继保 带马起程！

门　子 带马！

〔【大锣回头】四青袍执旗上，带马，张继保上马。

奏唢呐曲牌<急三枪>

【大锣回头】四青袍、门子、张继保下。二道幕闭。

第九场

〔二道幕外。【撤锣】

〔周小乙内白："啊哈！"

〔【小锣五击】周小乙上，他拿着短棍。

周小乙 （念）

地方地方，差事难当，

一卯不到，两腿遭殃。（扎）

我，周小乙，在这清风亭地界，当了一名地保。今有新科状元回乡祭祖，打此经过，要在清风亭歇马，我不免，前来打扫打扫，就此打道前来！

〔数板〕

打道前来，

四方人闪开！

行人止步，

坐着的把身抬，把身抬！（走念边走小圆场）

让开！让开点！

〔【小锣打下】周小乙下。

〔二道幕拉开。清风亭景。

〔【小锣抽头】张元秀、贺氏相扶着上。他们身上穿的更加破烂。

〔二黄摇板〕

张元秀 (过门同前)サ 3 3 2 3 2 3 5 6 1 2 2 1 (6 5 6 7 6 1)
屋漏 又 遭连夜雨,

贺 氏 サ1 2 3 3 3 2 1 1 2 (2. 1 6 1 2)‖
船 破 偏 遇 当 头 风。

贺 氏 哎哟!…… (走不动)

张元秀 妈妈,怎么样了?

贺 氏 腹中饥饿,难以行走。

张元秀 我们去到前面讨一点吃的吧?

贺 氏 走哇!**【小锣凤点头】**

〔二黄摇板〕

张元秀 (过门同前)サ 3 2 3. 6 5 5 2 1 -
老 来 无 子 甚 悲 惨,

1 2 1 65 (3 3 2 1 6 1 5 6 7 6 5)

贺 氏 サ3 3 2 1 6 1 6 6 3 2 1 6. 1 2 - (2. 1 6 1 2)‖
左 也 难 来 右 也 难。

〔他们唱时仍走圆场。

张元秀 (一抬头,突然又看到最不愿意看到的令人伤心的清风亭)唉!(台)偏偏又来到了……此地!

贺 氏 来到什么所在?

张元秀 清风亭。

贺 氏 唉,这不叫清风亭。

张元秀 叫什么?

贺 氏 要叫望儿亭(仓)

张元秀 唉,不叫望儿亭。

贺 氏 叫什么?

张元秀 要叫它断肠亭!(仓 0)**【纽丝】**

〔二黄散板〕

(过门同前)サ 2 1 3 2 2 1 2 1 (6 7 6 1)
水 流 千 遭 归 大 海, (仓)

贺　氏　3　1　1　1 2　3　3 1　2　2 ‖【大锣住头】
　　　　娇　儿　一　去　　不　回　来。

〔他们在亭中坐了下来。周小乙上。

周小乙　（边走边念）闲人闪开！闲人闪开！（看见亭子里有人）啊？（台）亭子里有两个叫化子，待我把他们赶出去！（再看）哎呀！好像是张家伯伯，待我冒叫一声：张家伯伯！

张元秀　啊？

贺　老　老老，有人叫你。

张元秀　还有什么人叫我啊？

周小乙　是不是他？（再叫）张家伯伯！

贺　氏　（听真切了）老老，是在叫你啊！

张元秀　哦，是哪个？（他们都走出亭来）

周小乙　张家伯伯，是我。

张元秀　哦，你是哪一位呀？

周小乙　怎么，您连我都不认识了？

张元秀　不敢认哪。

周小乙　我是周小乙。

张元秀　哦，是周小哥，你哪里来的这身荣耀啊？

周小乙　您不知道，我弄了几个钱，捐了一名地保。

贺　氏　（听错了，抱住周小乙）继保！你回来了！儿啊！你回来了！

周小乙　（不知所措）老妈妈，您做什么呀？

贺　氏　（向张元秀）他是继保，继保儿回来了！

周小乙　不是继保，我是地保。

张元秀　他是地保，不是继保。

贺　氏　不是继保？

张元秀　不是继保。

贺　氏　（松开手，自言自语）地保，继保；地保，继保；地保……

周小乙　张家伯伯，您二老怎么落到这般光景？

张元秀　只因你继保兄弟，遇见他的亲娘，将他领去，她日思夜想，又害一场大病，只落得这般光景。

周小乙　可怜！可怜！哎呀，我倒想起来了，今有新科状元，名叫薛藻，回家祭祖，在此歇马。我跟县太爷前去接差的时候，看见过这位状元公，相貌跟继保兄弟一模一样。何不等他在此歇马的时候，你去看上一看，倘若是他，岂不就好了吗？（仓）

张元秀　好是好，只恐我二老挨挤不上。

周小乙　那不要紧，你看（扬扬手中的棍子）这一点权柄在我手里，我把闲人轰开，你二老进去，岂不就看见了吗？您先闪开，等会儿早点来。（台）（下）

张元秀　哈哈哈！

贺　氏　老老，你笑什么呀？

张元秀　妈妈，今有新科状元，在此歇马。周小哥叫我们去认他一认。我记得，他母亲言过，她嫁与薛家，这新科状元，他也姓薛。倘若真是继保，定能将我二老认下，岂不是好了吗？

贺　氏　老老，若是将我们认下，你就是太老爷了！

张元秀　呵呵，你就是太夫人了！

贺　氏　我是太夫人？如此说来，演习演习。

张元秀　怎么？还要演习演习？

贺　氏　嗯，不要与做官的儿子丢丑啊！

张元秀　那旁来的，敢莫是太……太太夫人？（一下子说不顺口）

贺　氏　那旁敢莫是太老爷？

张元秀　太夫人请！

贺　氏　太老爷请！

张元秀　儿子是你养大的，太夫人请！

贺　氏　是你打草鞋、我磨豆腐养大的呀！

张元秀　你我挽手而行吧！

贺　氏　哈哈哈！……呃！（她笑岔了气）

张元秀　怎么样？

贺　氏　笑岔了气了。**【大锣回头】**（他们相扶着下）

第　十　场

〔奏唢呐曲牌<六幺令>

曲牌声中四青袍执旗，门子引张继保骑马上。周小乙迎上。

周小乙　请状元老爷歇马。

张继保　歇马！（下马，青袍接过马鞭）

〔四青袍、门子引张继保入亭内，坐下。

张继保　传地保！

门　子　传地保！**（台）**

周小乙　（进亭内）与状元老爷叩头。

张继保　这是什么所在？

周小乙　十字路口，清风亭。

张继保　（一震）清风亭！……**（嘟－仓）**传话下去，我在此处打坐，不许闲杂人等来往，打坐片刻，就要起程。

周小乙　咋！（出亭外）下面听着：状元老爷在清风亭打坐，不许闲杂人等来往！**（台）**（两边一望）哎呀，坐坐就走，他们怎么还不来呀？

〔张元秀、贺氏上。

张元秀　快些走，认儿子去！

周小乙　来啦！好极了！你们赶紧看看，是不是？要看清楚了！

张元秀　好，看看。**【小锣一击】**

〔他们两人往亭子里面看。

张元秀 是的。
贺　氏 是的。
张元秀 （反问一句）是的？
贺　氏 是的。是的。
周小乙 是的吗？
张元秀 是的。
贺　氏 是的。
周小乙 那么我给太老爷、太夫人预备两顶大轿去。
贺　氏 嗳！我儿子没有钱。
周小乙 您真体谅儿子。你们去认吧！我去备轿。（下）
张元秀 妈妈，我去认吧？
贺　氏 好，你去认。认下你不要忘了我。
张元秀 我岂能忘了你这老伴儿。（走进亭子）我儿得中新科状元，可喜可贺！为父来了！
张继保 哦！……（欲下位）
众青袍 嗬！（堂威）（**嘟－仓**）
张继保 （看看自己的官衣，看看张元秀的破衣，又坐下来）哽！……啊？你是何人？敢来冒认官亲！
张元秀 啊？连我张元秀你都不认识了吗？
张继保 你姓张，我姓薛，怎么会是你的儿子？
张元秀 （有些激动了）义子不同姓。
张继保 有何为证？
张元秀 血书为证。
张继保 拿来我看！
张元秀 （自言自语）唔，他还要血书啊！（走出亭子，向贺氏）（**台**）妈妈，他还要血书。
贺　氏 嗳！你老糊涂了！不是在这清风亭，被他的亲娘拿去了吗？
张元秀 （赶紧回来解释）儿啊，在这清风亭，被你亲娘拿去了。
张继保 （更加有恃无恐，干脆翻脸不认）嘟！**【撕边大锣一击】**胆大的老乞丐，竟敢冒认官亲，不念你年纪大了，定要重责！来，轰了出去！
「众青袍要轰张元秀。（**嘟－仓**）
张元秀 （示意众青袍不要动手，自己会出去）状元老爷暂息雷霆之怒，
众青袍 （再发堂威）嗬！……
张元秀 两旁暂免虎狼之威。听我老乞丐（伤心已极）一言告禀！**【纽丝】**

〔二黄散板〕
张元秀 （过门同前）サ3　3　2 3　5　3 5　2　（5　6　1　2）
那　孟　宗

2　2 1　2　2　6 2　1　（6　7　6　1）6 5　3 5
哭　竹　生　嫩　笋，（仓）王　祥

1 2　1 1· 2 3　6 5　1 6　3 - 3 2　(5 6
孝　母　卧　寒　水　(呐　呃)。

1 2)　2 3　5 - -　5 6　5 6　5　3 2　1 2
(仓)　小(哇)姣　儿

(5 6 1 2)　5　3　5　3 7　6　(6 5 7 6)
(仓)　学　一　学　(顷　仓)

6　1· 6　3 2　(2　2 | 2 3　2161 | 2)
前　辈　(呀)　(仓　仓 | 仓仓　仓才 | 仓)

5 - - - 3　6 1　2 - - 2　1 - - ‖
古　(哇),

张继保　赶了下去!

众青袍　下去!**【乱锤】**(张元秀凄怆不已)

张元秀　**【大锣凤点头】**(过门同前)サ5　3 2　1　2　2 1 5　3　2 1　2　2 - ‖**【大锣住头】**
这奴　才竟忘　了养育之恩!

〔张元秀凄然出亭。

张元秀　妈妈!

贺　氏　老老,怎么样?

张元秀　我打的是他,骂的是他,他不认哪!妈妈你疼的是他,爱的是他,你若前去,一定将你认下。

贺　氏　是啊,我若前去,一定认下。

张元秀　妈妈,将你认下,不要忘了我啊!

贺　氏　我岂能忘了你呀!

〔贺氏走进亭去。

贺　氏　儿啊,为娘来了,还不下位相认!

张继保　哽!(仓)胆大老乞婆,也敢前来冒认官亲!轰了出去!

贺　氏　**【大锣叫头】**哎呀儿啊!自从我儿逃奔在外,为娘朝思暮想,害了一场大病哪!

〔二黄散板〕
【大锣凤点头】(过门同前)サ 3　2 5　3　3 2　2 3　2　3　2 1
哪　一　日　(呀)　不　哭

1 6ˇ　2　1 2　1 - 6 5　(6 7 6 1)　1　2　3
儿　三　五　遍,　(仓)　一　更　哭

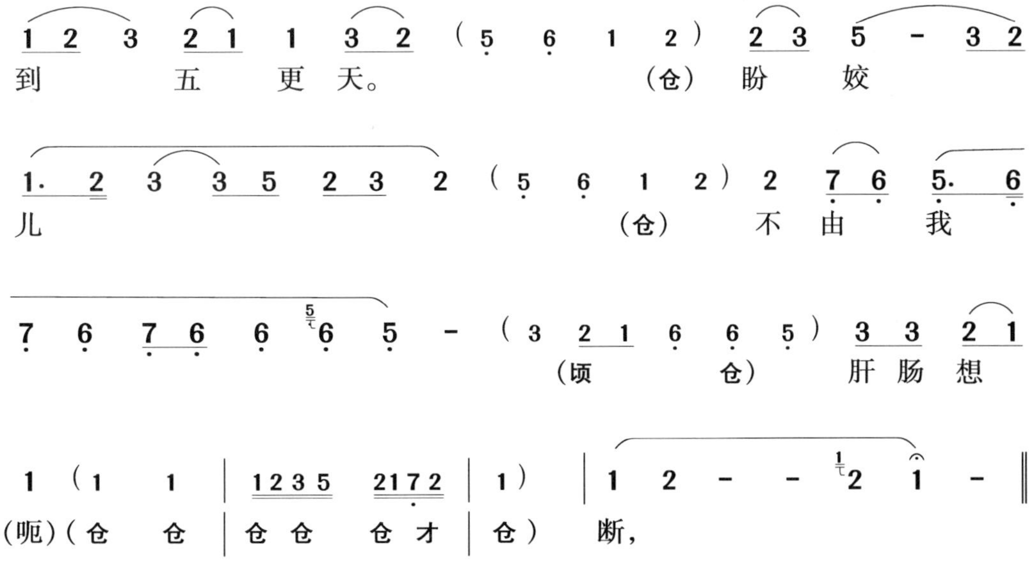

【乱锤】(十分悲痛)

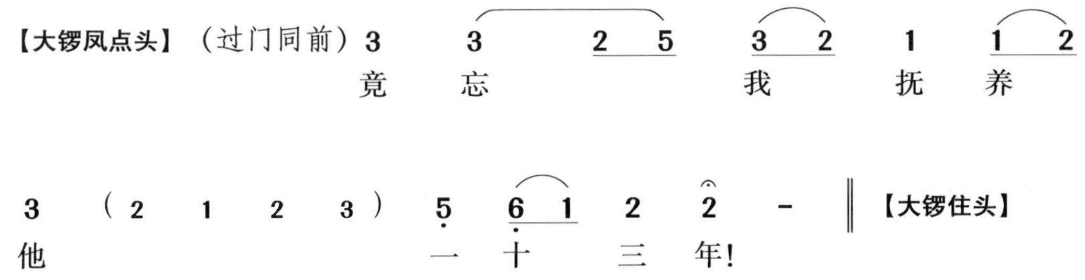

〔贺氏走出亭外。

张元秀 （急于知道究竟）妈妈，怎么样了？

贺　氏 （十分沉痛）他不认哪！

张元秀 哦，他连你也不认，这倒干净啊！走走走！

贺　氏 哪里去？

张元秀 我们沿门乞讨！

贺　氏 唉，年纪大了！

张元秀 （很坚持）穷，也要有个志气啊！

贺　氏 （想委屈求全）这样吧，要得好，我大做小。

张元秀 大做小？（明白她的意思）若是他再不认呢？

贺　氏 他再若不认……也罢，我们就与他跪上一跪。

张元秀 （嘟－）啊？（仓）跪上一跪？

好好好，这就是我们抱义子的下——场——头！（末三字，念一字，以杖点地一下，一边走，一边念，一边点。末一字，末一点，向前冲三步，表现他愤恨不已）

〔【快冲头】张元秀、贺氏进入亭子，张元秀在“大边”，贺氏在“小边”。

张元秀 【大锣双叫头】儿子老爷！

贺　氏 儿子状元！

张元秀 你休将我二老当作义父义母，【小锣二击】

贺　氏　当作仆妇丫环；【小锣三击】

张元秀　吃不了的剩茶剩饭，【小锣二击】

贺　氏　与我们一碗半碗。【小锣三击】

张元秀　穿不了的破衣烂衫，【小锣二击】

贺　氏　与我二老遮寒。【大锣住头】

张元秀　【大锣双叫头】儿子老爷！

贺　氏　儿子状元！

〔【大锣五锤】张继保还是不理他们。两人只得一同跪下。【纽丝】

〔二黄散板〕

张元秀　（过门同前）サ 3　2 5　3　2　（2　2　2　2）
有　道　是

3　2　2 1　6　2　2　1　（6　7　6　1）
惜　老　怜　贫　多　积　善，（仓）

贺　氏　1　2 5　3　1　2　1 2　3　2 1　1　6 1　2　2　－ ‖
但　愿　你　后　代　儿　孙　福　寿　绵　绵。

张继保　住口！【纽丝】

〔二黄散板〕

（过门同前）1　5　6　6　1　2　1　（6　7　6　1）
可　恨　二　人　太　疯　癫，（仓）

7　7 6　5 6　7　6　6 5　3 5　6 1　5　（3　2 1
平　白　无　故　弄　虚　言。

6　6　5）　3　5　6　6　5　2　1　（6　7　6　1）
（仓）　我　本　堂　堂　蟾　宫　客，（仓）

7　7 6　5 6　7　3 5　6 5　6　－　5　5　－ ‖【大锣住头】
岂　有　乞　丐　做　椿　萱！

门　子　老爷请息怒，赏他们一些银钱，让他们回去吧？

张继保　好，看在你的分上，赏他们（轻声）二百铜钱。（袖中取出钱来）

门　子　（接钱）是。（仓）（向张元秀）老头儿起来，来！（他把张元秀引得远一些，表示心中不满，便于讲话。张元秀起来，跟着门子过去）

门　子　状元老爷看你们哭得可怜，赏你们（故意高举铜钱，高声道出）二百铜钱！

张元秀　哦，（对门子微露笑容，表示谢意，他本不想要，但为了让老伴从梦想中醒过来，他接受了）妈妈！起来！妈妈！起来！

贺　氏　（确实还没有醒过来）做什么？

张元秀　妈妈！（声音也颤抖了）我二老抚养他一场，就是（将拐杖搁在左臂弯，伸出拿着钱的左手，右手中指、食指指着那钱，咬牙切齿地）二百（顿一顿，提高声音）铜钱！（**仓　0**）

贺　氏　（她这才醒过来了）哦（**嘟－仓**）待我去骂这个奴才！

〔**【快冲头】**张元秀无法劝解她，看她一眼，走出亭去，意思是：你出口气就走吧。他从“下场门”下。

贺　氏　张继保！（**仓**）小奴才！**【大锣快五锤】**我二老抚养你这奴才一十三载，这二百铜钱，（一口气往下念）还是够你吃的？够你穿的？够你读书买笔墨纸砚的？（短时间停顿，换口气）这二百铜钱，我们不要，我与你拼了吧！

〔**【乱锤】**贺氏看看无法向他近身，看见“下场门”那边的亭柱，奔过去一头撞去，（**仓**）倒步退回来，**【大锣软四击头】【撕边】**倒地死去。（**仓**）

〔张元秀下场以后，忽然发觉老伴不在身旁，于是赶紧上来，边走边喊。

张元秀　妈妈，他不认倒也罢了，走吧！妈妈！（**才**）妈妈！（**才**）（找不着，有些急了）妈妈！（**才**）妈妈！（**才**）（给贺氏的尸体一绊，一个“抢背”**【乱锤】【搜场】**起来回头细看，发觉她已死在柱子旁边。惊）

张元秀　哎呀！（**【乱锤】**抛开拐杖，“洒头”，退步，双翻袖，错步扑向贺氏尸体，先用手摸她的口鼻，已经气绝。再抚摸前胸，发现二百铜钱，拿着钱的右手手背敲左手掌，连击三下**【大锣三击】**）

张元秀　罢罢罢！**【大锣夺头】**（踉跄倒步到“下场门”台口）**【大锣归位】**

（念）可怜世人心太贪，

有钱有子也枉然。**【小锣二击】**

老汉无子又无钱，

抱来义子接香烟。**【小锣三击】**

我二老终日盼他将门庭换，

有谁知富贵贫穷不一般！**【小锣二击】**

辛苦抚养十三载，

这这这报恩（**嘟－仓**）就是这二百钱！（**仓　0**）

【冲头】【大锣叫头】张继保，小奴才！你不认倒也罢了，与我这二百铜钱，将你母亲逼死！这二百铜钱我们不要，留着打棺材吧！（看看贺氏尸体，指一指，意思是“你先走一步，我随后就来。”走向张继保桌案，将铜钱扔在桌上。（**嘟－仓**）张继保将他推倒）

〔**【乱锤】**张元秀爬起来，扑向亭柱，以头碰柱，感到十分疼痛，单腿倒着后退，双手扶头，跌坐在地。跪着向台前移动几步，到台口，向天叩拜，表示对天控诉，又表示对亭外的乡亲作无声的悲痛的控诉，用手势比画：当初捡来这个孩子，从小抱养到十三岁，回身指张继保，就是他！再指指贺氏尸体，表示她得到这样的下场。（**【乱锤】**加急）向天叩拜，向观众叩拜，再向贺氏尸体叩拜。挣扎起来，身体微晃，手托髯口，绕一下送入口中咬住。抓右袖，**【大锣三击】**走三步，向柱子上撞去，“三碰头”**【大锣三击】**向左倒三步**【大锣三击】**向右倒三步或六步**【大锣三击】**，向前扑倒，又挣扎起立，支持不住，“僵尸”，倒地死去。（**嘟－仓**）向后倒下时，口中的髯口吐出来，倒洒在脸上。

〔周小乙暗上。

周小乙 状元老爷，他二老双双碰死亭前！

张继保 （冷笑）嘿嘿嘿！…… **【大锣归位】**

（念）笑他二人心太偏，

冒认官亲礼不端。**【小锣二击】**

二百铜钱无福受，

须知富贵不可攀。

〔雷声。

张继保 天色不好，速速带马起程！（他毕竟觉得心虚）

〔唢呐奏<尾声>曲牌声中张继保仓惶骑马下，众随下。

——剧　终